괴선

괴선 4

임준욱 新무협 판타지 소설

초판 1쇄 찍은 날 § 2003년 10월 20일
초판 1쇄 펴낸 날 § 2003년 10월 30일

지은이 § 임준욱
펴낸이 § 서경석

편집장 § 문혜영
편집 § 장상수 · 권민정 · 유경화 · 김민정
마케팅 § 정필 · 강양원 · 이선구 · 김규진 · 홍현경

펴낸곳 § 도서출판 청어람
등록번호 § 제1081-1-89호
등록일자 § 1999. 5. 31
어람번호 § 제2-0271호

주소 § 경기도 부천시 원미구 심곡1동 350-1 남성B/D 3F (우) 420-011
전화 § 032-656-4452 팩스 § 032-656-4453
http://www.chungeoram.com
E-mail § eoram99@chollian.net

ⓒ 임준욱, 2003

값 8,000원

ISBN 89-5505-858-6 04810
ISBN 89-5505-734-2 (SET)

괴선

怪仙

4

진창 속에서도
연꽃은 피어난다

임준욱 新무협 판타지 소설

도서출판 청어람

진창 속에서도 연꽃은 피어난다

제 1 장

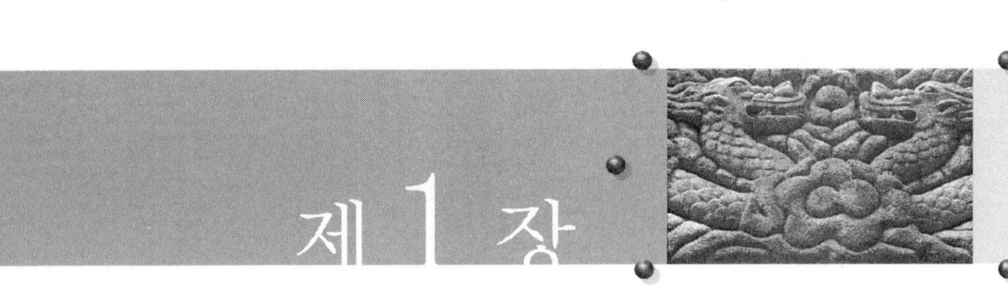

폭풍 앞에 서서도 그것을 모르고

폭풍 앞에 서서도 그것을 모르고

종길은 깨어지려는 머리를 쥐고 겨우 눈을 떴다. 할 일이 없다 보니 사흘째 연속이었고 오늘의 숙취가 가장 심했다. 겨우 정신을 차리고 눈동자를 아래로 내려보니 아무것도 입지 않고 긴장감마저 다 풀어헤친 채 늘어져 있었다.

종길은 얼굴을 찌푸리며 눈동자를 옆으로 굴렸다. 벌거벗은 삼십 대 초반의 여인이 가슴을 다 드러내 놓고 자고 있었다. 안 그래도 두통으로 찡그려진 그의 얼굴이 다 쓴 휴지 조각처럼 구겨졌다.

'에이, 씨! 이렇게 늙은 여자였나? 에휴! 아무렴 어때? 데리고 살 건가?'

종길은 머리를 쥐고 있던 손을 뻗어 여인의 젖가슴을 툭툭 건드렸다. 여인은 아무것도 느끼지 못하는 듯 반응을 보이지 않았다. 그는 여인의 어깨를 밀어 흔들었다.

"이봐! 일어나 봐!"

그때서야 여인이 눈을 떴다. 그녀는 오만상을 구기며 종길에게로 고개를 돌렸다.

'어휴! 해도 너무하는군. 아무리 취했다지만 화장독에 찌든 얼굴 하며 저 눈가에 자글자글한 주름까지 몰라봤단 말이야?'

"왜요? 사람 귀찮게."

여인이 짜증을 그대로 드러내며 말했다.

"목말라. 물 좀 줘봐."

여인은 다시 한 번 얼굴을 찡그리며 침상에서 일어났다. 그리고 허름한 탁자로 다가가 사발에 차 한 잔을 그득 따라서 가지고 돌아왔다.

종길이 벌컥 들이키자 여인은 다시 누우려다가 물었다.

"가실 거예요?"

종길은 사발을 침상에 내려놓고 머리를 세차게 흔든 후에 발딱 일어섰다.

"가야지, 여기 살까? 내 옷 어딨어?"

여인은 탁자 너머의 작은 옷장을 가리키며 말했다.

"술 세 병에 안주, 그리고 긴 밤 잤으니 한 냥은 주셔야 해요."

"젠장! 더럽게 비싸네. 알았어."

종길은 옷장에서 옷을 찾아 금세 다 입었다. 하기야 옷이라고 해봐야 고차에 푸른 물을 들인 마포 바지, 그리고 죽의가 전부였으니 시간이 걸릴 일도 없었다.

"어? 내 전낭 어딨어?"

종길이 여인을 노려보며 물었다.

여인은 흐릿하던 눈에 표독스러운 기운을 돋우면서 속곳을 입었다.

"그걸 나한테 물어보는 이유가 뭐예요?"

"이봐, 아줌마! 이 짓 하루 이틀 하는 거야? 전낭 없는 손님을 받을 턱이 없잖아?"

"뭐야! 이런 개 같은 놈이 지 할 짓은 다 하고 이제 와서 돈을 못 내겠다?"

여인이 속곳 차림으로 두 손을 허리춤에 얹은 채 쌍심지를 켰다. 종길이 지지 않고 여인을 노려보며 소리쳤다.

"그런 뜻이 아니잖아, 아줌마! 좋은 말로 할 때 내놔!"

종길은 억지로 화를 삭인다는 표정을 역력히 드러내며 손을 내뻗었다.

"뭐 이런 개새끼가 다 있어? 몸 팔아 장사한다고 도둑년 취급을 해? 오냐! 너 이놈, 어디 혼쭐 한번 나봐라. 네놈이 지금 어디에 들어와 있는지 모르는 모양인데… 그래, 어디 죽도록 맞고도 안 토해내나 보자!"

안 그래도 슬금슬금 문 쪽으로 다가가던 여인은 속곳 차림으로 문을 벌컥 열어젖히며 밖으로 뛰어나갔다.

"사람 살려! 사람 살려!"

종길은 과장되게 소리치며 뛰어나가는 여인을 보며 얼굴을 구겼다. 그는 머리카락을 쥐어뜯으며 엊저녁 일을 떠올려 보려고 노력했다.

술이 과했다 해도 기억나는 것이 분명히 있었다. 전전날처럼 분명히 물었고 전낭을 매만졌다. 여인의 말도 떠올랐다. 당신같이 듬직하고 잘생긴 사람을 안 믿으면 누구를 믿겠냐 하던.

"이런 제기랄! 더럽게 걸렸구나. 선불 안 받을 때 알아봤어야 하는데……"

방을 두리번거렸다. 다행히 그의 사 척 곡도는 방구석에서 나뒹굴고 있었다. 종길은 도를 등에 메고서 고개를 저었다.

"장사 하루 이틀 한 게 맞는가 보군. 도대체 사람을 몰라봐."

종길은 천천히 방문 앞에 이르렀다. 살펴보니 허름하지만 목전에만도 수십 개의 방과 누각들이 있는 규모가 큰 홍루였다.

"에휴!"

종길은 머리를 설레 흔들었다. 마당에는 벌써 십여 명의 장한들이 박도를 늘어뜨려 든 채 그를 노려보고 서 있었다. 그리고 그 옆에 여인이 표독스런 눈빛으로 고소하다는 미소를 지은 채 서 있었다.

한 청년이 앞으로 나섰다. 비쩍 마르고 작은 체형에 광대뼈가 툭 튀어나온 청년이었다. 청년이 왼손으로 왼쪽 콧방울을 누르며 힝 소리를 내자 누런 코딱지가 바닥에 떨어졌다.

"이봐! 형씨. 어?"

종길은 청년이 말을 끝내기를 기다리지 않았다. 바로 문턱을 박차고 허공으로 날며 도를 뽑아 아래로 휘둘렀다.

종길의 도가 허공을 갈랐다. 잠깐 긴장했던 장한들의 입가에 조소가 어렸고 이내 킬킬대는 소리가 연이어 흘러나왔다.

"어? 어어어? 이게 뭐야?"

종길의 칼에 겨누어졌던 청년의 죽의가 반 동강이 나서 좌우로 벌어진 순간 땟국물이 흐르는 피부 위로 가느다란 붉은 선 하나가 점차 뚜렷해져 가고 있었다.

청년은 부릅뜬 눈으로 종길의 도와 자신의 가슴을 번갈아 바라보았다. 도첨과 가슴까지의 거리는 못 잡아도 일 장. 청년은 금방 깨달았다. 몇 번 본 적이 없는 도기라는 것이리라.

청년은 후들거리는 다리를 두 손으로 쥐며 마른침을 삼켰다. 그때 종길이 청년과 주변의 다른 장정들을 매서운 눈으로 훑어보며 말했다.

"죽을래?"

청년을 비롯한 장정들이 일제히 고개를 저으며 한 발 한 발 천천히 물러섰다. 종길은 칼끝을 돌려 얼어붙은 여인을 겨누었다.

"전낭 가지고 와, 이년아!"

여인은 끊임없이 고개를 끄덕이며 종길을 빙 돌아서 방으로 들어갔다. 여인은 종길의 칼이 이미 등으로 돌아가 있다는 것을 확인하고 조심스레 다가와 두 손으로 받쳐 든 낡은 가죽 전낭을 내밀었다.

종길이 전낭을 낚아채고 주먹으로 여인을 후려치는 시늉을 하자 그녀는 그 자리에 주저앉으며 두 손으로 머리를 감쌌다.

종길은 눈썹을 꿈틀거리며 전낭을 열었다.

"여섯 냥에 동전? 이것밖에 없었어?"

여인이 자세를 풀지 않고 소리쳤다.

"대협! 그대로예요! 손끝 하나 안 댔어요!"

종길은 전낭에서 한 냥을 꺼내 여인의 발 아래 던져 버리고 그녀의 정수리를 노려보며 낮게 소리쳤다.

"너무 비싸, 이년아!"

여인은 찔끔하면서도 종길의 눈치를 살피며 발가락을 꼼질거려 끝내 돈을 밟았다.

여인을 외면한 종길은 따갑게 내리쬐는 햇볕을 향해 실눈을 뜨며 시간을 가늠해 보았다.

"제기랄! 사시 중반은 됐겠네? 죽었다, 오늘이 그날인데. 잠깐! 오늘? 성도표국, 오시? 으아! 진짜로 죽었다."

종길은 차가운 얼굴로 도파를 쥐는 문취옥의 얼굴을 떠올리며 부르르 몸을 떨었다.

종길이 하얗게 질린 얼굴로 땅을 박찬 순간 문 앞에 뭉쳐 서 있던 장정들이 황급히 좌우로 갈라섰다. 그가 사라지자 도기에 살갖이 긁힌 청년이 갑자기 비명을 질렀다.

"으아아아! 따가워!"

아무리 봐도 피가 흐르지는 않았다. 그냥 붉은 선 한 줄이 간 것뿐이었건만 불에 덴 것처럼 화끈거렸다.

"멍든 건가?"

장정들이 다가와 신기하다는 듯 청년의 가슴을 살폈다. 청년이 오만상을 찡그리며 홀로 중얼거렸다.

"아파라. 칼 맞는다고 부적 한 장 품으라더니……. 말 들을 걸 잘못했다."

청년은 종길에게 감히 드러내지 못한 분노를 안도의 한숨을 내쉬는 여인에게로 돌렸다.

"야! 한 번만 더 칼 든 손님 전낭 후려봐! 그때는 내가 너 먼저 죽여버릴 거야. 알았어?"

여인은 가만히 듣고 있다가 오른손으로 감싸 쥔 왼 주먹을 청년에게 내뻗으며 방으로 들어가 버렸다.

오래간만에 객잔의 분위기가 차분해졌음을 느낀 운청산은 운공삼매에 빠져들었다.

부드럽게 일어난 진기가 곧 세차면서도 끊임없는 기운이 되어 전신을 휘돌았다. 거칠었던 것도 순간이었고 진기는 이내 안정된 부드러움을 되찾아 전신세맥 구석구석까지 파고들었다.

차고 넘치는 기운들이 전신 모공을 뚫고 나와 운청산의 주변을 휘감았다. 일순간에 비취빛이 감도는 원구를 형성한 기운들은 전신을 빠르게 휘돌다가 때로 느리게 돌면서 그 빛을 더해갔다. 흐릿하던 그의 신형이 완전히 사라지는 순간 방 안에는 푸른빛 원구만이 조용히 자전했다.

일각 정도가 흐른 후, 눈을 감아야 할 정도로 빛을 발하던 원구가 그 형체를 잃고 푸른 안개가 되어 흩어졌다. 그 안개들은 운청산의 들숨과 날숨에 따라 일렁이다가 한순간에 전신 모공으로 빨려 들어가 버렸다.

운청산은 그간 쌓였던 피로와 노폐물들이 사라져 버린 것 같은 상쾌함을 맛보고서 천천히 눈을 떴다. 작은 은하수를 그려내던 그의 눈동자가 정상으로 돌아오는 순간 그 눈동자에 아쉬움이 어렸다.

"역시 한계인가?"

여전히 별다른 변화가 없었다. 분명히 그의 체내에서 자란 기운과는 별개로 외부로부터 기운을 빨아들이고 있었다. 그럼에도 불구하고 그 창구인 백회혈에서는 기운의 응집이 느껴지지 않았다. 그 기운들이 곧 양신을 형성하는 기반이 될 것인데 대부분 유실되고 아주 미약한 기운들만이 체내로 스며들고 있었다.

운청산은 이제 그 원인을 알고 있었다. 자신의 기운을 훔쳐 가는 이들이 있었다. 그들이 거기에 머물고 있는 한 양신은 결코 이루어지지 않으리라.

운청산은 실소로써 아쉬움을 날려 버렸다. 그로서는 어쩔 수 없는 일이었고 딱히 원통한 마음도 일지 않았다.

운청산은 생각을 접어버리고 일어나 창가로 다가갔다.

거리를 바라보는데 문득 이상한 기분이 되어버렸다. 미묘한 변화가 느껴졌다. 달라진 게 없는 것 같은데도 무언가 달랐다.

운청산은 차분히 살펴보았다. 사람들이 달랐다. 십 중 삼을 차지하던 무인들이 한꺼번에 증발해 버린 것만 같았다. 고개를 끄덕이다가 무언가 미진한 마음이 들어 다시 사람들을 살폈다.

역시 이상했다. 절대 그럴 리가 없을 텐데도 모두가 그에게서 등을 돌리고 있는 것만 같았다.

외로움.

산에 있을 때는 하루 종일 혼자 있어도 외롭다는 생각을 하지 않았건만, 청인자가 떠난 지 하루 만에 외로움을 느끼는 것이었다.

운청산은 쓸쓸한 표정을 지으며 고개를 가로저었다.

똑! 똑! 똑!

운청산은 문 두드리는 소리에 고개를 돌리고 안에 있음을 밝혔다. 강정이 문을 열고 말했다.

"운 소협, 바보 녀석이 이제야 돌아왔소. 가십시다."

운청산은 강정에게 빙긋 웃어 보이고 고개를 끄덕였다. 그는 지난 며칠간 신세 졌던 방을 둘러보고 침상에 있던 작은 바랑을 등에 졌다. 그리고 탁자 위에 놓여 있는 검을 향해 손을 뻗었다. 검이 손 안으로 빨려 들어오는 순간 그것을 등에 메고 다시 한 번 방 안을 둘러본 후에 문을 닫았다.

십수 명의 사람들이 표사들의 안내를 받으며 성도표국의 정문을 지났다. 현상자, 운녹산, 당유연 세 사람과 그들의 수행인으로 따라온 운교인 등의 젊은이들이었다.

운녹산이 미소를 머금고 고개를 끄덕였다.

"과연 사천제일표국다운 규모올시다."

당유연이 맞장구쳤다.

"그렇군요. 본 가가 직접 운영하는 평성표국이 초라하게 느껴질 만큼 크오이다."

현상자가 있다고 겸양하는 말이 아니었다. 표국이라고 하기에는 그 규모가 너무나 컸다. 마차 다섯 대가 한꺼번에 들어갈 수 있을 것 같은 정문에서 본전까지의 거리만 해도 백여 장이 훨씬 넘었다. 좌우의 폭은 더 더욱 넓어서 이백여 장이 넘으니, 삼사천 명 정도는 수월하게 수용하고도 남으리라.

그뿐만이 아니었다. 우측에는 표국에서는 흔히 볼 수 없는 인공 호수까지 조성되어 넓은 공지의 삭막함을 상쇄해 주는데, 그 폭이 삼십여 장이 넘으니 뱃놀이를 해도 문제가 없으리라.

흐뭇한 미소를 짓던 현상자가 본전 쪽을 바라보며 말했다.

"방 대협이 오시는구려."

세 사람이 텅 빈 공지를 지나쳐 정문으로 뛰어오고 있었다. 힘 안 들이고 부드럽게 움직이는 것 같은데도 보보마다 육칠 장씩 단축해 오고 있었다. 허공에 떠 있는 동안에도 신형이 무척 안정되어 보이는 것으로 보아, 청성인들이 이동 시에 즐겨 펼치는 비학신법(飛鶴身法)이리라.

세 사람은 겨우 열서너 번 뛰는 것으로 현상자 앞에 이르렀다. 백발이 성성한 칠십 대의 노인과 두 명의 장년인들이었는데, 그들이 바로 성도표국의 주인 사천표왕(四川鏢王) 방태령(方太嶺)과 두 자식들이었다.

그들이 일제히 포권을 취하는 순간 현상자 일행도 즉시 포권으로 답례했다. 가벼운 인사가 오간 후에 방태령이 만면에 미소를 지으며 본전으로 손을 뻗었다.

"가시지요."

현상자 등이 손을 뻗어 겸양의 뜻을 보인 후에 결국 네 사람이 동시에 앞서 걸었다.

방태령이 말했다.

"아직 시간이 남아 있는데도 불구하고 진즉에 장사진을 이루고 있습니다. 한 시진 전에 벌써 오천은 되겠다는 소리를 들었으니 지금은 더 많겠지요?"

운녹산이 웃으며 말을 받았다.

"문제는 숫자가 아니라 수준 아니겠습니까? 어쨌든 이 정도는 예상했지요. 그랬기에 방 국주께 어려운 부탁을 드린 것입니다."

"어허! 어려운 부탁이라니오? 당연히 해야 할 일입니다. 사천무림이 하나가 되어 무림의 정기를 지키겠다는데, 이 방 모가 이 정도도 못한대서야 어찌 떳떳하게 청성인이라 밝히고 다니겠습니까?"

방태령이 짐짓 섭섭한 체하자 운녹산은 빙긋 미소를 지었고 그를 대신하여 현상자가 포권을 취해 인사했다.

"발 벗고 나서주시니 빈도가 체면을 세울 수 있게 되었소이다. 감사하오."

방태령이 다시 포권을 취해 겸양의 뜻을 표하고 일행을 둘러보았다.

"헌데 공명 선사와 신수 사태께서는?"

운녹산이 대답했다.

"사천무림련의 임시 총단을 금사강 북변의 불일장(佛日莊)으로 정했습니다."

방태령이 더 들을 필요도 없다는 듯 고개를 끄덕였다.

"그렇군요. 불일장이 아미계라 두 분께서 먼저 가신 게로군요. 작지 않은 공사가 되겠습니다."

본전의 대청에는 이미 사람을 맞을 준비가 되어 있었다. 중앙에 긴 대탁이 놓여 있었고 밖을 볼 수 있도록 안쪽에만 여섯 개의 의자들이 놓여 있었다. 그 뒤로 서너 개의 원탁들이 준비되어 있었고 탁자마다 가벼운 다과와 찻잔들이 가지런히 놓여 있었다.

방태령의 청에 따라 모두가 자리를 잡았다. 앞쪽에는 당연히 방태령과 현상자, 그리고 당유연과 운녹산이 앉고, 뒤로는 운교인 등의 젊은 사람들이 연무장을 등지는 자리를 비우고 앉았다.

의자 끌리는 소리가 가라앉자 곧 시비들이 뒤로부터 들어와 찻잔에 차를 따르기 시작했다. 일일이 차를 권하던 방태령이 문득 정문을 가리키며 말했다.

"아! 저희 수석 표두가 나서는군요. 벌써 시간이 다 되었나 봅니다."

그의 말에 따라 모두의 시선이 정문 쪽으로 향했다.

"아야! 그만 좀 때려요. 미안하다고 했잖아요."

종길이 머리를 감싸 쥐며 강정을 노려보았다. 그러나 강정은 다시 손을 들었다. 종길은 급히 물러서서 뒤따라오는 운청산의 등 뒤로 숨었다.

강정이 한심하다는 눈빛으로 종길을 바라보다가 고개를 저으며 정면을 바라보았다.

인산인해(人山人海)!

물동량이 사천제일이라 할 수 있는 성도표국이었다. 그래서 성도성 안에 자리하지 못하고 물자들이 오가기 쉬운 남문 앞에 위치해 있었다. 강정과 문취옥이 종길을 쉬지 않고 구박하는 가운데 운청산 일행은 거우 오시에 맞춰 도착했지만, 성도표국 앞의 넓은 벌판은 이미 발 디딜 틈조차 없이 사람들로 꽉 차 있었다.

"도대체 얼마나 많은 사람들이 모인 거야? 족히 오류천은 될 것 같지 않소, 운 소협? 죽지 못해 안달난 사람들이 이렇게 많을 줄이야……."

종길이 운청산의 두 어깨를 잡고 좌우를 두리번거리며 말하는 순간, 강정과 문취옥은 또다시 종길을 죽일 듯이 노려보았다.

종길은 급히 고개를 숙이고 운청산의 머리 뒤로 자신의 얼굴을 숨겼다. 그때 성도표국의 솟을대문 위로 청의를 입은 장년인 한 사람이 가볍게 날아올랐다. 그가 공력을 돋워 소리쳤다.

"주목하시오!"

사방의 웅성거림이 일시에 멈추었다. 청의장년인이 호목을 부릅뜨고 사람들을 둘러보다가 포권을 취해 읍해 보이면서 다시 소리쳤다.

"본인은 성도표국의 수석 표두 사덕명(司德明)이오! 동도들이 본인을 아껴 호목철장(虎目鐵掌)이라고도 부르지요. 자! 거두절미하고 본론만 말하겠소. 사천무림련이 도성 안에 위치하여 그 장소가 협소하다 보니, 오늘의 행사를 본 표국이 대행하게 되었소이다. 동도 여러분들께서는 모쪼록 본 표국이 무사히 행사를 끝낼 수 있도록 협조해 주시기 바라오."

사덕명은 사람들을 둘러보는 것으로써 다시 일어나려는 소란을 종식시켰다.

"오늘 사천무림련이 뽑기로 한 사람 수는 모두 해서 일천 명 안팎이오. 너무나 많은 분들이 오셨소이다. 그래서 불가피하게 시험을 하지 않을 수 없소이다. 간단히 하겠소. 삼십 장을 십 보 안에 뛸 수 있는 사람들은 일단 남으시오. 손끝, 칼끝, 병장기 끝으로부터 일 장 밖에 있는 물체를 자르거나 베거나 깨뜨릴 수 있는 사람들은 남으시오. 그 기준에 모자란다면 정원이 남는다 해도 뽑지 않을 테니 모두 돌아가시오!"

사덕명은 다시 한 번 시험을 치를 수 있는 조건을 크게 외치고 사람들을 둘러보았다.

사방에서 웅성거리는 소리가 터져 나왔다. 며칠 전부터 기다렸다는 소리부터 만 리 길을 달려왔다는 소리는 물론이고 원색적인 욕설들까지 난무했다.

사덕명이 눈을 부릅뜨며 소리쳤다.

"능력이 안 되는 사람들은 돌아가시오! 상대는 구대문파인 점창을 멸망시킨 세력. 기본이 안 되는 사람은 칼 한 번 휘둘러 보지 못하고 죽임을 당할 것이오. 사천무림련은 죽음이 두렵지 않은 사람이 아니라 도움이 되는 사람을 원하오."

그때부터 사람들이 하나둘씩 발길을 돌리기 시작했다. 낙담한 얼굴로 힘없이 돌아가는 사람들, 욕설을 내뱉는 사람들, 심지어는 눈물을 흘리는 사람들도 있었다.

발 디딜 틈도 없던 운청산의 주변에 구멍이 숭숭 뚫리기 시작했다. 어느새 셋 가운데 둘이 빠져나가 전체의 인원이 눈에 띄게 줄어들었다.

종길이 운청산의 뒤에서 당당히 걸어나왔다. 그가 두 팔을 벌려 좌우를 휘돌면서 말했다.

"하! 이것 보라구요. 금방 이렇게 어중이떠중이들 다 떠나잖아요. 어? 저기 봐! 우리 객잔에 묵었던 사람들이네. 으와! 우리보다 먼저 온 사람들이니까 돈 제법 들었을 텐데, 본전도 못 뽑고 돌아가는구만."

그때 문취옥이 손을 뻗어 종길의 뒤통수를 후려쳤다. 쫙, 소리와 함께 종길의 민머리에 붉은 손자국이 났다.

"아야! 정말 해도 너무하는군. 형수고 뭐고 다 필요없어. 한 판 붙자."

종길이 훌쩍 물러서서 도파에 손을 얹으며 문취옥을 노려보았다. 순간 그녀의 눈에서 한광이 번득였다.

챙!

발도 소리가 들리는 그 순간 주변의 사람들이 일시에 물러섰다. 동시에 그녀의 도에서 싸늘한 도기가 흘러나와 종길에게로 뻗어 나갔다.

"으갸갸갸!"

종길은 대경실색하여 급히 물러서면서 방향을 비틀어 운청산의 뒤로 숨었다. 그는 한숨을 내쉬고서 운청산의 얼굴 옆에 한쪽 눈만 내밀고 말했다.

"잘못했어요, 형수!"

문취옥은 종길을 날카롭게 노려보다가 도를 회수하고 강정의 곁으로 움직였다.

"휘유! 더위 먹었나? 내가 잠시 돌았었나 봐."

종길이 다시 옆으로 나오자 운청산이 강정 부부의 뒤를 따르며 물었다.

"전부터 궁금했는데, 왜 강 대협은 공대하고 문 여협은 하대하지요?"

종길이 벙긋 웃으며 말했다.

"흐! 운 소협도 참을성이 대단하오. 진즉에 물어봤어야 할 것을 지금껏 참았단 말이오? 그게 왜 그러냐 하면, 형수가 사저 되거든. 나이도 두 살이나 많지요. 어릴 때는 누나, 철들어서는 사저라 부르며 커와서 그게 편한가 보더라구요."

운청산이 고개를 끄덕이자 종길이 신이 나서 말을 이었다.

"흔하지 않은 경운데, 그게 어떻게 된 거냐 하면……."

그때 문취옥이 고개를 돌리며 낮게 소리쳤다.

"쓸데없는 소리 하지 맛!"

종길은 금세 자라목이 되어 운청산의 뒤로 숨었다. 그녀가 다시 고개를 돌리자 종길은 슬며시 나오면서 문득 생각났다는 듯 소곤거렸다.

"운 소협, 근데 나이가 어찌 되시오?"

"스물넷입니다."

"으응? 정말?"

운청산이 고개를 끄덕이자 종길은 눈을 치뜨며 고개를 저었다.

"정말 해도 너무하는군. 적어도 서른은 되었을 거라 생각했는데, 나하고 동갑이야? 도대체 그 나이에 어떻게?"

종길은 말하기도 싫다는 듯 고개를 내저었다. 그때 운청산도 놀란 듯한 표정으로 물었다.

"종 소협도 그럼 스물넷?"

"앗! 그건 무슨 뜻? 설마 그 이상으로 봤다는……."

"서른둘 정도 됐다고 생각했습니다."

운청산이 아무렇지도 않게 다시 고개를 끄덕이자 종길이 기분 나쁘다는 눈빛을 드러내며 운청산을 바라보았다.

“도대체 무슨 근거로 서른둘이라는 구체적인 나이를 떠올렸다는 말이오? 난 무공을 이야기한 건데, 운 소협은 얼굴을 말하는 것이겠지요?”

운청산이 빙긋 웃었다. 종길이 쓴웃음을 지었다가 갑자기 반색을 하며 말했다.

“운 소협! 목숨 빚은 목숨 빚이고, 우리 동갑끼리 트고 지냅시다. 어린것들이 하오, 합니다, 하는 것도 보기 싫지 않소?”

운청산이 다시 웃으며 순순히 고개를 끄덕이자 종길은 입을 함지박처럼 벌리고 두 주먹을 불끈 쥐었다. 그리고 운청산의 어깨에 팔을 두르면서 말했다.

“음하하하하! 최강의 배경을 두었으니 내가 누구를 두려워하랴. 이젠 형수도 두렵지 않다.”

종길이 문취옥의 등을 보는 순간 그녀의 손은 이미 도파로 움직이고 있었다. 그가 움찔하던 그때, 성도표국의 정문 앞으로 거리를 좁혀가던 사람들이 멈추어 섰다.

종길은 문취옥의 손이 도파에서 떨어져 나가는 것을 보며 한숨을 내쉬었다. 그때 사덕명이 소리쳤다.

“자! 다들 앉으시오. 삼 분지 이가 빠져나갔다 하나 아직 사람이 많소. 시간이 걸릴 테니 느긋해집시다.”

사덕명이 솟을대문에서 부드럽게 떨어져 내려 성도표국 정문 앞에 버티고 섰다. 사람들이 바닥에 털썩 주저앉았다.

사람들의 뒤쪽에 주저앉은 운청산은 사덕명의 주변을 살폈다. 강렬한 기파를 드러내는 장년인들 여덟 명이 사덕명의 바로 뒤에 서 있고 표사들로 보이는 사람들이 장년인들 뒤쪽에서 부산하게 움직이고 있었다.

사덕명이 뒤를 돌아보았다. 순간 여덟 명의 장년인들이 좌우로 갈라서면서 문 안쪽을 보여주었다.

사덕명이 돌아서며 말했다.

"동도 여러분! 보다시피 이 문을 넘어서면 삼십여 장의 거리를 표시해 놓은 줄 열 가닥이 있소이다. 이제부터 열 분씩 차례로 들어가 자신이 기준에 합당한 인물임을 증명하셔야 하오. 그럼, 본 표국의 표사들이 지명하는 분들부터 차례대로……."

사덕명은 말을 마치지 못하고 눈살을 찌푸렸다. 사람들 가운데 몇몇이 손을 들어 질문의 의사가 있음을 표시했기 때문이었다.

사덕명은 가까운 사람을 지적하며 말했다.

"할 말이 있으시오?"

죽의에 장창을 지닌 중년인이 일어서서 포권을 취해 보이고 말했다.

"개현(開縣) 신창문(神槍門)의 이후겸(李后謙)이오."

"반갑소. 하실 말씀은?"

"본 문은 보법에 치중하여 경공신법에는 취약하오. 솔직히 삼십 장을 십 보 안에 뛸 자신이 없소이다. 그러나 내 창은 일 장 다섯 자를 격하고도 능히 바위에 구멍을 뚫을 수 있소. 그런데 경공에 약하다고 탈락시킨다면 나로서는 억울하다 하지 않을 수 없소이다."

이후겸이 말을 마치자 여기저기서 호응하는 목소리가 터져 나왔다. 공력도 중요하지만 초식도 못지않다는 말부터 시험의 기준 자체가 엉터리라는 말까지 흘러나왔다.

사덕명이 고개를 끄덕이며 손을 뻗어 사람들을 진정시켰다.

"일리가 있소이다. 좋소. 두 가지 가운데 한 가지만 가능한 동도들은 일단 좌측으로 빠지시오. 반드시 기회를 드리겠소."

사덕명이 좌측으로 손을 뻗는 순간 육칠백 명에 달하는 사람들이 자리를 털고 일어섰다. 그들이 빠져나가고 사람들이 구멍을 메우자 한 청년이 일어서서 말했다.

"싸움에 이기면 장땡이지 그까짓 기준이 다 뭐요? 젠장! 지금껏 한 번도 진 적이 없는 놈인데 겨우 말단 무사 뽑는 곳에서 이런 대우를 받네? 한번 싸워나 보고 포기하게 해주쇼."

청년은 침을 뱉으려다가 앞에 사람들 머리가 있는 통에 꿀꺽 삼키고 사덕명을 바라보았다.

사덕명이 피식 웃음을 흘렸다.

"좋소. 이 청년과 같은 생각을 가진 사람들이 있으면 역시 물러나 기다리시오."

사덕명의 손짓에 따라 또다시 이백여 명이 우측으로 빠졌다.

소란이 가라앉자 사덕명이 앞에 포진하고 있던 표사들에게 지시했다. 표사들이 앞쪽부터 열 명씩 문 안으로 들여보내기 시작했다.

운청산이 조금씩 줄어드는 대열에 맞춰 앞으로 움직이는 동안, 사덕명의 지시에 따라 성도표국의 표두와 표사들 이십여 명이 좌우로 빠진 사람들을 이끌고 대열의 뒤쪽으로 움직였다.

"호! 저쪽이 더 재밌겠는데?"

종길이 아예 돌아앉으며 말했다. 운청산도 고개를 돌렸다.

두 가지 조건을 모두 만족시키지 못한다는 이백여 명의 사람들이 육백여 명의 사람들 앞으로 다가가 마주 서 있었다. 이백여 명의 사람들 가운데 이십여 명이 앞으로 나와 육백여 명의 사람들 가운데 한 사람씩 지적하여 비무를 시작했다.

스무 명의 표사들이 지켜보는 가운데, 권각이 난무하고 창검이 휘돌았다. 비명 소리가 나기 시작하더니 뼈 부러지는 소리도 심심치 않게 들려왔다.

결과는 보지 않은 것과 마찬가지였다. 그냥 돌아갔으면 몸만이라도 성했을 텐데, 결국 부상을 입는 쪽은 대부분이 이백여 명에 속해 있던 사람들이었다. 예외가 있다 하더라도 스물 혹은 서른에 하나씩 나오니, 무공의 고하(高下)와 공력의 고하가 적지 않은 상관관계가 있음이 증명되는 순간이었다.

운청산은 싸움하는 이들에게는 별다른 관심을 두지 않고 주변을 살폈다. 사람들은 역시 비무에 눈길을 두고 있었다. 몇몇은 만족스런 미소를 짓고 있었지만 대부분의 사람들은 불안한 얼굴로 비무를 관찰하고 있었다. 만만치 않은 경쟁자들이 늘어나고 있음을 확인한 탓이리라.

그때 강정이 운청산과 종길을 불렀다. 일천 명이 넘는 사람들이 기다리고 있어서 오래 걸리겠거니 생각했는데, 채 일각도 못 되어 다 들어가고 벌써 차례가 된 것이었다.

운청산과 강정 등 네 사람은 같은 열에서 뛰었다. 탄력이 붙으면 일 보에 이십여 장도 문제가 아닌 운청산이니 산보나 마찬가지였다.

강정 등 세 사람과 함께 몇 보 더 걸으니 설명을 듣지 못한 광경이 눈에 들어왔다. 한 줄 선이 그어져 있고 일 장 앞으로 열여섯 개의 대나무들이 세워져 있는데, 두 개의 대나무 사이에 한 장씩 기와가 걸려 있었다. 진행 표두의 설명을 들어보니 손이나 발, 혹은 병장기 끝이 줄을 넘지 않는 상태에서 기와를 깨뜨리면 되는 일이었다.

권력으로 기와에 구멍을 뚫고 한쪽으로 물러서서 살펴보니, 몇몇 사람들이 겸연쩍은 표정을 지으며 정문 쪽으로 나가고 있었다. 해내지 못한 것이었다.

"쯧쯧쯧, 안 들킬 줄 알았나 보네? 근데 이게 뭐 하자는 거야? 상대가 가만히 서 있어준대? 이딴 것도 시험이라고……."

종길이 투덜거렸다. 그때 운청산 일행의 뒤를 따른 사람들마저도 모두 시험을 끝낸 듯 더 이상 기왓장 깨지는 소리는 들리지 않았다.

사덕명이 표국의 마당에 주저앉아 있는 사람들 앞에 나타났다. 자연히 사람들 사이에 침묵이 감돌면서 시선들이 오직 사덕명 한 사람에게로 집중되었다.

"수고하셨소이다. 이제부터 본격적으로 시작해 보겠소."

또다시 웅성거림이 흘러나왔다. 그러나 사덕명의 다음 말에 금세 잠잠해졌다.

"능력이 다르면 대우도 달라야 하는 법. 오늘 모집하는 사천무림련의 무인은 천지인(天地人)의 세 단계로 나뉘게 될 것이오. 지금 여기 계신 분들은 우선 인급으로 분류되오. 이 가운데서 삼십 장을 칠 보에 뛰고 일 장 다섯 자를 격하여 기와를 깨뜨릴 수 있는 사람을 지급, 삼십 장을 오 보에 뛰고 이 장을 격하여 기와를 깨뜨릴 수 있는 사람을 천급으로 분류하겠소. 물론 완전히 결정하는 것은 아니오. 아래 급수의 사람들 가운데 불만이 있는 사람들은 위 급수 사람에게 도전할 기회를 주겠소. 그런 후에야 급수를 완전히 결정하는 게 합리적일 것이오. 일단 결정이 되면 그때는 천급과 지급 사람을 우선적으로 고용하고 인급 가운데서 또다시 시험을 치른 후에 천지급과 합하여 일천 명을 뽑을 생각이오. 자! 대충 설명이 된 것 같으니 지급에 도전할 사람들은 좌측으로 나오고 천급에 도전할 사람은 우측으로 나오시오."

그때 누군가가 물었다.

"대우가 다르다면 구체적으로 어떻게 다른지 말해 주시오."

사덕명이 깜빡 잊었다는 듯한 표정을 지으며 고개를 끄덕였다.

"인급의 월삯은 은 열 냥, 지급은 스무 냥, 천급은 서른 냥이오. 부상으로 더 이상 임무를 수행할 수 없을 때, 각 급의 사람들은 여섯 달치 삯을 위로금으로 받소. 죽었을 때 또한 여러분이 지정하는 사람에게 같은 금액의 보상금을 보내게 되오. 만약 사천무림련이 해산될 때까지 살아 있다면, 그때는 일 년 치 월삯을 일시불로 받게 되오. 그리고 무림련 소속으로 있는 동안 제공되는 모든 편의도 차등을 둘 것이오. 인급의 숙사는 다섯 명이 공동으로 사용하게 될 것이고, 지급은 두 명, 천급에게는 독방이 제공되고, 그 외 소속과 임무는 물론 옷과 식사까지도 조금씩 다를 것이오."

인급만 해도 은 열 냥이니 적지 않은 돈이었다. 인급무사의 능력으로는 꿈도 꾸지 못하는, 웬만한 표국의 표두 정도나 되어야 그 정도 대우를 받으리라. 그러나 당장 목숨을 걸어야 하는 처지들이니 많다고도 할 수 없는 돈이리라.

사람들이 웅성거렸다. 차이가 나도 너무 많이 난다는 투덜거림과 함께 목숨을 잃은 사람보다 살아남는 사람들에게 더 많은 돈을 지급한다 하니 의문이라는 소리도 나왔다.

결국 누군가가 소리쳐 이유를 물었다.

사덕명은 간단히 대답했다.

"죽은 사람은 도움이 되지 않소."

"아!"

사람들의 입에서 터져 나온 탄성과 표정들이 하나같이 기묘했다. 단순히 무인을 뽑는 것이 아니라 전쟁에 투입된다는 것을 뼈저리게 자각한 것이었다.

표정을 살피던 사덕명이 차갑게 말했다.

"무슨 뜻인지 알아들은 것들 같구려. 그렇소. 그러니 겁이 난다면 지금 물러서는 게 좋을 것이오."

사덕명이 냉정한 얼굴로 사람들을 둘러보았다. 그의 얼굴에는 나갈 테면 나가라는 표정이 분명하게 드러나 있었다. 그러나 누구도 일어서지 않았다.

"그럼 지급과 천급에 도전할 사람들은 좌우로 갈라서시오."

그때서야 사람들이 일어섰다. 좌측으로 움직인 사람들이 모두 삼백여 명에 이른 반면 우측으로 움직인 사람들은 일백여 명도 채 안 되었다.

운청산과 강정 부부는 물론 우측으로 움직였다. 문제는 종길이었다. 이 장의 도기를 뽑는 것은 어찌하면 가능할 것 같았지만, 일 보에 육 장을 연속해서 뛰는 것은 그에게 무리였다. 종길은 잠시 망설이다가 운청산에게로 다가갔다.

"쓰으! 떨어지면 창피가 막심할 텐데……."

종길이 얼굴을 일그러뜨리며 운청산과 강정 부부에게로 돌아왔다. 운청산과 강정 부부는 손쉽게 통과했지만 종길은 예상대로 성공하지 못했다.

운청산이 종길의 어깨를 툭 건드렸다. 종길이 씁쓸한 미소를 지으며 민머리를 긁적였다.

"에이, 한 발에 한 자씩만 더 뛰었어도 되는 거였는데… 이렇게 되면 찢어져야 되나?"

강정이 진행 표두에게 다가가 물었다.

"동생인데 거처만이라도 어찌 안 되겠소?"

표두가 사무적으로 말했다.

"내 권한이 아니올시다. 확정된 후에 같은 향당에 배속시켜 달라고 부탁해 보시오."

강정이 고개를 끄덕이고 돌아왔다.

"인석아! 일단 지급에 가서 시험이나 봐."

"알았수. 청산, 나중에 보자."

운청산이 웃으며 고개를 끄덕였다. 종길이 사라지자 강정이 놀란 눈으로 운청산을 보았다.

"저놈이 왜 운 소협에게 말을 놓는 거요?"

운청산이 담담하게 대답했다.

"스물넷 동갑이더군요. 그래서 친구로 지내기로 했습니다."

"으응?"

강정은 물론이고 표정없기로 소문난 문취옥마저도 눈을 둥그렇게 떴다.

"운 소협도 스물넷?"

운청산이 고개를 끄덕이며 말했다.

"그러니 두 분께서도 편히 말씀하시지요."

강정과 문취옥은 운청산의 말을 알아듣지 못했는지 멍한 눈으로 그를 응시했다.

"어허! 그 나이에… 역시 곤륜인가?"

그때였다.

"모이시오."

간단한 시험에 인원도 얼마 안 되는 까닭에 천급의 시험장은 이미 당락이 결정되어 있었다. 도전한 인원 아흔여덟에 합격 인원이 여든일곱이었다.

여든일곱 사람이 대충 모이자 사덕명이 다가왔다. 그는 사람들의 면면을 살피며 간혹 가다 '그럼 그렇지' 하는 표정을 짓기도 하고 또 눈가에 웃음을 드리우기도 했다. 몇몇과는 안면이 있다는 표정이었다.

당연한 일이리라. 간단한 시험이었지만 그 정도의 공력을 지닌 인물이 무명 소졸이라면 그것이 오히려 이상한 일이리라. 그런 면에서 여든일곱 명 가운데 운청산의 경우는 특이하다 할 것이었다.

사덕명이 눈가의 웃음을 거두었다. 그러나 그의 목소리에는 지금까지와는 다른 호의가 여전히 담겨 있었다.

"아직 천급으로 확정된 것은 아니오만 탈락될 염려는 없는 분들이니, 이제 간단하게 신상 파악을 하는 과정만 남았소이다. 보시다시피 저쪽 인공 호수 위에 정자가 있소. 그곳에 여덟 사람이 기다리고 있소이다. 그분들은 모두 여기 성도표국과 운가의 천북표국, 아미계에 속하는 광명표국과 당가의 평성표국에서 오신 발 넓은 표두들이니, 혹시 안면이 있는 분이 있으면 그분께 가서 신원 확인서를 작성해 주시고, 없으면 아무나 한 사람에게 부탁하시오. 몇몇 분에게는 따로 부탁드리는 일이 있을 것이오. 따라주시기 바라오."

사덕명이 정자를 향해 손을 뻗었다.

현상자가 좌우의 운녹산과 당유연을 번갈아 바라보고서 말했다.

"그들의 말에도 일리가 있으니 어찌해야 되겠소?"

당유연이 먼저 대답했다.

"우리 사파에서 거둔 돈이 팔십만 냥에, 청성과 아미의 속가에서 십시일반으로 보태준 돈이 이십만 냥에 육박하고 있습니다. 서너 달 끈다 해도 천오백 명 정도는 받아들일 여유가 있지요."

운녹산도 고개를 끄덕였다.

"결국 공성전이나 마찬가지가 될 것입니다. 우리가 공격해야 하니 사람은 많을수록 좋겠지요. 당 대협의 말씀대로 자금에 여유가 있다면 초과하여 뽑는 것도 나쁘지 않을 것 같습니다."

현상자가 고개를 끄덕였다.

"그렇게들 생각하신다 하니 반대는 않겠소만, 일단 수준을 보고 너무 처지지 않는 사람들만 초과하여 뽑도록 합시다. 쓸데없는 사상자를 많이 내는 것도 나중에 문제가 될 것이오."

당유연과 운녹산이 동시에 고개를 끄덕였다. 당유연이 말했다.

"일이 끝난 후를 생각지 못했습니다. 옳으신 말씀! 그리하도록 하지요."

당유연이 현상자 너머 운녹산에게 동의를 구했다. 운녹산이 미소로써 답했다. 그때 성도표국의 표사 한 사람이 다가와 방태령에게 말했다.

"국주! 천급에서 모두 여든일곱 명이 뽑혔습니다."

방태령이 고개를 끄덕이고 나서 현상자를 바라보며 말했다.

"숨은 인재들이 제법 많은가 봅니다. 천급이라면 못해도 저희 표국 표두 수준이랄 수 있는데, 여든일곱이라니 성과가 나쁘다고는 볼 수 없겠군요."

방태령의 말에 현상자 등 세 사람이 동시에 만족스런 미소를 지었다. 그때 인공 호수의 정자에서 소란이 일었다.

　방태령이 즉시 표사에게 말했다.

　"가서 무슨 일인지 알아보고 오너라."

　여든일곱 가운데 반 수 정도는 아는 표두가 있는 듯 스스럼없이 다가가 인사하고 신상 명세를 적었다. 간단한 듯 보였다. 출신지와 출신 문파, 그리고 이름과 나이, 마지막으로 사망 시에 보상금을 수령할 사람을 적는 것으로 끝났다.

　뒤쪽에 선 운청산은 아예 관심을 끊고 본전을 흘끔 바라보았다가 호수로 눈을 돌렸다.

　바로 그때 누군가가 탁자를 후려치며 소리쳤다.

　"점창의 복수를 하러 가는데 점창속가는 안 된다니, 그게 도대체 말이나 되는 소리요?"

　정자와 운개교에 흩어져 있던 사람들의 시선 모두가 그 한 사람에게 쏠렸다. 운청산도 사내를 바라보았다. 뒷모습이라 얼굴은 알 수 없었지만 중후한 목소리를 내는 중키의 황의사내였다.

　맞은편에 앉아 있던 장년 사내가 표정 변화 없이 대답했다.

　"들으셨소? 점창속가들 다수가 사문을 향해 칼끝을 돌려세웠소. 그런 마당에 점창의 속가를 어찌 믿고 받아들인단 말씀이오? 억울한 줄은 아오. 하지만 어쩔 수 없소이다."

　사내가 고개를 젓자 황의사내는 사정조로 말했다.

　"이보시오, 정 표두! 나 하나가 아니오. 우리 운방(運幇) 사람들 스물여덟이 목숨을 다하는 그날까지 본산 수복에 힘을 다하겠다고 다짐하고 왔소이다. 돈도 필요없고 편한 잠자리도 필요없소. 오직 선봉에만

설 테니, 함께 갈 수 있게만 해주시오. 미력한 힘이나마 보태게 해달라는 말이오."

광명표국에서 십삼 년 동안이나 표두를 해오고 있는 파운수(破雲手) 정일창은 눈을 지그시 감고 고개를 저었다.

"위에서 내려온 지침이라 내가 뭐라 할 수 있는 입장이 아니구려. 죄송하오."

황의사내는 애가 끓는 목소리를 토해냈다.

"생각을 해보시오! 내가 불측한 마음을 먹고 왔다면 점창속가라고 밝히겠소?"

그때 본전에서 운녹산이 자리에서 일어나 우렁차게 소리쳤다.

"동도들 가운데 점창과 관련이 있는 분들은 모두 한곳에 모여주시오! 그대들의 거취 문제는 점창 본산의 제자들과 상의하여 처리하겠소."

황의사내가 고개를 뒤로 꺾으며 한숨을 내쉬었다. 그것이 안도의 한숨인지 탄식인지는 알 도리가 없었다. 그러나 자리를 떠나 지정된 장소로 걸어가는 그의 뒷모습은 너무나 측은하게 보였다.

"다음 분!"

정일창 표두가 소리치자 황의사내 뒤쪽에 서 있던 육 척 장신의 마의사내가 다가갔다. 사내는 구멍이 숭숭 뚫린 거친 마의에 긴 머리를 끈 하나로 대충 묶은 것만으로도 특이하게 보였는데, 병장기도 특이해서 길이 칠 척에 무게가 사십 근은 나갈 것 같은 미첨대도(眉尖大刀)를 들고 있었다.

사무적인 어조로 종이에 적어야 할 것들을 일러주던 정일창이 문득 사내의 얼굴을 뚫어지게 바라보다가 눈을 부릅떴다.

"당신은? 항마도(降魔刀) 보덕(普德)?"

그때 사내가 낮고 굵은 목소리로 말했다.

"이젠 속세인 이정(李正)일 뿐이오. 오랜만이구려, 정 대협. 다른 사람들에게는 알리지 말아주시오. 부끄럽게도 돈이 필요해서 왔소이다."

정일창은 이정을 빤히 바라보다가 고개를 저었다. 정일창 그가 아는 이정은 이런 모습으로 용병이나 다름없는 사람들을 뽑는 자리에 나타나서는 안 될 사람이었다.

항마도 보덕! 한때 아미정종의 복호승들 가운데서도 세 손가락 안에 꼽히는 절정의 무승이었다. 만약 한 여인을 만나지 않았다면 지금쯤 복호승들을 가르치는 수좌승이 되어 있을 것이 틀림없는 사람이었다. 그러나 운명은 그를 승인으로 살게 내버려 두지 않았다.

"환속하였다는 소리는 들었소. 알겠소이다. 사문의 사람들에게는 함구하겠소."

정일창이 안타까운 눈빛으로 이정을 보다가 고개를 끄덕이자 이정은 붓을 들어 그가 적어야 할 것들을 차분히 써 내려갔다.

이정이 붓을 내려놓는 순간 정일창이 물었다.

"혹시 내가 도울 일이 있소?"

이정은 한동안 망설이는 듯하더니 힘겹게 고개를 저었다. 그리고 포권을 취해 보이고 정일창의 앞을 떠났다. 정일창이 이정의 등에 대고 말했다.

"개인적으로라도 돕겠소. 필요한 것이 있거든 나중에라도 찾아주시오, 반드시!"

이정은 돌아보지 않고 고개를 끄덕였다.

운청산은 이정의 사자와 같이 위엄있는 얼굴과 두 눈에 물든 우수가 전혀 어울리지 않는다고 느끼며 그를 스쳐 보냈다.

"다음 분!"

강정 부부가 동시에 앞으로 나아갔다. 두 사람이 책자의 빈칸을 채운 순간 정일창이 고개를 끄덕였다.

"아하! 그대들이 바로 감숙칠도의 그 유명한 보살도와 야차도시구려?"

그때였다. 정일창의 옆에 앉아 있던 사내가 고개를 돌려 강정 부부의 얼굴을 살폈다.

"아! 맞소이다. 전에 서녕부로 표행을 나갔다가 뵌 적이 있지요. 나 모르시겠소? 천북표국의 진삼두요."

강정이 진삼두라 자칭한 사내의 얼굴을 빤히 바라보다가 미소를 지었다.

표두와 보표. 보호하는 대상이 조금 다르긴 하지만 동종의 직업이라 할 수 있으리라. 오가다 만난 것만으로도 금방 서로 마음이 통할 수 있는 사람들이었다.

"그렇소이다. 이 년이 조금 넘었지요, 진 표두?"

진삼두가 너털웃음을 터뜨리며 고개를 끄덕였다.

"헌데 동생 분들은 어쩌고?"

"재수가 없다 보니 흑풍사를 떼거리로 만나 셋을 잃고 하나는 은퇴, 그리고 나머지 하나는 저기 지급에 있소이다."

"저런!"

진삼두가 혀를 차는 순간 정일창이 물었다.

"허면 진 표두가 이 두 분의 신원을 확인해 주는 것이오?"

"기꺼이!"

진삼두는 흔쾌히 고개를 끄덕이고 나서 강정에게 나중에 한잔하자는 말을 건네고 본연의 임무로 돌아갔다.

정일창은 신원 보증란에 동그라미를 치고 강정의 기록을 살피며 의아한 표정을 지었다.

"강 대협, 사망 보상금을 곤륜으로 보내시는 이유가 있소이까?"

강정이 뒤에 서 있던 운청산을 돌아보며 대답했다.

"달리 전할 사람도 없고, 또 곤륜 도장과 여기 곤륜의 속가 되는 젊은이에게 목숨 빛을 진 일이 있소이다."

"음! 알겠소. 허면 두 분께서 저 소협의 신원을 보증할 수 있소이까?"

강정과 문취옥은 대번에 고개를 끄덕였다.

"물론이오. 함께 다니면서 어떻게 하든 목숨 빛을 갚아볼 요량이라오."

강정이 미소를 짓자 정일창도 웃으며 고개를 끄덕이고는 문취옥의 기록 다음 장을 넘겨 우선 신원 보증란에 동그라미를 쳤다.

"소협 차례요."

정일창이 붓에 먹물을 듬뿍 찍어 운청산에게로 건넸다. 운청산은 붓을 받자마자 일필휘지(一筆揮之)로 써 내려갔다.

"허! 용사비등(龍蛇飛騰)이란 말이 아깝지 않아. 절정의 검무를 보는 듯하구나. 어찌 글씨를 보는 것만으로 속이 이리도 후련해질 수 있단 말인가?"

정일창이 눈을 둥그렇게 뜨고 한참이나 운청산의 필체를 감상했다. 그러나 옆에서 보고 있던 강정은 미약한 의심을 담고서 운청산의 얼굴을 살폈다. 운청산이 이름란에 이청산이라 적은 까닭이었다.

〈강 대협! 사정이 있습니다. 모른 체해 주십시오.〉

강정은 운청산의 전음을 듣고서야 고개를 끄덕였다.

"됐습니다. 신원 보증이 있으니 세 분은 따로 초상화를 그려야 할 필요가 없겠군요. 잠시 쉬면서 기다리시오."

세 사람이 동시에 포권을 취해 보였다. 정일창도 앉은 채로 포권을 취하며 웃었다.

"아! 이 소협, 이 정 모가 무식함을 덮으려다가 좋은 글씨를 보면 참지 못하는 버릇이 생겨 버렸소이다. 나중에 시간이 나거들랑 글 한 폭 써주시구려. 멋들어지게 표구하여 가보로 보관하겠소이다."

운청산은 상기된 표정으로 망설임을 보이다가 미약하게 고개를 끄덕였다.

"허허허! 약속하셨소. 내 나중에 문방사우를 준비하여 반드시 찾아갈 것이오."

운청산은 다시 한 번 고개를 끄덕이고서 정일창으로부터 멀어졌다.

세 사람은 정자를 빠져나와 운개교 난간에 기대어 섰다. 천급과는 달리 지급과 인급을 다루는 곳은 여전히 분주했다. 지급은 이제야 신상 명세를 적기 시작한 것 같았고, 진즉에 신상 명세 파악에 들어간 인급은 사람이 너무 많아 아직 시작한 것 같지도 않았다. 그런데 정문에서 또다시 수백 명의 사람들이 들어오고 있었다. 두 가지 조건을 한꺼번에 만족시키지 못한 사람들 가운데 따로 심사를 거친 사람들이리라.

강정은 사람들 둘러보기를 멈추고 운청산에게 물었다.

"운 소협, 아까는……."

운청산이 강정의 말을 끊고 답변했다.

"제가 외숙부와 떨어져 이곳에 남은 이유는 어떤 사람을 알고 싶어

서입니다. 그럴 일이 없으리라고 생각합니다만 혹시라도 그 사람이 저를 먼저 알아보지 않았으면 하는 바람으로 어머니의 성을 쓴 것뿐이지요. 그러니 앞으로 운 소협이라 부르지 마시고, 아길을 부르듯이 그냥 청산이라 불러주십시오.”

강정은 더 묻지 않고 고개를 끄덕였다.

‘운씨 성을 버리고 어머니의 성 이씨를 따랐다? 그렇다면 결국 운가와 관련된 것인가? 혹시 이 친구가 천북운가 사람? 그럴 수도 있겠군.’

강정은 생각을 이어 나갈 수 없었다. 아무리 들어도 익숙해지지 않는 소리, 그가 벤 사람의 입에서도 나오지 않았으면 하는 소리, 그의 입에서도 결코 토해내고 싶지 않은 비명 소리가 연이어 들려왔기 때문이었다.

강정 등은 동시에 소리의 진원지로 시선을 주었다. 정문 쪽이었다. 이십여 명의 백의인들이 일시에 정문을 넘어섰다. 그들은 아무런 말도 없이 막아서는 표사들을 베고 바로 인급무사들 안으로 뛰어들었다. 이 장이 넘는 도기들이 사방으로 뻗어 나갔다.

무인들이 넘쳐 나는 곳이었다. 그러나 그 누구도 무인의 기상을 드러내지 못했다. 엉겁결에 당한 일이라 당황한 탓도 있으리라. 그러나 진정한 이유를 찾자면 결국 백의인들의 손속을 탓해야 하리라.

백의인들은 무자비했다. 산개하여 들이닥친 백의인들은 죽이라는 말조차 아끼고 도를 휘둘렀다. 대충 열을 지어 앉아 있던 사람들은 파도처럼 밀려오는 도기들을 막아볼 기회조차 갖지 못했다.

한 줄의 도기에 서너 개씩의 수급들이 튀어 올랐다. 사람들은 수십여 명이 죽은 후에야 분분히 몸을 날렸다. 그러나 천 명이 넘는 사람들이 대오를 이룬 상태였다. 앞쪽 사람들은 궁금하여 앞으로 오려 하고 뒤쪽 사람들은 겁을 먹고 물러서려 하니, 밀물과 썰물이 부딪치는 형국이 될 수밖에 없었다. 결국 몸을 날렸다 해봐야 뒷사람이 앞 사람의 머리를 타 넘은 것뿐이었다.

사람들은 서로 부딪치고 넘어지며 한 사람이라도 더 자신의 앞으로 세우기 위해 안간힘을 다했다. 그 위로 훽훽 휘도는 백의인들의 도기들이 계속해서 원을 그렸다.

비명 소리가 연이어 터져 나오고 핏줄기가 쉬지 않고 솟구쳤다. 몇몇 사람들이 병장기를 뽑아 대항해 보려 했지만 지급에도 도전해 보지 못하는 인급 사람들로서는 역부족이었다.

눈 깜짝할 사이에 백여 명이 넘는 사람들이 피를 뿌리며 나뒹굴었다. 그런데도 백의인들은 만족하지 못하고 시신을 밟고 뛰어넘어 쉬지 않고 도를 휘돌렸다.

운청산이 눈을 부릅뜨고 발끝에 힘을 실었다. 그러나 결국 몸을 날리지 못했다. 대신에 망설이는 눈빛으로 대청을 살폈다.

'저들이 더 빠를 것 같군.'

십여 명의 사람들이 대청에서 일제히 튀어나오고 있었다. 운청산은 자신도 모르게 발끝에 실었던 힘을 빼고 멍한 눈빛으로 백의인들을 바라보았다.

힘을 쓰느라 이를 악물었을 뿐, 백의인들의 눈빛은 너무나 차고 담담해서 냉혹하게 느껴졌다. 핏줄기가 튀어 그들의 옷과 얼굴을 붉게 물들였다. 그러나 그들은 아무런 동요 없이 오직 전진할 따름이었다.

운청산은 차가운 의지가 느껴지는 백의인들의 표정을 살피면서 전율했다. 그도 이미 사람이 사람을 죽이는 광경을 보았다. 그 자신 역시 피를 보았다. 그러나 그것들은 빼앗으려는 자와 지키려는 자의 도전과 응전이었고, 사람들을 살리려는 몸짓이었다. 그러나 지금 눈앞에서 벌어지는 광경은 일방적인 학살일 뿐이었다.

'지금껏 보아왔던 가장 비참한 광경보다 백 배 더 처참한 광경을 보게 될 것이라 하셨습니까, 외숙? 지금 보고 있습니다. 전 어찌해야 할지도 모르겠습니다. 당장 달려가 막아야 한다고 생각은 합니다만, 내 처지를 생각하니 몸이 말을 듣지 않습니다. 부끄럽습니다. 어찌해야 합니까?

처참한 광경을 보게 될 것이라 했을 때, 운청산은 내심 청인자가 모르는 것이 있다고 생각했었다. 전신에 구멍이 숭숭 뚫려 내장이 흘러내리고 목이 덜렁거리는 광경을 어릴 적부터 계속 보면서 자랐다. 그보다 더 처참한 광경은 없을 것이라고 생각했었다.

그러나 그것이 아니었다. 진정으로 무서운 것은 눈에 보이는 광경이 아니라 그 광경을 만들어내는 사람들의 마음을 엿보게 되는 것이었다. 그 마음으로부터 뿜어져 나오는 차갑고 비정한 기운을 느끼게 되는 것이었다.

운녹산 등 네 사람이 몇 발짝 지나지 않아 압도적인 속력으로 뒷사람들을 떼어놓기 시작했다. 그들은 각기 다른 신법을 펼치면서도 우열이 가려지지 않는 속도로 점차 가속을 붙여 어느새 한 걸음에 십오륙 장씩을 건너뛰어 인급 지원자들의 머리 위로 솟구쳤다.

사람들의 머리와 어깨를 밟으며 백의인들에게로 날아간 네 사람은 본능적으로 흩어져 백의인들의 머리 위로 떨어져 내렸다.

운녹산의 도가 뽑혀 나오자마자 하얀 도기를 내뿜었다. 안개 같던 도기는 본능적으로 반응하는 백의인의 도기에 닿는 순간 고드름 같은 단단한 결정을 지어 백의인의 도기를 가르고 도를 부수고 팔과 어깨를 날려 버렸다.

"죽이지 말고 물러서시오!"

운녹산은 대갈을 터뜨리며 뒷걸음질치는 백의인의 어깨를 밟고 옆으로 몸을 날렸다. 또 다른 백의인은 운녹산의 기세를 느꼈을 것임에도 불구하고 앞으로 나아가기를 멈추지 않았다.

운녹산은 어쩔 수 없이 백의인의 목을 날렸다. 운녹산은 허물어지는 백의인을 밟고 또 다른 백의인을 향해 몸을 날렸다. 그러나 그가 목표한 백의인들은 하나같이 방어를 도외시하고 오로지 사람들을 한 명이라도 더 죽이기 위해 안간힘을 다하는 것 같았다.

운녹산이 다섯 번째 백의인에게로 몸을 날렸다. 순간 다섯 번째 백의인이 자의로 훌쩍 물러서며 그를 향해 팔을 뻗었다. 그것은 대항의 기색이 아니었다. 팔을 끊어달라는 요청일 따름이었다.

도를 든 백의인의 오른팔이 바닥으로 툭 떨어졌다. 또다시 몸을 날리려던 운녹산은 백의인들 대부분이 당유연과 현상자 등에게 제압당하거나 죽었음을 확인하고 허공에서 몸을 휘돌려 팔이 떨어져 나간 백의인의 일 장 앞에 내려섰다.

삼십 대 중반가량의 백의인은 잘린 팔을 늘어뜨린 채로 가만히 서 있었다. 피가 줄줄 흐르고 있었다. 그래도 백의인은 지혈할 생각조차 하지 않고 운녹산을 응시했다.

운녹산이 막 입을 움찔거리는 순간, 무표정하던 백의인의 얼굴에 만족스런 미소가 감돌았다. 운녹산이 미간을 찌푸리자 백의인은 서두르는 기색도 없이 왼손을 품속으로 가져가 비수 한 자루를 꺼냈다. 그리고 그 비수를 다른 누구도 아닌 자신의 목으로 가져가며 하얗게 웃음 지었다.

"하하하하하! 알겠느냐? 너희들이 상대하려는 이들이 바로 우리 같은 사람들이다. 죽고자 하는 놈들은 얼마든지 오너라. 다 죽여주마. 아하하하하하!"

백의인은 운녹산에게 의미심장한 눈웃음을 보내고 나서 서슴없이 자신의 목을 그었다. 피분수가 솟구쳐 그의 전신으로 날아왔다.

운녹산은 도를 가볍게 흔들어 하얀 안개 같은 기운으로 전면을 가렸다. 그 기운이 흩어지는 순간 핏물은 허공에서 가로막혀 아래로 주르륵 흘러내렸다.

운녹산이 주변을 살폈다. 그 순간 조금 전 백의인이 한 말들이 다른 목소리들을 통하여 두 차례 더 들려왔다. 그는 고개를 저으며 백의인의 뒤쪽에 널려 있는 시신들을 훑어봤다. 눈대중으로 보아도 족히 이백은 넘을 것 같았다.

운녹산은 사람들의 기색을 살폈다. 너무나 조용하고 무거운 분위기였다. 천 명이 넘는 사람들, 무인들만이 모여 있음에도 불구하고 무겁게 가라앉아 있었다.

운녹산은 많은 사람들의 눈에서 공포를 확인했다.

'이거 큰일이군. 그만두겠다는 사람이 많이 나올 것 같은데…….'

운녹산은 어금니를 악다물어 걱정과 분기를 억누르고 현상자와 당유연을 살폈다. 그들도 눈살을 찌푸리며 고개를 내젓고 있었다.

"우오오오오아아아아아!"

운녹산이 두 팔을 벌리며 하늘을 우러러보고 사자후를 터뜨렸다. 순간 그의 전신 모공에서 실낱같은 금빛 기운이 뿜어져 나와 전신을 뒤덮고, 그것도 모자라 찬란한 금광이 되어 운녹산의 신형을 완전히 가려 버렸다. 먼지들이 일어나 사방으로 흩어지고 청석들이 들썩였다.

넋을 잃은 채 시신들을 바라보던 사람들이 깜짝 놀라 운녹산을 주시했다. 순간 그를 감쌌던 무극금정강기가 순식간에 그의 전신으로 스며들어 버렸다.

사람들이 운녹산의 일거수일투족에 신경을 곤두세우는 그때, 그는 처연하기 그지없는 표정으로 한숨을 내쉬었다. 고개를 저으며 시신들 사이사이를 천천히 거니는 그의 두 뺨 위로 또르르 눈물이 굴러 떨어졌다.

한참이나 시신들 사이를 거닐어도 사람들은 시선을 거두지 못했다. 운녹산은 시신들 한가운데 이르러서 우뚝 멈춰 섰다. 사람들이 일제히 그의 눈물 젖은 얼굴을 주시했다. 몇몇 사람들은 자신들에게 돌아오는 그의 시선을 바라보며 마른침을 꿀꺽 삼켰다.

운녹산의 두 눈이 아주 천천히 자신의 목을 그어버린 백의인에게로 돌아갔다. 사람들의 시선도 자연스럽게 그쪽으로 움직였다.

그때 운녹산이 낮지만 뒷사람에게까지 확연하게 들리는 목소리로 말했다.

"동도 여러분! 저들이 바로 우리가 상대해야 할 사람들입니다. 이 운녹산은 지금 전율을 금치 못합니다. 이 사람은 저들이 두렵습니다. 대항할 준비도 하지 못한 사람들을 일방적으로 도륙할 수 있는 심성이 무섭고, 스스럼없이 목숨을 버릴 수 있는 신념이 두렵습니다. 이 사람은 결코 이들처럼 행동할 수 없습니다. 여러분은 어떻습니까?"

운녹산이 말을 끊자 사람들이 술렁거리기 시작했다. 몇몇 사람들은 이제야 알게 된 그의 정체를 놓고 고개를 끄덕였고, 또 몇몇 사람들은 안 그래도 겁먹은 사람들에게 사기를 꺾는 말을 하는 그의 의도를 몰라 눈살을 찌푸렸다.

그때 운녹산이 시체들 사이에 천천히 쪼그리고 앉았다. 그리고 바로 앞에 있는 시신의 부릅뜬 눈을 조심스럽게 감겨주고는 그의 가슴에서 쿨렁이며 흘러나오는 피를 두 손 가득 묻혔다. 술렁거리던 사람들이 일제히 입을 닫고 눈을 치뜨며 그를 주시했다.

운녹산이 다시 일어나 사람들을 바라보았다.

"이 사람들이 누굽니까? 저는 알지 못합니다. 중원 전역에서 온 사람들이니 아마 여러분들도 모를 것입니다. 그러나 한 가지는 확실합니다. 돈이 필요했든 직업이 필요했든 간에 이 사람들은 바로 사천무림련의 깃발 아래 모이고자 온 사람들입니다. 아니지요. 이들은 이미 사천무림련의 자랑스러운 무인들입니다. 이 운녹산, 비록 지금까지 신념을 위해 초개와 같이 목숨을 던질 용기가 없었다 하나, 이제 이 두 손에 사천무림련 무사들의 피를 묻힌 이상 이들의 죽음이 헛되지 않도록 반드시, 반드시 저들을 사천무림련의 깃발 아래 무릎 꿇릴 것입니다."

운녹산의 어조가 점차 격정적으로 변했다가 피가 묻은 오른손으로 백의인을 가리키는 순간 멈췄다.

사람들이 하나같이 운녹산의 붉은 손을 보고 있었다. 붉게 물든 그의 두 눈을 보고 있었다.

운녹산이 다시 목소리를 낮춰 말했다.

"동도 여러분! 심사숙고해 주십시오. 저런 이들과 싸우고자 한다면 죽음을 각오하지 않는 한 죽음의 마수로부터 벗어나지 못할 것입니다. 이 운녹산의 미약한 힘으로는 여러분 모두를 지켜 드릴 수가 없습니다. 두려운 분들은 지금 이 자리에서 떠나십시오. 살고자 하는 것은 생명이 있는 것의 본능, 아무도 비난하지 않을 것입니다. 그러나 남고자 하시는 분들은 각오를 단단히 하여 주시기 바랍니다. 청성과 아미와 당가와 이 운녹산의 운가가 힘껍게 쳐들 정의의 깃발을 단단히 받쳐 주실 분들만 남아주시기 바랍니다.”

운녹산은 군중 하나하나의 얼굴을 모두 마주한다는 느낌으로 시선을 옮겨가면서 말을 마쳤다. 그리고는 의미심장한 눈빛으로 현상자와 당유연을 응시했다.

순간 현상자가 소리쳤다.

“송월은 어디 있느냐?”

청성의 장문제자인 송월자가 한 번의 도약으로 칠 장을 움직여 현상자의 앞에 도달해 머리 숙였다.

“무림련으로 달려가라. 청령검수(靑靈劍手)들을 모아 사천무림련의 무사들을 호위케 하라.”

송월자가 고개를 숙이고 대답하는 순간, 당유연이 소리쳤다.

“명천은 어디 있느냐?”

당명천이 급히 달려왔다.

“무림련으로 달려가라. 암혼비영인(暗魂飛影人)들로 하여금 사천무림련의 무인들을 호위케 하라.”

당명천이 송월자를 따라 몸을 날리는 순간 운녹산이 소리쳤다.

“교인은 명을 받으라!”

운교인이 달려와 운녹산의 붉은 손 아래로 허리를 접었다.

“금의대원들을 소집하여 사천무림련의 정영들을 호위하라.”

운교인마저도 송월자와 당명천의 뒤를 따르자 군중들이 술렁거리기 시작했다.

운녹산이 누구인가. 현상자와 당유연의 정체를 정확하게 알지는 못
해도 청성의 송월자가 누구인지는 알고 있었다. 그것만으로도 현상자
와 당유연의 신분을 짐작해 내는 것은 어렵지 않은 일이었다. 바로 사
천무림의 사대거두 가운데 세 사람이었다. 평소라면 얼굴 한 번 보기
어려운 사람들, 그런 사람들이 직접 나서서 자신들의 안위를 챙겨주고
있었다.

무인은 자신을 알아주는 사람에게 목숨을 바친다 했던가. 어느새 군
중들의 분위기가 바뀌었다. 공포는 사라지고 자신도 최선을 다해 무언
가를 해보고 싶다는 호기가 이는 듯했다. 곧 몇몇 이들이 소리쳤다.

"싸우자! 사천무림련의 깃발을 점창산으로!"

"싸우자! 정도가 서는 그날까지!"

"사천무림련 만세!"

몇 마디 터진 후로 곧 '사천무림련 만세' 라는 외침이 파도가 되어
성도표국을 들썩이게 만들었다.

운녹산은 저마다의 병기를 쳐들고 만세를 외치는 사람들을 바라보
다가 겨우 한숨 돌렸다는 표정으로 당유연과 현상자를 바라보았다. 묘
한 표정으로 그를 바라보던 두 사람이 눈이 마주치는 순간 미약하게
고개를 끄덕였다.

제2장

생사의 강을 목전에 두고서도

생사의 강을 목전에 두고서도

"진궁, 안 그래도 일 많은 자넨데 이것저것 하라 해서 미안하구먼."

백염노인이 인자한 미소를 머금으며 말하자 천기신사가 고개를 숙였다.

"별말씀을 다 하십니다. 천기문 안에서만 지내다 보니 답답했었는데 이제 갑갑증이 좀 풀린 것 같습니다."

"그렇다면 다행이고. 헌데 하던 일은 진척이 좀 있는가?"

"손에 쥔 건 없습니다만 구 할 정도 이룬 것 같습니다. 적합한 재료들만 찾으면……. 해서 시키실 일이 없으시면 문도들을 이끌고 점창산으로 다시 갈까 합니다만."

"음! 구 할이라. 딱히 시킬 만한 일은 없어. 고생했으니 쉬게 해주고 싶었을 따름이지. 가야 된다면 가야겠지. 허나 얻을 것만 얻고 싸움에는 따로 개입하지 말게."

천기신사가 고개를 끄덕이는 순간 백의여인이 백염노인 앞에 이르
러 서류 상자를 내려놓고 다시 방을 나갔다. 백염노인은 서류 상자 위
쪽에 따로 올려져 있는 '사천지급'이라고 적힌 봉서를 들었다.

내용을 다 읽은 백염노인이 쓴웃음을 지으며 종이를 내려놓았다.

"허! 서두르지 말라고 신신당부했는데… 나이가 들어도 천성을 바꾸
지는 못하는가 봐."

천기신사가 이채를 발하며 응시하자 백염노인은 방금 읽은 종이를
돌려 밀었다. 천기신사가 종이의 내용을 살피고는 씁쓸한 미소를 지으
며 고개를 끄덕였다.

"우상께서 하신 일이라고 단정하시는군요? 저도 그렇게 생각합니다
만… 빨리 끝내고 싶으신 게지요. 결과도 그리 날 것 같습니다만."

"그리 생각하는가?"

"스물하나를 이백팔십과 바꾸었습니다. 신념에 따르는 자들이 아니
라 돈에 이끌린 자들이니 겁을 먹지 않겠습니까? 충분한 인원을 확보
하지 못할 것이고 결국 모자라는 수만큼 사대세력의 정예를 채워 넣을
수밖에 없을 테니, 적어도 한 번의 싸움 정도는 줄일 수 있을 테지요."

백염노인은 빙긋 미소를 지으며 고개를 저었다.

"진궁, 자네가 생각하는 것은 최선의 결과. 내 생각은 달라. 오합지
졸들이 와야 이모저모 계산해 가며 적당히 상대할 수 있을 텐데, 그걸
보고도 오는 놈들이면 각오를 단단히 하고 오지 않겠는가? 더구나 이
번 일로 운가의 가주가 두드러져 보이니 싸움도 하기 전에 영웅 하나
만들어놓은 셈이 된 게지. 앞으로 어찌하는가가 관건이 되겠지만 일단
은 용병들이 따라야 할 구심점이 생긴 게야. 게다가 우상이나 자네의
예상을 뒤집고 영웅이 나왔으니 그자야말로 효웅일세. 상대하기가 쉽

지 않아. 게다가 이 일로 그들은 오히려 신중해질 걸세. 안 그래도 미
끼를 덥석 물지 않아 답답해 죽겠는데 몸을 더 사린다면 곤란해지는
이는 직접 부딪쳐야 하는 우상이 될 거야."

천기신사가 수긍한다는 듯 고개를 끄덕였다. 백염노인이 한숨을 내
쉬며 말을 이었다.

"가거든 내 대신 야단 좀 쳐주게나."

"제가 감히!"

"아니야. 무강 그 친구는 욕 좀 먹어야 돼. 두 번 생각하지도 않고
이거다 싶으면 저질러 버리니 뒷감당하기가 힘들어."

천기신사는 대답하지 않고 가볍게 고개를 숙였다. 백염노인은 천기
신사로부터 눈을 떼고 한숨을 내쉬며 중얼거렸다.

"하기야 세상일이 뜻대로만 된다면야 반백 년을 동분서주할 필요가
없었겠지. 그러나 크게 틀어지는 일은 없을 거야. 암! 없어야지."

*   *   *

운청산은 두 손을 깍지 끼어 베개를 만들고 벌렁 드러누웠다. 비탈
진 풀밭 위라서 누워 있어도 아래쪽 경관을 모두 볼 수 있었다.

평화로운 풍경이었다. 넓은 만큼 여유롭게 흐르는 금사강에서는 어
부들이 느린 곡조의 어부가를 부르며 고기를 잡고, 강변에서는 아이들
이 물놀이하며, 마을에서는 여인들이 한데 모여 대나무로 물건들을 만
들며 수다를 떨고 있었다.

빙긋 미소를 짓던 운청산이 눈을 더 아래쪽으로 내리깔았다. 발 밑
으로 불일장이 보였다. 마을에서 오 리 정도 떨어진 산비탈에 지어진

불일장은 아미속가이며 사천 서남부 일대에서 속세불(俗世佛)이라 불리는 금도협(金刀俠) 황장령(黃長嶺)의 집이었다.

운남과의 교역으로 수대에 걸쳐 부를 일으킨 불일장답게 성도표국에 버금갈 만큼 크고 넓을 뿐만이 아니라 장원 구석구석에 운치있는 호수들과 정자들이 적절한 위치에 자리하고 있었다. 만약 장원의 담 좌우에 급조한 듯한 수십 칸의 목조건물들이 없었다면 한 폭의 아름다운 풍경화를 보는 듯하리라.

댕! 댕! 댕! 댕! 댕!

종소리가 울려 퍼졌다. 운청산은 미간을 살짝 찌푸리며 신축한 목조건물들을 살폈다. 사람들이 쏟아져 나와 서쪽 산으로 이동하고 있었다.

"병진 훈련을 또 하는가 보군."

아흐레 전, 성도표국의 일을 겪고 그 이틀 후에 불일장에 도착했다. 인원을 점검해 보니 천급무사 여든일곱 전원, 지급무사 이백칠십오 명 가운데 이백삼십삼 명, 인급무사 구백이십여 명 가운데 육백칠십사 명만이 남아 있었다. 모자라는 인원은 결국 겁을 먹고 오는 중에 포기한 사람들이리라.

당일에 방을 배정하고 바로 조직 편성에 들어갔다.

련주(聯主)는 현상자가 맡고, 수석 호법은 공명 선사가, 좌우 호법은 당유연과 신수 사태가, 그리고 군사는 운녹산이 맡는다고 발표되었다.

그러나 사대세력 그 어느 한 곳도 확실한 우위를 자랑하지 못하니, 이는 명목상 혹은 속가가 아닌 출가한 이들이 앞장선다는 정치적 의미가 담긴 직위에 불과할 따름이리라. 결국 군령이 현상자의 이름으로 나올 뿐, 모든 결정은 다섯 사람의 회합에서 나온다고 보아야 옳으리라.

　수뇌부 아래쪽의 조직은 사천무림련의 세에 비하여 비교적 간단하게 편성되었다.

　사대세력의 장로급 무인들로 구성된 조직을 군룡전(群龍殿)이라 하고, 무당과 화산 등 사천 밖의 문파들이 예의상 보낸 무인들을 예우하는 차원에서 천우단(天佑團)을, 점창의 제자들과 그 속가제자들을 구성원으로 하여 노호단(怒虎團)을 만들었다. 그리고 군룡전의 예하로 사대세력의 정영들과 천지인무사들을 나누어 오당을 두었다.

　오당 가운데 사당은 사방신의 이름을 빌리고 사대세력의 지리적 위치를 고려하여 운가가 현무당을, 아미가 주작당을, 당가가 청룡당을, 청성이 백호당을 책임 맡았다.

　이 사당은 사 개 향으로 조직되었고 각 향에는 다시 사 개 조를 두었는데, 각 파의 정영 한 사람이 조장을 맡고 그 밑으로 지급무사 세 명과 인급무사 열 명을 하나로 묶었다.

　지급무사 가운데서도 무공이 남다른 이들은 사당에서 제외시켜 천급무사와 합류시키고 거기에 관음사의 정예 사십팔 명과 사대파에서 차출된 일백여 명을 하나로 묶어 정명당(正命黨)을 만들었으니, 사당에 정명당을 합하여 오당이었다.

　전체를 살펴보면 호전적인 색채가 짙은 조직이었다. 정보를 다루는 조직이야 원래 있어도 없다고 하는 것이지만, 물자 보급 문제는 그렇지 않은데 언급이 없는 것을 보면 각 파의 표국들에 부담시켜 전체 조직 안에 편성하지도 않은 것 같았다. 결국 단기간에 결과를 보겠다는 뜻으로밖에 해석할 수 없는 조직이었다.

　조직 내부의 성격과 짜임새로 살펴보면 사당이 할 일은 길을 뚫는 것으로 정해진 것 같았고, 군룡전과 노호단, 그리고 정명당이야말로 상대의 주력과 맞붙게 할 계획인 듯 보였다.

병진 훈련은 그와 관련된 것이리라.

산을 올라야 했다. 수백 장 이상을 올라야 했다. 그래서 사당에 편입된 사람들은 둘째 날부터 열외없이 병진을 연습하고 있었다.

이름하여 비시진(飛矢陣).

좁은 산길을 오르기 위해서는 공간을 많이 잡아먹는 병진은 무용지물. 결국 사행진(蛇行陣)을 변형하여 조장과 세 명의 지급무사가 화살촉이 되어 길을 뚫고 인급무사 십 명이 두 줄로 늘어섬으로써 화살대가 되어 좌우를 방어하는 단순한 병진이었다.

어쩔 수 없는 선택인 것은 누구나 인정하리라. 사대파에는 세상이 두려워하는 진법들이 적지 않았으나, 같이 자라고 같은 무공을 익혀서 눈빛만으로도 마음이 통하는 상태가 아니라면 가르쳐 봤자 혼란만 가져오리라.

그러나 운청산이 보기에는 분명히 개선할 여지가 있었다. 평지에서 펼치는 사행진이라면 머리가 꼬리가 되고 꼬리가 다시 머리가 되는 효율적인 운용이 가능하지만 비시진은 아니었다. 우선 화살촉이 너무 약했다. 정면으로 강한 적을 맞이하여 그곳이 깨어진다면 그 조는 완전히 괴멸될 수밖에 없었다.

고수의 수가 모자라 화살촉이 되는 부분을 강화할 수 없다면 적어도 조끼리 연동할 수 있는 조직 훈련이 필요한데 운청산의 눈으로는 그런 노력을 전혀 찾아볼 수가 없었다.

화살이 꼬리에 꼬리를 물 수밖에 없는 훈련들. 점창에 이르는 길이 곤륜의 길고 좁은 계단과 같다면, 혹은 측면에 매복이라도 있다면 앞이

약한 비시진은 깨어질 것이고 옆이 무른 비시진은 반드시 깨어지리라.

그러나 운청산은 따로 조언할 생각이 없었다. 병진 훈련을 시작한 지 이제 겨우 엿새였다. 언제 출발할지 모르는 상황에다가 다른 이들도 바보는 아닐 테니 중간에 개선될 여지가 남아 있었고, 점창의 산세를 모르니 정확한 지적도 불가능했으며, 또 괜히 나서서 자신을 드러내는 일은 더 더욱 하고 싶지 않았다.

운청산은 한동안 비시진을 이룬 채 서쪽 산비탈을 오르는 사람들을 바라보다가 눈을 감았다. 그 순간 특별히 노력하지도 않았는데 한 사람의 얼굴이 또렷이 떠올랐다. 지난 며칠 동안 계속해서 그를 괴롭히는 운녹산의 얼굴이었다.

'도대체 그는 어떤 사람인가?'

혼란스러웠다. 사랑했다던 사람으로부터 얻은 아이를 평생토록 바라보지 않았던 사람, 아무런 상관도 없는 사람의 죽음 앞에서 눈물을 뚝뚝 흘리며 서슴없이 손바닥에 피를 묻히던 사람, 이성을 두드리는 웅변이 아니라 가슴 절절해지는 말로 사람들을 하나로 묶은 사람이 바로 운녹산이었다.

문취옥은 코웃음과 함께 운녹산의 행동을 비웃었다. 그녀는 속이 빤히 들여다보이는 얄팍한 수작이라고 했다.

운청산은 내심 문취옥이 틀렸기를 기원했다. 그녀의 냉소적인 성격에서 기인한 판단 착오라고 생각하려 했다. 판단을 내리려면 기다려야 한다고 생각했다. 그러나 또 다른 내심으로는 그녀의 말에 무게를 두고 있었다. 아니기를 강하게 바라면서도.

'단정할 만한 것은 아무것도 없어, 아직은……'

운청산은 문취옥의 말에 기우는 내심을 흐트러뜨리고 눈을 떴다. 그녀의 차가운 얼굴과 운녹산의 눈물 흐르는 얼굴이 동시에 사라졌다.

"후우!"

산비탈 위에서 세상을 내려다보는 것도 습관이 된 듯했다. 정명당 사람들에게는 특별한 과업을 주지 않은 탓에 운청산은 벌써 열흘째 같은 자리에서 온갖 생각으로 시간을 죽이고 있었다.

운녹산에 대한 생각, 도대체 현무당에 속한 운화인과 운종인을 무슨 수로 보살펴 주는가에 관한 고민, 떠나보낸 청인자에 대한 생각 등등 많은 것을 떠올렸지만, 결론을 내린 것이 없으니 머리만 점점 복잡해질 따름이었다.

운청산은 버릇이 되어버린 한숨을 내쉬며 눈을 감았다.

"청산! 또 여기 있었어?"

운청산은 소리가 나는 곳으로 고개를 돌렸다. 종길이었다. 어찌나 땀을 많이 흘렸는지 전신이 번들거리고 있었다. 그는 운청산의 옆에 털썩 주저앉으며 얼굴을 찌푸렸다.

"후와! 너무 더워! 고차도 죽의로 된 것이 있으면 좋을 텐데……."

운청산이 피식 웃으며 서산머리에 닿으려는 해를 힐끔 보고서 말했다.

"저 사람들 보고도 그런 말이 나와? 벌써 두 시진째 저러고 있는데?"

종길은 운청산의 눈짓에 따라 서쪽 산비탈을 바라보았다.

"헤헤헤! 정말 운이 좋았지. 저기 끼었더라면 칼 한 번 휘둘러 보지도 못하고 탈진해서 죽었을 거다."

지급무사임에도 불구하고 정명당에 편성되었으니 운이 좋았다고 말할 만도 하리라.

운청산은 다시 미소를 지어 보이고 노을빛으로 반짝이는 금사강의 물결을 응시했다.

종길은 왼손으로 민머리를 쓰다듬어 땀을 훑어내고서 다시 운청산의 얼굴을 바라보고 또 전신을 훑어보았다. 종길의 얼굴이 일그러졌다.

"뭐야? 땀 한 방울 안 흘리네? 너무하잖아?"

그러나 운청산은 미소를 지을 따름이었다. 종길이 운청산의 옆 자리에 벌렁 드러누워 깍지 낀 손으로 머리를 받치고 하늘을 보면서 말했다.

"청산, 도대체 이유가 뭘까? 나도 여섯 살에 무공에 입문해서 여덟 살부터 도를 잡았다고. 다른 건 몰라도 무공 욕심은 있어서 나름대로 노력도 했어. 그런데 왜 이렇게 진전이 없는 거야? 근본적으로 무공의 바탕이 다른 걸까? 아니면 내 자질이 미천한 걸까?"

"모르겠는데? 둘 다일까?"

운청산의 천연덕스러운 대답에 종길은 고개를 비틀어 노려보았다.

"그런 말 듣자는 게 아니잖아? 격려를 해줘야지."

운청산은 누운 채로 고개를 돌려 '왜'라고 묻는 눈빛을 보냈다.

"쳇!"

종길이 외면하자 운청산은 빙긋 웃으며 다시 하늘을 바라보았다.

"무공은 누구한테 배웠는데?"

"아버지. 감숙에서는 알아주는 보표였지. 열다섯 살 때였나? '잘하는구나. 다음번엔 같이 가도 되겠다'. 그렇게 말하고 가더니만 돌아오지 않았어."

종길의 목소리가 안개 저편에서 속삭이는 듯 아련하게 느껴졌다.

그리움!

운청산은 문득 종길이 부러웠다. 아버지를 떠올리며 그리움을 느낀다는 것, 그로서는 단 한 번도 가져 보지 못한 감정이었다.

운청산은 씁쓸히 웃으며 다시 물었다.

"그래서 보표를?"

"음! 엄마가 죽었던 그해, 그러니까 열여덟이 된 그때부터였지. 혹시나 찾을 수 있을까 해서, 죽었으면 뼈라도 챙겨 엄마 곁에 묻어줄까 해서 나도 보표가 되었지. 오 년을 수소문해 봤지만 찾지 못했다."

슬픔은 이미 가슴 깊은 곳에 묻어둔 듯 종길의 음성은 담담했다. 운청산은 흐릿한 미소가 어린 그의 옆얼굴을 엿보다가 담담한 어조로 물었다.

"결국 열다섯부터는 혼자 연무한 거네?"

"음! 그렇지 뭐. 그래도 열심히 했다구. 그때 이미 아버지처럼 보표가 되겠다고 작정을 하고 있었으니까. 정말 열심히 했는데 왜? 정말 자질이 없는 걸까?"

"흠! 예전에 사부님께 들은 이야기가 있지. 바둑을 무척 좋아하지만 실력은 하수인 사람이 있었는데, 그 사람 소원은 한 번도 이겨보지 못한 마을의 중수를 이겨보는 것이었어. 그래서 작심을 하고 온갖 기보를 들고 산속에 들어가 십 년 동안이나 용맹정진했단다. 이제 고수가 되었을 거야 하고 하산하여 중수에게 승부를 청했겠지. 결과는 실망스럽게도 불계패. 하수는 당연히 이해할 수가 없었지. 그래서 물어봤어, 그사이에 실력이 늘었냐고. 중수의 대답은 하수를 절망 속으로 빠뜨렸다. 평소 이기는 사람에게는 이기고 지는 사람에게는 여전히 진다고 대답했으니까."

종길이 미간을 찌푸리며 말했다.

"크! 결국 혼자서는 아무리 노력해 봐야 소용없다는 소리?"

"비슷한 말이지. 사부님이 대문파의 이점을 말하면서 덧붙이신 말씀이 있지. '빈약한 기초로 홀로 한 십 년의 수련은 참으로 안타깝지만 헛될 수밖에 없다. 수백 년 동안 사람들이 계승하여 이루어놓은 체계를 무에서부터 시작하는 것과 다를 바 없으니까. 제대로 된 스승이 있다면 오 년이면 마칠 수 있는 것이 기본이라지만, 홀로 한다면 수백 년, 아무리 천재라 해도 수십 년의 투자는 해야 한다. 그래서 청출어람(靑出於藍)은 흔해도 나 홀로 천재가 나기는 힘든 것이다. 천재라 해도 한 세대에 두각을 나타내기 위해서는 그 기초를 쌓아줄 기반이 있어야 한다. 대문파가 유리한 것은 그러한 까닭이다'. 그리 말씀하셨지."

종길은 한숨을 내쉬고서 여전히 하늘을 올려다보고 있는 운청산을 바라보았다. 운청산이 과연 느끼고 있는지 모르지만 종길은 그의 입가에서 분명한 그리움의 흔적, 미소를 보고 있었다.

종길은 운청산과 마찬가지로 푸르기만 한 하늘을 바라보며 말했다.

"결국 그런 것인가? 여기까지가 내 한계라? 그런데 청산, 너는 사람 기분 참담해지는 말을 쉽게도 하는구나."

운청산은 그가 느끼지 못하는 미소를 짙게 만들며 말했다.

"내 말에 내 의견은 없어. 난 아무것도 몰라. 이제 겨우 세상이라는 것을, 강호라는 것을 어렴풋이 느낄 뿐이야."

종길은 운청산의 말에 쉽게 수긍했다. 그가 겪어본 운청산은 말이 많은 사람이 아니었다. 자신의 의견을 가진 사람도 아니었다. 그가 운청산이라면 당연히 가졌을 법한 자신감이나 오만함 따위는 찾아볼 수 없었다.

종길의 눈에 운청산은 바르게 자라 함부로 대하기가 부담스러운 아이 같았다. 호불호가 분명하고 직설적으로 표현하는 것은 문취옥과 같았고, 행동이 조심스럽고 남에게 부담을 주지 않는 것은 강정과 같았다. 그러나 그가 강정 부부와 다른 것은 무엇을 알고서 말하고 행동하는 것이 아니라 세상을 배우면서 느끼는 그대로를 말한다는 것이었다. 한마디로 말해서 운청산은 절제된 호기심으로 세상을 바라보는 관찰자였다.

고개를 끄덕이던 종길이 갑자기 미간을 찌푸리며 벌떡 일어나 앉았다.

"어쨌든 그렇게 말하면 안 되는 거야."

"왜?"

종길은 눈을 끔뻑이며 빤히 바라보는 운청산의 눈길을 피해 머리를 긁적였다. 한참을 우물쭈물하던 종길이 운청산을 직시하며 말했다.

"그런 말투는 사람의 꿈을 짓밟는 거야. 무엇을 잘 해보겠다는 사람이 있다면, '그래, 넌 할 수 있어. 계속 노력하면 언젠가는 반드시 꿈을 이룰 거야' 하고 격려를 해줘야 해. 그렇게 단정적으로 안 된다고 말하면 듣는 사람은 무슨 낙으로 살겠어?"

운청산이 고개를 갸우뚱하면서 대답했다.

"남의 말이 중요한가? 납득이 될 때까지 해보면 되잖아? 왜 남의 말에 따라서 살아야 하지? 그리고 꿈을 이야기한 적이 없잖아? 또 안 된다고 한 적도 없는 것 같은데."

종길은 갑자기 사명감에 불타올랐다. 아이에게 세상을 가르쳐야 한다는 의무감을 느꼈다.

종길은 잠시 생각을 정리한 후 차분히 말했다.

"꿈이 반드시 무엇이 되겠다, 무엇을 이루겠다, 하는 것만은 아니야. 지금의 나보다 나아지고 싶은 욕구가 있다면 그 욕구 자체가 꿈이랄 수 있는 거지. 꿈은 자라는 거야. 뭐랄까? 눈 높이가 달라진다고나 할까? 꿈이 자란 만큼 눈에 보이는 것도 달라진다. 그럼 또 꿈은 커지지. 엇! 어쩌다 말이 이렇게 된 거야? 어렵군. 에이, 씨! 모르겠다. 어쨌든 말이야, 나 같은 평범한 사람에게는 칭찬과 격려가 힘이 돼. 에 그리고…… 그래! 지금보다 나아지는 것이 내 꿈이야. 이 짓을 때려치우기도 싫지만 칼 맞고 싶지도 않거든. 음! 그리고 조금 더 살아서 어떻게 늙어가는지 경험해 보는 것도 꿈이라면 꿈일 수 있지. 뭐, 지금은 그래. 청산, 넌 꿈이 뭐냐?"

종길이 생각하기로는 아주 간단한 질문이었다. 그러나 운청산은 쉽게 대답하지 못하고 미간을 찌푸렸다. 한참을 심각하게 생각하다가 결국 고개를 내저었다.

"글쎄? 한 번도 생각해 본 적이 없는 것 같은데……."

"으응? 정말? 너 정도 되는 인간이 꿈꿔본 적이 없어? 천하제일인이 된다든지, 아니면 태을검선 그 양반처럼 인간의 한계를 벗어난다든지, 아니면 아주 하찮지만 사랑하는 사람을 만나 혼인하고 토끼 같은 자식 새끼들 낳아 기른다는 꿈조차 갖고 있지 않단 말이야?"

운청산은 다시 생각해 보고도 역시 고개를 내저었다. 종길이 그를 바라보며 말했다.

"넌 도대체 무슨 수로 그 경지에 이른 거야? 네가 아무리 곤륜의 제자라지만 그 정도 되려면 정말 뼈를 깎지 않으면 안 될 텐데? 나도 세상이 알아주는 고수들을 제법 봐왔어. 하지만 네 나이에 너 정도 되는 사람은 본 적이 없다. 도대체 왜 세상은 이렇게 불공평한 거야?"

운청산은 종길의 일그러지는 얼굴을 보면서도 대답하지 않고 웃었다. 생각해 보니 꿈이 없었던 건 아니지 않는가. 그러나 그 꿈은 이미 깨어져 버린 것, 또 말한다고 쉽사리 이해가 되는 것이 아니란 것쯤은 알고 있었다.

그때 종소리가 들려왔다.

댕! 댕! 댕!

종길이 불일장을 향해 고개를 돌렸다.

"밥 먹으란 소리군. 너무 일러. 아침까지 기다리려면 배고픈데……"

운청산이 몸을 일으키며 말했다.

"저 사람들은 무척 배고플 거야. 가자."

운청산이 먼저 걸었다.

"아길, 근데 저기 어제부터 새로 짓는 건 뭐야? 방이 남는다는 것 같던데……"

운청산이 불일장 좌측 정명당 아래쪽에 신축하는 건물을 보면서 물었다.

"아! 그거. 천혜원 분원을 짓는다더군."

"천혜원? 뭐야?"

종길이 놀라는 한편 시큰둥한 표정으로 말했다.

"천혜원도 몰라? 천혜원은 당가가 운영하는 의약원이야. 당가가 주도하고 아미가 도와 부상자를 수용하겠다나 봐."

"좋은 일이네. 근데 왜 그렇게 시큰둥해?"

"쳇! 점창에서 다친 사람을 치료하려면 적어도 그 근처에 의원을 지어야지 육백 리 떨어진 곳에 지어서 뭘 어쩌겠다는 거야? 오는 동안 다

죽겠다."

운청산이 빙긋 웃으며 고개를 끄덕였다.

"너 다치면 죽기 전에 반드시 저기까지 옮겨줄게."

종길은 간만에 듣는 운청산의 농담에 미소를 지으며 그의 어깨에 팔을 얹었다.

"그러지 말고 아예 칼 맞지 않게 해주라."

운청산이 머리를 흔들었다.

"그건 좀 힘들 것 같은데."

종길이 눈을 부릅뜨며 물었다.

"뭐야? 그럼 좀 전에 한 말이 농담이 아니란 말이야?"

"진담인데."

운청산의 천연덕스러운 얼굴을 보며 종길은 길게 한숨을 내쉬었다.

운청산이 말했다.

"좋아. 오늘 밤에 네 무공 보여줘. 곤륜의 무공을 가르쳐 주는 것은 너도 알다시피 허락을 얻기 전에는 안 되는 일이고, 다만 네 도법을 보면서 허점과 개선점 정도는 찾아줄 수 있을 거야. 그거라면 조금은 도움이 되겠지."

운청산은 자신이 말해 놓고도 내심 놀랐다. 자진하여 누구를 가르친다고 생각한 것은 처음이었다. 그것은 작지만 변화였다. 처음으로 세상의 기준에 맞춰 자신의 존재 혹은 능력을 생각한 것이었다. 세상에 적응해 가는 변화였고 종길에게 도움을 주고 싶다는 마음이 일으킨 변화였다.

운청산이 묘한 기분이 되어 미소를 짓는 순간, 종길이 반색을 하며 물었다.

“정말? 정말 봐줄 거야?”

운청산이 고개를 돌려 콧김이 느껴질 정도로 가까운 종길의 얼굴을 바라보며 대답했다.

“지금 좀 떨어져 주면. 끈적여서 싫거든.”

종길은 운청산의 어깨에 얹었던 팔을 내리고 환하게 웃으며 말했다.

“어휴! 이 자식, 너 정말 매정하게 말하는구나. 근데 그래도 좋다. <u>ㅎㅎㅎㅎ</u>.”

문밖에서 부스럭거리는 소리가 들리기 시작했다. 종길은 힘겹게 문을 열고 기어서 방을 나왔다. 그리고 한 자도 못 되는 마루턱에 앉아 정신을 차렸다. 머리를 들어보니 동쪽에서부터 붉은 기운이 세력을 넓혀가고 있었다.

종길은 잠이 덜 깬 눈으로 좌우를 둘러보았다. 좌우로는 똑같은 구조의 수백 개의 방들이 늘어서 있었고 그 방 앞쪽 마루에는 종길과 같이 늘어져 잠 깨기를 기다리는 사람들이 드문드문 앉아 있었다. 그리고 그 앞쪽 좁은 마당에는 이미 수십 명의 사람들이 손발을 휘두르고 내차면서 가볍게 몸을 풀고 있었다.

“으아함! 으악! 아파라.”

종길은 기지개를 다 켜지도 못하고 몸을 움츠리며 얼굴을 구겼다. 그때 옆방의 문이 열렸다. 어깨에 수건 한 장을 걸치고 허리에는 세 자 가량의 도를 찬 문취옥이 나서고 있었다.

문취옥이 마루턱에 서서 기지개를 활짝 켰다.

“아유! 개운해. 날아갈 것 같네.”

종길이 얼굴을 구긴 채로 문취옥에게 말했다.

"형수님, 적당히 좀 합시다. 대충 지은 거라 벽이 얇다구요. 일부러 고문하는 것도 아니고 말이야."

문취옥은 종길의 웅크린 전신을 훑어보면서 차갑게 웃었다.

"우린 부부야. 거슬리거든 네 방 가서 자."

문취옥이 마당으로 내려서자 뒤따라 강정이 나왔다.

"그래, 이 자식아! 네 방 놔두고 왜 청산 방에서 자냐?"

그때 종길의 뒤로 운청산이 나왔다. 그는 강정에게 인사하고 문취옥에게 인사하며 물었다.

"좀 괜찮아지셨습니까? 엊저녁에는 많이 아프신 것 같던데?"

순간 종길에게는 아무렇지도 않게 대응하던 문취옥이 운청산을 째려보면서 도파에 손을 얹었다. 그러나 그의 얼굴에 걱정이 가득한 것을 보고는 도파에서 슬며시 손을 내려놓고 대신에 얼굴을 붉게 물들이며 관음사 비구니들이 단체로 머물고 있는 북쪽으로 걸음을 옮겼다.

문취옥은 어리둥절한 얼굴로 자신을 살피는 운청산의 곁을 스치며 중얼거렸다.

"몰라도 너무 몰라."

"우헤헤헤헤헤!"

종길이 종종걸음 치는 그녀를 손가락질하며 배를 잡고 웃자 강정이 쓴웃음을 지었다. 그러나 운청산은 영문을 몰라 종길과 강정을 번갈아 바라볼 뿐이었다.

운청산이 종길의 옆에 앉으며 물었다.

"내가 무슨 잘못을 했어?"

그때 강정이 운청산의 옆에 와 앉았다. 종길이 운청산에게 웃어 보이고 강정에게 말했다.

"처음 보는데요. 천하의 독종이 부끄러움을 다 타다니, 놀랠 노자네
요."

강정이 종길을 노려보며 주먹을 비틀어 쥐었다.

"독종이라니? 죽을래?"

종길은 꿀리지 않고 말했다.

"독종이지 않구요? 조금만 수틀려도 칼 뽑지, 말 한마디 잘못해도
죽인다 그러지, 솔직히 말해서 정말 성격 더럽다구요. 자! 형수님도 없
는데 솔직히 말해 봐요. 힘들지 않아요?"

순간 강정은 주먹을 내리고 피식 웃으며 말했다.

"정말 그러냐? 난 잘 모르겠는데. 그냥 내 여자야. 내 여잔데 호불호
가 어딨고 선악이 어딨어? 난 그냥 다 좋더라."

그때 운청산이 진지한 표정으로 물었다.

"혼인하면 좋은가요?"

강정이 눈을 둥그렇게 뜨고 그의 진지한 얼굴을 빤히 바라보았다..

"내 경우는 좋아. 그 사람은 어떨지 모르지만 나야 더 바랄 것이 없
지. 그 사람은 사실 내가 아니라면 지금처럼 세상을 떠돌 필요가 없는
사람이야. 그래도 오도문(五刀門) 하면 감숙에서는 알아주는 문파니
까."

운청산도 오도문에 대해서는 이미 들은 바가 있었다. 거친 감숙의
북방에서도 그 실전적인 도법으로 독보하는 도문이라 했다. 문취옥은
바로 그 오도문의 무남독녀였고 강정은 세 제자들 가운데 막내 제자라
했다.

만약 강정이 아니었다면 문취옥은 오도문의 대제자인 비표도(飛豹
刀) 오환(吳煥)의 부인이 되었으리라. 그 안의 내막은 자세히 모르지만,

강정과 문취옥은 결과적으로 사랑의 도피 행각을 벌인 것이었다. 대노한 오도문주 문인악(文仁岳)은 결국 문취옥과 의절하고 강정을 파문하는 것으로써 결말을 지어버렸다 했다.

강정은 쓸쓸한 미소를 지으며 운청산을 직시했다. 그리고 손을 뻗어 그의 어깨를 다독이며 물었다.

"그건 왜 묻나? 혹시 혼인을 생각할 만한 처자라도 만난 겐가?"

순간 운청산은 느닷없이 떠오르는 얼굴에 당황하였다가 천천히 고개를 저었다.

"그냥 궁금해서……."

강정이 웃으며 말했다.

"좋아. 해도 후회 안 해도 후회라면 해보고 후회하는 게 낫다지 않는가? 생각있으면 해버려."

그때 옆에서 굵은 목소리가 들렸다.

"나도 하는 게 좋다고 생각하네."

나뭇가지 위에 앉은 참새들처럼 나란히 앉아 있던 운청산 등이 목소리를 향해 동시에 고개를 돌렸다. 거기에 수건을 든 파의마발의 장년인이 서 있었다. 바로 항마도 이정이었다.

운청산 등 세 사람이 분분히 일어나서 인사했다. 지난 며칠 동안 강정의 옆방을 쓰고 있는지라 안면을 튼 지 오래였다. 게다가 성도표국에서 느꼈던 그 쓸쓸함은 갈무리한 지 오래고 드문드문 미소까지 보이는지라 어색함도 없는 사람이었다.

이정이 미소를 지으며 답례했다.

"그런데 강 대협, 어제는 너무하더구려. 안사람 생각나서 서러웠소."

별다른 표정도 없고 무뚝뚝한 어조로 한 말이라 오히려 우습게 들렸다. 강정은 쑥스럽게 웃음 지으며 다시 포권을 취했다.

"죄송합니다, 이 대협. 앞으로는 시간을 가리지요."

이정이 한 걸음 다가서며 중얼거렸다.

"시간만 가린다? 만만치 않구먼. 그런데 자네, 몸은 괜찮나?"

이정의 눈길이 종길의 얼굴에 꽂히자 그는 그 뜻을 몰라 어리둥절하다가 갑자기 생각난 듯 전신을 웅크렸다.

"으아! 아파라. 밤새도록 죽는 줄 알았습니다. 근데 어떻게 아셨습니까?"

"엊저녁에 우연히 봤다네. 이 친구, 사정이 없더구먼."

이정의 시선이 이번에는 운청산에게 꽂혔다. 운청산이 뒷머리를 긁적이는 사이에 종길이 말했다.

"그렇지요? 이 녀석은 마귀예요. 순진한 얼굴을 해가지고는 내심으론 뼈 마디마디를 다 분질러 놓기로 작정한 것 같더라구요."

"뼛속까지 각인되면 나중에는 결국 그 값을 하겠지. 그럼."

이정이 희미한 미소를 지으며 세 사람을 스쳐 지나갔다. 강정이 어리둥절한 표정으로 운청산에게 물었다.

"무슨 말이야?"

운청산이 그냥 웃기만 하자 강정은 종길을 바라보았다. 종길은 텅 빈 하늘을 바라보며 중얼거렸다.

"맞을 일은 절대 없을 테니 걱정 말고 마음대로 공격해 봐. 십성 공력을 반 각도 유지하지 못한단 말이야?"

강정은 더 더욱 모르겠다는 표정을 지었다. 그 순간 종길이 강정을 바라보며 물었다.

"대형, 남한테 이런 소리 들으면 기분이 어떻겠어요?"

"치욕이다. 죽고 싶지."

강정이 심각한 얼굴로 고개를 끄덕이자 종길이 슬픈 얼굴로 운청산을 바라보며 말했다.

"이놈이 어제 나한테 그랬어요."

강정이 운청산을 설마 하는 표정으로 바라보며 고개를 저었다.

"청산이? 에이, 아니지. 말했다 해도 어조가 달랐을 거고 또 분발하라고 한 소릴 거야."

순간 운청산이 강정을 직시하며 말했다.

"진심이었습니다."

"보세요. 이 녀석은 마귀예요. 그게 글쎄 어떻게 된 거냐 하면요."

종길은 억울한 심정을 토로하듯 사건의 전말을 이야기하기 시작했다.

"그래서 이 녀석 말대로 패력도십삼세(覇力刀十三勢)를 펼쳐 보였지요. 가만히 보고 있더니만 일 장 정도 되는 대나무를 꺾어와 무조건 덤비라는 거예요. 덤볐어요. 모자란다는 건 알지만 너무 무시한다 싶어서 대나무를 동강동강 잘라 버리려고 했는데……."

"했는데?"

종길이 말을 끊자 강정이 궁금하다는 듯 채근했다. 종길은 원망스런 눈빛으로 운청산을 힐끔 보더니만 말을 이었다.

"대나무와 부딪쳐 보지도 못하고 수백 번이나 찔려 버렸지요. 보세요."

종길이 아예 강정 앞으로 다가와 상반신을 들이댔다. 사천으로 들어온 이후 소매 없는 죽의 한 장으로 버틴 종길이라 피부가 시커멀 수밖에 없었다. 그런데도 상반신 곳곳이 붉게 물들어 있었다. 강정은 종길을 돌려 세우기까지 하며 붉은 반점들을 일일이 세어보고 말했다.

"어허! 열일곱 군데나? 정말 많이도 찔렸구나. 죽고 싶었겠다."

강정이 종길의 심정을 이해한다는 듯 고개를 끄덕였다. 종길이 화가 난 것 같기도 하고 신이 난 것 같기도 한 어조로 열변을 토했다.

"내 말이 바로 그 말이에요. 이 녀석 정말 잔인한 놈이라구요. 찔러도 꼭 찌른 데만 다시 찔렀다구요. 아파서 나뒹구는 나를 보면서 이놈이 뭐라고 한 줄 아세요?"

강정이 계속 말해 보라는 듯 눈빛으로 재촉하자 종길이 다시 운청산을 원망 어린 눈빛으로 노려보며 대답했다.

"넌 오늘 백 번 넘게 죽었다. 사흘 후에 다시 하자. 그러고 가버리는 거예요."

종길이 한숨을 내쉬자 강정이 운청산을 바라보며 눈을 치떴다.

"청산, 너 보기보다 몰인정한 녀석이구나?"

운청산은 담담한 어조로 말했다.

"그런 식으로 배웠습니다. 같은 곳을 계속 찔리는 이유가 무엇이겠습니까? 그곳이 바로 패력도십삼세의 허점인 탓이지요. 찔리는 곳이 줄어드는 만큼 허점도 줄어들겠지요."

종길이 눈을 치뜨고 물었다.

"그럼 내일 모레 할 때도 찌른 곳 또 찌른다는 소리야?"

운청산은 당연하다는 듯이 고개를 끄덕였다.

"네가 허점 줄이기를 원하는 한은 계속."

종길이 울상이 되어 되물었다.

"방법도 안 가르쳐 주고?"

"패력도십삼세는 네 도법이다. 가르쳐 주면 네 것이 아니야. 스스로 보완해야 돼."

종길은 절망의 신음을 내뱉으며 두 손으로 얼굴을 가렸다.

그때 강정은 딴생각을 하고 있었다. 강정은 패력도십삼세를 잘 알고 있었다. 종길의 아버지 종무헌(宗武憲)은 한때 패혼마도(覇魂魔刀)라 불리면서 감숙제일보표 소리를 듣던 사람이었다. 실전으로 갈고닦인 그의 패력도십삼세는 대상들에게는 구원이요 마적들에게는 공포였다. 만약 종길의 공력이 강정 자신과 비등하다면 허점이 많다는 지금의 수준으로도 쉽게 승부를 내지 못하리라.

강정은 새삼스럽게 운청산의 얼굴을 바라보다가 침을 꿀꺽 삼키고 말했다.

"청산, 부탁이 있는데……."

운청산이 고개를 끄덕이자 강정은 열정이 담긴 눈으로 바라보며 말했다.

"아길에게 해주는 것, 내게도 해주게."

종길이 얼굴에서 두 손을 떼고 놀란 눈으로 강정을 바라보았다.

"대형까지 왜?"

강정이 절실한 눈빛을 드러내며 말했다.

"칼을 잡았지만 칼 맞아 죽고 싶지는 않아. 함께하는 사람이 있는 동안은."

운청산이 강정의 간절한 얼굴을 바라보며 고개를 끄덕였다.

"그럼 오늘 저녁부터 하지요."

강정이 운청산의 두 손을 덥석 잡았다.

"청산! 고마워."

종길은 동정 어린 눈빛을 보이며 혀를 차 보였다.

"쯧쯧쯧, 내일 아침에도 고맙다고 할 수 있을지……."

화려하진 않았지만 어느 하나 예사롭게 대하지 못할 고풍스러운 가구들과 골동품들이 적재적소에 자리한 방이었다. 그 방 한가운데 위치한 탁자를 홀로 차지하고 있는 운녹산은 탁자 위에 수십 장의 종이들을 늘어놓은 채, 그리 두껍지 않은 책자 하나를 들추어 보고 있었다.

"흐흠! 항마도에 이어 보살도 강정이라? 역시 도가 강세인가? 그런데 보살도라? 성격이 좋은가 보군. 보표단 감숙칠도의 첫째. 호! 진삼두가 신원을 확인했다? 그렇다면 의심할 필요 없겠지."

운녹산은 책장을 넘겼다.

"야차도 문취옥? 보살과 야차? 부부라? 허허허! 재밌군. 그럼 여기도 진삼두가? 그렇군."

운녹산은 더 볼 필요 없다는 듯 미소를 지으며 책장을 넘기려 했다.

"교인입니다."

방문 밖에서 목소리가 들려오자 운녹산은 책자에서 손을 뗐다.

"들어오너라."

운교인이 서류 한 뭉텅이를 가슴에 품고 들어와 운녹산에게 절하고 탁자 위에 서류들을 내려놓았다.

"신원 확인차 떠났던 사람들이 모두 돌아왔고 타지에 의뢰했던 신원 확인 절차도 모두 끝냈습니다."

"그래? 직접 확인해 보았더냐?"

운교인이 미간을 찌푸리며 대답했다.

"확인이야 해보았지만 의미는 없다고 생각합니다."

운녹산이 입가에 미소를 드리우며 물었다.

"어째서?"

"초상화 한 장 들고 확인한다는 것은 그저 그런 사람이 있다는 확인일 뿐이지, 그 사람의 내심까지 알아볼 수는 없는 일 아닙니까? 점창의 일이 없었다면 점창 제자들 가운데 배신자가 있으리라고 누가 상상이나 했겠습니까? 더구나 결과가 너무 이상합니다. 단 한 사람 의심할 만한 이를 찾지 못했으니 소자는 오히려 불안합니다만."

운녹산이 여전히 미소를 머금고 물었다.

"그간에 이탈한 사람은 없었더냐?"

"불일장에 당도한 이후로는 없습니다."

"그것으로 되었다. 분명히 간자가 있을 것이로되 별달리 할 일은 없을 터. 싸울 때 돌아서면 영향이 없지는 않을 것이나 많은 사람을 얻었으니 그 정도는 감수해야 할 것이다. 그런데 분위기는 어떠하냐?"

운교인이 처음으로 미소를 지었다.

"처음에는 돈 받고 놀 수 있어서 좋다는 분위기였습니다만 서서히 초조해지는 모양입니다. 어차피 싸워야 한다면 빨리 끝내고 싶다는 말들이 많이 나온다는군요. 덥다고 늘어져만 있던 사람들이 하나둘씩 연무하기 시작했고, 서로 칼을 맞대는 자들도 종종 있는 것 같습니다."

"그래? 련주님과 호법들께 내가 반 시진 후에 기정전(起正殿)에서 뵙자 한다고 전해 올려라."

운교인이 고개를 숙여 보이고 물었다.

"그럼 이 서류들은 어찌할까요?"

"그것들까지 일일이 볼 여가가 없구나. 이제 됐으니 천밀각(天密閣)으로 넘겨라."

운교인은 그가 조금 전에 가지고 들어왔던 서류들을 다시 품었다. 그때 운녹산이 조금 전에 보고 있던 책자를 힐끔 보더니 그것을 덮어 운교인이 든 서류 더미 위에 놓았다.

공명 선사는 삼엄한 경계를 펼치고 있는 무사들을 지나서 기정전이라고 임시 명명한 불일장 내처의 마루 위로 올랐다. 길고 좁은 마루를 따라 건물을 돌다가 마침내 건물의 입구 앞에 이르렀다.

"장문대사!"

공명 선사가 돌아서서 보니 예순 줄에 든 선한 인상의 초로인이 다가오고 있었다. 불일장의 장주 금도협 황장령이었다.

공명 선사는 입가에 자애로운 미소를 드리우며 초로인을 기다렸다. 두 사람이 서로 합장하여 인사했다.

"소식이 왔습니다, 장문대사."

황장령의 말에 공명 선사가 반색을 했다.

"아! 그렇습니까?"

"주위에 물어보니 모두 사냥꾼으로 알고 있다 하더이다. 부인이 많이 아프다 보니 아이들의 생계까지 힘들어져서 어쩔 수 없이 세상에 나온 듯……."

황장령이 공명 선사의 눈치를 보며 말을 끊었다. 공명 선사는 평정을 잃지 않고 되물었다.

"아이들이 장성을 했다 하더이까?"

"예, 아들 하나 딸 하나가 있는데 모두 열다섯은 넘긴 듯 보였답니다. 돈을 전해주면서 아들에게 물어보니 보표가 된 몸값으로 알고 있다 하더군요."

공명 선사는 지그시 눈을 감았다. 벌써 십구 년 전의 일이었다. 아미의 촉망받는 복호승 보덕이 피로 물든 두 손을 들어 보이며 절규를 터뜨린 그날, 공명 선사는 아무런 말도 못하고 불호만 외웠었다.

'사부님, 어찌하오리까? 이 손을 어찌해야 하오리까? 마귀의 심성으로 불살생계를 깨뜨렸습니다. 이 제자, 이제 어찌해야 하옵니까?'

절망에 찬 보덕의 목소리가 아직도 귀에서 생생하게 감돌고 있었다. 그때 보덕은 부들부들 떨고 있었다. 불한당들로부터 가족이 참살당한 채 모욕을 당하려는 젊은 여인을 구해놓고도 공포에 질려 있었다.

당시로서는 공명 선사도 어찌할 수 없었다. 아홉 명의 불한당들, 그들은 보덕의 말처럼 마귀의 발톱이 할퀴고 간 듯 전신이 분해되어 흩어져 있었다. 그 현장을 보는 것만으로도 보덕의 마음 상태를 알 수 있었다. 분노에 취해 이성을 잃었으리라. 도를 휘두른 보덕의 심정은 마귀 그 자체였으리라.

그때 공명 선사는 차라리 붉은 두 손을 끊어달라고 절규하는 젊은 승인의 마음을 달래주지 못했다. 한숨만 내쉬고 사흘을 보내다가 결국 파문을 결정하고 혼자가 된 여인과 묶어주었다. 반년 후, 사냥꾼이 되어 산에서 살겠다는 연락을 받은 것이 마지막이었다. 그런 그가 공명 선사 앞에 나타난 것이었다. 스승의 앞에 모습조차 드러내지 못하고 돈을 위해 애써 피해간 세상에 다시 나타난 것이었다.

"아미타불!"

낮게 불호를 외운 공명 선사는 눈을 뜨고 황장령을 직시했다.

"황 시주, 그를 보표로 고용한 것으로 하시고 뒤를 좀 봐주시겠습니까?"

황장령이 흔쾌히 고개를 끄덕였다.

“이미 그리하라 조치해 두었습니다. 사람을 보내 부인과 아이들을 성도로 옮기기로 하고 제대로 된 의원을 수소문 중에 있지요.”

“고맙습니다, 황 시주!”

“별말씀을 다 하십니다. 들어가시지요.”

황장령이 방문을 향해 손을 뻗었다. 문 앞에 서 있던 두 무사들이 방문을 당겨 열었다. 공명 선사도 손을 뻗어 황장령에게 함께 가기를 청했다.

두 사람이 방에 들어섰다. 방에는 이미 현상자를 비롯한 사천무림련의 수뇌들이 기묘한 산세를 기록한 지도 한 장을 사이에 두고 모두 모여 있었다.

불일장에 도착한 이후로 하루도 덥지 않은 적이 없었지만 지난 나흘간은 참을 수 없을 만큼 무더워 마치 찜통에 들어앉은 것만 같았다. 하얀 구름 몇 점 띄워 작열하는 햇볕만이라도 잠시 가려주면 좋을 텐데, 하늘은 매정하게 그마저도 허락하지 않았다. 사람들은 막상 당하면 지겨워할 장마가 다시 오길 빌었고, 풀들도 지쳐서 노랗게 타 들어가고 있었다.

밤이 되어도 상황은 달라지지 않았다. 금사강이 코앞인데도 밤바람은 무더웠다. 더위에 잠 못 이루는 사람들이 조금이라도 더 강 가까운 곳으로 가려고 모기들을 대적하며 강변에 대자리를 깔았다. 선선한 바람이 불었다면 더없이 운치있을 만월마저도 보는 순간 태양을 연상시켜 외면할 수밖에 없었다.

몇몇 사람들은 더위에 적극적으로 대처하여 새로운 피서법을 개발한 것 같았다. 아예 불일장의 뒷동산에 올라가 달밤에 연무하는 사람들이 생겨났다. 바로 운청산과 종길, 그리고 강정 부부였는데, 오늘은 또 다른 한 사람마저 합류했다. 항마도 이정이었다.

엊저녁에는 강정과 문취옥이 운청산의 죽도에 대항하더니 오늘의 상대는 이정이었다. 운청산과 이정이 이 장의 거리를 두고 마주 서 있고 오 장 정도의 거리를 두고 강정 부부와 종길이 앉아 있었다.

더울 텐데도 전신을 웅크리고 앉아 있는 문취옥은 무척이나 화가 난 듯 입술이 퉁퉁 불어 있었고, 종길과 강정 역시 잔뜩 웅크린 채 운청산과 이정을 바라보고 있었다.

종길이 운청산과 이정에게서 눈을 떼지 않고 물었다.

"오늘도 고마워요?"

강정도 두 사람에게 시선을 둔 채로 얼굴을 구기며 대답했다.

"너 같으면 고맙겠냐?"

"하루 지나니까 더 아프지요? 몇 군데예요?"

"둘이서 밤새도록 끙끙 앓았다. 나 아홉 군데, 안사람은 열 군데. 그래도 난 참을 만해. 하지만 어떻게 여자를 상대하면서 그렇게 무자비하게 가슴을 찌르고 허벅지를 찌를 수 있냐? 정말 무정한 녀석이야. 죽기로 싸우는데 급소라고 안 찌를 거냐고 반문하니 뭐라 할 말은 없다만, 그래도 너무해."

강정의 투덜거림이 끝나는 순간 이정이 칠 척의 미첨도를 앞으로 내밀었다. 동시에 운청산도 검을 빼 들었다.

강정이 놀라 눈을 치뜨며 운청산의 검을 주시했다.

"응? 왜 이 대협한테는 진검이지?"

종길이 중얼거리자 강정이 씁쓸한 표정으로 대답했다.

"우리와는 급수가 달라. 언뜻 듣기로 복호승 가운데서도 세 손가락

안에 꼽히던 무재였다 하더구나. 환속하지 않았다면 수좌승은 물론이
고 복호신장이 되었을 정도로 강했던 사람이라더라."

"아하! 이렇게 되면 곤륜과 아미의 대결인가?"

강정이 막 입을 열려는 순간 이정이 먼저 말했다.

"오성으로 맞춰보세."

운청산은 대답 대신 목례했다. 이정도 가볍게 목례하고 형식적으로
들고 있던 미첨도를 두 손으로 고쳐 잡았다. 순간 미첨도의 도인에서
은은한 금광이 드러났다. 운청산도 늘어뜨리고 있던 검을 중단으로 가
져갔다. 그의 검신 역시 푸른 기운이 감돌기 시작했다.

쉑!

이정이 오른발을 내디디면서 도를 내리그었다. 운청산 역시 거의 동
시에 검을 내뻗었다.

팡!

청기와 금광이 순식간에 얽히고 낮은 폭음과 함께 일순간 바람이 뒤
엉켰다가 사라졌다.

종길 등 세 사람은 눈을 부릅뜨고 이정과 운청산을 살폈다. 운청산
은 검을 중단에 든 그대로 한 발짝 뒤로 물러서 있었고, 이정은 이 보
를 물러서서 도첨을 뒤로 돌린 채 원래 자신이 서 있던 자리를 바라보
고 있었다.

이정이 천천히 고개를 들어 운청산을 살폈다. 그리고 고개를 젓고
한숨을 내쉰 후 입가에 미소를 드리웠다.

"자네, 혹시 늙은 하수오나 설삼이라도 잡아먹었나?"

운청산이 고개를 끄덕이며 대답했다.

"비슷합니다."

"역시 그렇군. 자넨 사성, 난 오성일세."

"알겠습니다."

종길은 두 사람 사이에서 오가는 말들을 들으면서도 그 의미를 알 수가 없었다. 종길은 처음으로 고개를 돌려 강정의 옆얼굴을 바라보았다.

"지금 뭐라는 겁니까? 저게 도대체 무슨 짓이에요?"

강정이 믿을 수 없다는 표정으로 혀를 내둘렀다.

"설마 했더니, 저 정도였던가? 아미의 공력은 태산보다 두텁다 했거늘, 이 대협이 내력에서 밀리다니… 종길! 두 사람은 방금 내력의 차를 살폈다. 승부를 위한 비무가 아니라 수련을 위한 것이니 일단 수준을 맞춘 것이지."

이정과 운청산은 쉽사리 움직이지 않았다. 서로의 눈을 보며 상대의 호흡을 느끼려고 노력했다. 이정이 먼저 미세한 움직임을 보였다. 발목을 비틀어 조금씩 이동하여 운청산의 정면에서 비켜서려 했다. 운청산의 뒤꿈치가 꿈틀거렸다. 순간 잠시 표적을 잃었던 운청산의 검이 어느새 이정의 가슴을 다시 겨누고 있었다.

"후…… 하! 후…… 하! 후…… 하!"

이정의 들숨과 날숨을 느끼는 순간 예리하던 운청산의 눈빛은 차분하게 가라앉았다. 반면에 이정의 눈빛이 조급해졌다.

'허어! 호흡을 잡을 수가 없어. 어려운 비무가 되겠군.'

"후… 하— 하— 하— 하! 후… 하… 탓!"

금광단홍(金光斷虹)!

이정이 도를 내리찍었다. 흐릿하게 도인을 감싸고 있던 금광이 일순간에 반월이 되어 달빛을 가르며 운청산의 전신을 베어왔다. 그러나 이정의 호흡이 미세하게 변했음을 이미 감지한 운청산의 발끝이 꿈틀거렸다. 순간 그의 신형은 어느새 금빛 반월을 스쳐 보내며 이정의 좌측으로 쇄도하고 있었다.

쉑!

검신을 감돌던 청기가 빛살처럼 빠르게 이정의 가슴을 찔러갔다.

유성분천!

사우팔절검의 초식들 가운데 가장 단순하면서도 빠른 초식이었다. 이정은 금광단홍을 전개한 그 힘을 이용하여 부드럽게 방향을 전환하고 도를 휘돌렸다.

팡!

청기와 금월이 부딪친 순간 이정의 신형은 어느새 이 장을 물러서고 있었다. 도의 무게를 힘으로 저지하지 않고 따라간 이정은 그 원심력을 이용해 사방을 살폈다. 그러나 어디에서도 운청산을 찾을 수가 없었다.

'아차! 운룡대팔식인가?'

순간 이정의 두 발이 현란하게 움직였다. 뿌연 먼지가 일어나는 순간 이정의 신형이 사방으로 흩어져 진신(眞身)을 찾아볼 수 없었다.

금강십팔족(金剛十八足)!

소림에 금강부동신보가 있다면 아미에는 금강십팔족이 있다 했다. 금강부동신보가 무변(無變)으로 불패(不敗)를 보장한다면 금강십팔족은 만변(萬變)으로 공수의 변환이 자유롭다 했다.

이정의 신형이 뿌연 안개처럼 흩어지는 순간 그의 머리 위로 벼락같이 떨어지던 운청산의 검기 역시 변화했다. 한줄기 검기가 유성만건곤으로 변화하면서 흩어지고 흩어진 후 또다시 흩어졌다.

수십 가닥의 검기들이 이정의 흐려진 신형들을 일일이 공략했다.

탓!

이정은 미첨도를 땅에 찍은 탄력으로 허공을 향해 도를 휘돌렸다. 수십 줄기 금광들이 이정의 머리 위를 떠돌았다.

따다다다다다다당!

금광과 청기가 쉬지 않고 부딪쳤다.

종길이 눈을 부릅뜨며 소리쳤다.

"우와! 저게 가능한 일입니까, 대형? 허공에서 어떻게 저렇게 오래 떠 있을 수가 있어요? 우왓!"

이정의 불광도천(佛光滔天)에 튕겨진 운청산은 허공에서 휘돌아 방향을 바꾸어 이정의 등 뒤로 떨어졌다가 바로 땅을 찍어 뱀처럼 낮게 이정의 하체를 파고들었다.

"과연 운룡대팔식! 이 대협의 입장에서는 사방에서 합공을 당하는 느낌이리라."

강정의 감탄성이 터져 나오는 순간에도 두 사람의 신형은 단 한 번 멈춤이 없었다. 오히려 그 속도가 빨라져 강정 등 세 사람의 눈에는 파란 검기와 금빛 도광만 보일 따름이었다. 특히나 운청산의 신형은 변화난측하여 이정의 주변에 수십 줄기 작은 선풍들이 휘도는 것만 같았다.

"대형! 이 대협이 일방적으로 몰리는군요."

"당연한 전개 같구나. 청산의 검법이 무엇인지는 모르지만 도가의 검법이라고 하기에는 그 기운이 너무 패도적이다. 반면 아미의 금광도법은 불가의 도법답게 애초부터 방어에 중점을 두고 있으니, 싸움은 어차피 이런 식으로밖에 전개될 수 없는 일이지."

“흐합!”

계속해서 뒤로 밀리기만 하던 이정이 오른발을 비틀어 지면을 굳건하게 딛고 나서 힘으로 운청산의 기세를 억눌렀다. 그리고 쉬지 않고 십자로 도를 휘둘러 수십 줄기 금광들을 연달아 토해냈다.

그러나 풍파투도 태악 도인으로부터 사정없는 단련을 받은 운청산이었다. 이미 짧게 끊어지는 이정의 호흡을 간파한 후여서 그의 신형은 이정의 변화에 어렵지 않게 적응했다. 당연한 듯이 멈추어 선 운청산은 회룡산형을 전개하여 수십 줄기 금광들을 스쳐 보내고 검을 연거푸 휘둘렀다.

쿠릉!

풍뢰교연이 펼쳐지는 순간 흩어지는 운청산의 신형을 따라오던 금광이 빛을 잃었다. 그때 운청산이 땅을 찍어 대붕무영의 신법을 펼침과 동시에 유성분천으로 이정의 미간을 노렸다.

쉥!

이정은 정수리가 쪼개지는 듯한 압박감을 받으며 쉬지 않고 물러섰다. 연속적으로 도기를 뻗어내어 유성분천의 기세를 억눌러 보려 했으나 파란 검첨은 어느 한순간도 이정의 미간을 벗어나지 않았다.

“그만!”

이정이 도를 내뻗으며 악을 썼다. 순간 운청산은 거짓말처럼 신형을 제어하여 제자리에 멈춰 섰다.

화르르르륵!

이정이 겨우 멈춰 서는 순간 그의 발뒤축에 벗겨진 풀들이 놀라 불꽃을 일으켰다. 이정은 급히 불꽃을 밟아 끄고서 시커멓게 그슬린 신발을 바라보았다.

“후유! 못 당하겠구먼. 봐줘서 고맙네.”

이정이 고개를 내저으며 말하자 운청산은 포권을 취해 보이고 검을 검갑에 넣었다.

이정이 물었다.

“도대체 무슨 검법이 그 모양인가? 도가의 검법이라고 하기에는 너무 과해.”

“분광뇌풍검법의 변화된 형태라고 보시면 되겠습니다.”

강정 등 세 사람이 다가왔다.

“이 대협, 어떠셨습니까?”

강정의 물음에 이정이 쓸쓸한 미소를 지었다.

“죽는 줄 알았소.”

“에헤? 멀쩡하신데요?”

종길이 말하자 이정은 고개를 내저었다.

“몸이야 멀쩡하지. 하지만 말일세, 자네는 맞아도 아픔이 있을 뿐 죽지는 않는다는 마음으로 대했겠지만, 난 매 순간순간마다 죽을지 모른다는 공포를 느꼈네. 그런데도 그것은 이 친구의 진정이 아니라 검법 자체의 기세일 따름이었네. 만약 진짜로 싸웠다면 삼십 초를 넘기지 못하고 죽었을 게야. 이 친구, 괴물이야.”

종길 등이 새삼스럽게 두 사람을 번갈아 살폈다. 이정은 그답지 않게 들뜬 모습이었는데 운청산은 평소와 다름없이 차분한 눈빛을 유지하고 있었다.

운청산은 자신에게 집중되는 네 쌍의 눈빛을 외면하면서 종길의 옆에 꽂혀 있는 대나무를 향해 손을 뻗었다. 대나무가 손 안으로 빨려드는 순간 그는 이정을 제외한 나머지 사람들을 훑어보며 말했다.

"전 아직 괜찮습니다만 누구 해보실 분?"

운청산을 빤히 바라보던 세 쌍의 눈길이 사라졌다.

"너무 덥군."

강정이 두 손으로 가슴팍 옷자락을 흔들며 멀어졌다. 문취옥도 슬그머니 따라가고 종길도 슬금슬금 물러섰다.

이정이 미소를 지으며 운청산의 어깨를 두드리고 불일장으로 향했다.

"앗! 우리야! 옷 입어야지? 누가 보면 어쩌려구?"

나라연은 기겁을 하며 소리쳤다. 이틀 전에 불일장에 당도한 당우리가 천혜원 분원이 지어질 때까지 함께 지내는 것이야 문제 될 것이 없었다. 그러나 속곳 차림으로 창가에 몸을 내밀고 묵언수행 중인 비구니들에게 말을 거는 등의 경솔한 행위를 할 때는 가슴이 철렁철렁 내려앉았다.

"더워, 언니. 찬물로 목욕이나 했으면……."

당우리는 울상을 지으며 창가에서 물러섰다. 그리고 입술을 삐죽 내밀고 나라연을 바라보면서 어쩔 수 없다는 듯 주섬주섬 옷을 입었다.

나라연은 한숨을 내쉬고 고개를 저었다.

"참아야지 어쩌겠니? 세수 하는 것으로 대충 만족하렴."

나라연은 탁자에서 일어나 수건을 집어 들었다. 당우리는 고개를 숙여 몸 냄새를 맡아보고 얼굴을 찡그린 후에 수건을 목에 걸치고 나라연의 뒤를 따랐다.

산사의 아침이 인시 중반이면 시작되니, 인시 후반에 접어든 때에 자고 있을 비구니는 없으리라. 나라연과 당우리가 우물을 향해 걸어가는 동안 많은 비구니들이 반대로 거슬러 올라오고 있었다.

나라연과 비구니들은 합장과 미소로써 서로 인사했다. 뒤따르던 당우리도 나라연을 훔쳐보며 계속해서 합장했다.

나라연은 어색한 당우리의 합장 인사가 귀여운 듯 미소를 지었다. 나이로 따지자면 겨우 두 살 차이. 그러나 나라연은 순진무구한 당우리의 언행을 볼 때마다 한참 어린 동생으로 느낄 수밖에 없었다.

'이상한 아이야.'

우물을 파다가 실패하고 덮은 자국을 따라 우물에 당도해 보니 사람이라고는 나라연과 당우리 두 사람밖에 없었다. 하기야 시간이 벌써 그렇게 되었다. 관음사 사람들이야 모두 해서 마흔여덟밖에 안 되고 또 비구니들이라 부지런했다.

당우리가 주위를 둘러보다가 눈을 반짝이며 짓궂은 미소를 지었다.

"언니, 사람도 없는데 우리 반신욕이라도 할까?"

나라연은 눈을 둥그렇게 뜨고 당우리를 보다가 급히 고개를 저었다.

"안 돼! 곧 사람들이 올라올 거야. 벌써 올라오는 소리가 들리네."

이십여 장 아래쪽에 또 다른 우물들이 있었다. 그러나 단 두 개. 불일장 서편에는 관음사 비구니들뿐만이 아니라 대부분이 남정네인 오백여 명의 사람들이 있었다. 단 두 개의 우물로는 턱도 없이 부족했다. 그래서 관음사 비구니들은 남보다 먼저 씻고 자신들에게 배정된 우물을 비워주어야만 했다. 만약 조금만 더 지체하게 된다면 웃통을 홀렁홀렁 벗어 던지는 남정네들을 보아야만 하리라.

나라연은 생각만 해도 끔찍한 듯 눈살을 찌푸리고 재빨리 물을 길어올렸다. 당우리의 대야에 먼저 물을 퍼준 나라연은 자신의 물도 길어 씻기 시작했다. 손이 닿는 곳을 구석구석 씻은 후에 수건으로 물기를 닦는데 중년 여인이 올라와 가볍게 인사하고 물을 길어 올렸다. 문취옥이었다.

대야에 물을 잔뜩 퍼 담은 문취옥은 나라연과는 달리 젖가슴 위쪽을 거의 드러내며 옷 속으로 손을 깊숙이 집어넣었다. 아래쪽에서 여자가 올라온 것을 신기하게 생각하던 나라연과 당우리가 대담한 세수를 하는 문취옥을 바라보다가 그녀의 왼쪽 어깨와 젖가슴 사이의 거무죽죽한 멍을 주시했다.

"아! 시원해."

문취옥이 수건으로 물기를 닦는 동안 당우리가 물었다.

"언니, 그거 멍이죠? 누가 때렸어요?"

문취옥이 눈을 둥그렇게 뜨고 당우리의 찡그린 얼굴을 바라보았다. 이제 열여덟이나 되어 보이는 소녀에게 언니 소리를 들을 줄은 상상도 못했던 것이었다.

문취옥은 그녀에게서는 보기 드문 포근한 미소를 지으며 말했다.

"저기 저 파란 옷 입은 젊은 녀석한테 사정없이 두들겨 맞았지."

순간 당우리는 물론 나라연까지 노기를 드리우며 문취옥이 손가락질하는 곳을 바라보았다. 운청산과 강정, 그리고 상반신을 몽땅 드러낸 종길이 씻고 있었다.

"저런 못된 놈!"

순간 당우리가 두 팔을 동동 걷어붙이고 운청산을 향해 뛰었다. 그러나 나라연은 불쾌함보다는 장난기가 어린 문취옥의 어조를 느끼고는 우선 눈치부터 살폈다. 과연 그녀의 입가에 희미한 미소가 어려 있었다.

"이런? 우리야!"

그러나 이미 늦은 외침이었다. 뛰어가던 당우리는 아예 경신술까지 펼쳐 운청산의 앞에 이르러 있었다.

"이봐요, 당신!"

씻고 있던 세 사람이 동시에 고개를 들었다. 운청산과 당우리의 눈이 마주쳤다. 두 사람 모두 고개를 갸웃거리다가 동시에 눈을 치떴다.

당우리가 낮게 소리쳤다.

"앗! 내 한 곡! 당신이 어떻게 여기에⋯⋯?"

거의 동시에 운청산의 오른손은 그의 의지와 상관없이 당우리의 머리를 향해 뻗어 나갔다. 그녀는 그 손을 보며 입술을 삐죽 내밀고 눈살을 찌푸렸다. 운청산은 그때서야 알아차리고 쓴웃음을 지으며 손을 내렸다.

운청산은 이상하게 두근거리는 가슴을 진정시키고 말했다.

"어쩌다 보니 이렇게 되었소."

두 사람은 서로를 바라보며 한동안 침묵을 지켰다. 당우리의 눈가에 미소가 감돌면서 보조개가 깊어져 가자 운청산은 정체를 알 수 없는 묘한 가슴 떨림 때문에 자신도 모르게 상체를 뒤로 뺐다. 들키면 어찌 된다는 생각도 없이 그저 들키고 싶지 않다는 생각만 했을 따름이었다.

당우리도 정신이 없긴 마찬가지였다. 그녀는 자신이 왜 운청산의 앞까지 이르렀는지를 잊고 입가에 미소를 지었다. 그녀는 운청산이 물러난 만큼 얼굴을 내밀고 말했다.

"빚진 거 갚을 거죠?"

운청산은 의심 가득한 눈빛으로 자신과 당우리를 주시하는 종길 등의 눈길을 의식하며 말없이 고개를 끄덕였다.

"어? 저게 물이야? 땀이야?"

종길의 말과 손가락질에 따라 모두가 운청산의 관자놀이를 보았다. 운청산은 종길에게로 고개를 돌리며 중얼거렸다.

"오늘, 아길 차레지?"

종길의 얼굴이 울상으로 변하는 순간 강정의 얼굴에는 미소가 감돌았고 당우리의 미소도 만면으로 번졌다.

제 3 장

강을 건너 폭풍우를 마주하다

강을 건너 폭풍우를 마주하다

나라연은 방구석에 쌍연창을 세워두고 털썩 주저앉아 벽에 등을 기댔다. 머리띠를 풀었다. 그리고 두 다리를 오므리고 무릎 위에 두 팔꿈치를 대어 두 손으로 얼굴을 감쌌다.

"후우!"

힘들었다. 더위와 상대하는 일이야 남들과 다를 바 없으니 어려울 것이 없었다. 그러나 그녀에게 자매가 되는 관음사의 비구니들을 상대하는 일은 참으로 힘겨웠다.

본산이 습격당하는 험한 꼴을 당해놓고도 막상 창을 들어 비무를 할 때면 독심이 사라지고 손끝도 물러졌다. 홀로 무공을 펼쳐 보라 하면 자신만큼이나 능숙하다가도 상대가 있으면 움츠러드니, 나라연은 어쩔 수 없이 독심을 품지 않을 수 없었다.

혹독하게 몰아쳤다. 바닥을 나뒹굴게 만들고 퍼렇게 멍들게 만들었다. 사자, 사매들을 한 번 후려칠 때마다 나라연의 가슴도 퍼렇게 멍이 들지만 독하지 않으면 살아남지 못하리라. 그러나 그것만으로는 지금처럼 힘들지 않으리라.

진정으로 견디기 힘든 것은 변하지 않는 사자, 사매들의 마음가짐이었다. 미워하게 만들겠다고 작정을 하고 나섰지만 사자, 사매들은 멍이 들고 부어올라도 그 순간이 지나면 입가에 보살 같은 미소를 지었다.

나라연은 오늘 끝내 불같이 화를 토하고 말았다. 하지 말았어야 할 말들을 쏟아내고 말았다. 바보 같다고, 마음이 여리고 손끝이 무르니 죽지 말아야 했을 사자, 사매들이 그토록 많이 죽었다고.

사자, 사매들의 반응이 달라졌다. 아무리 막 대해도 미소를 짓던 그들이 고개를 숙이고 불호를 외웠다. 그 무거운 불호 소리들이 둔기가 되어 나라연의 가슴을 후려쳤다. 그러나 나라연은 여전히 독한 눈빛을 유지하고 그들로부터 멀어져 방으로 돌아온 것이었다.

나라연은 절로 흘러내리는 눈물을 두 손으로 훔쳐 내고 얼굴 앞으로 흘러내린 머리카락을 뒤로 넘겼다.

"아직 멀었어. 더 가혹하게 대해야 돼. 내가 나찰이 되어야지 하나라도 더 살아남을 수 있을 거야."

나라연은 눈을 부릅떠 흘러내리는 눈물을 끊고 벌떡 일어섰다. 그리고 쌍연창을 집어 창날을 숨기고 쌍단봉으로 분리해 벽에 걸린 검은 보퉁이에 챙겨 넣었다.

그때 문이 벌컥 열렸다.

"언니!"

나라연은 소매를 들어 다시 눈가를 훔치고 나서 억지로 웃음 지으며 돌아섰다.

"밥 먹었니?"

당우리는 아직 붉은 나라연의 두 눈을 보면서 얼굴을 찌푸렸다.

"왜 울었어?"

"울기는 누가 울었다 그래? 피곤해서 하품을 심하게 했더니만……."

당우리는 콧김이 느껴질 정도로 얼굴을 붙이고 나라연을 살피다가 왼쪽 눈을 실같이 뜨고 말했다.

"거짓말!"

"진짜야. 내가 울 일이 뭐가 있니? 그만 좀 떨어져. 덥지도 않니?"

당우리는 나라연의 웃는 얼굴을 한참 동안 바라보다가 물러섰다.

"좋아. 일단 속아 넘어가 줄게. 대신에 같이 가자."

나라연은 마음이 환해지도록 밝게 웃음 짓는 당우리의 얼굴을 의아하게 바라보았다.

"가자니? 어딜?"

"빚 받으러."

당우리는 나라연의 손목을 붙잡고 막무가내로 끌었다. 그 손을 뿌리치지 못할 나라연이 아니었지만, 그녀는 못 이기는 척하고 끌려 나갔다. 아무리 엄하게 대하려 해도 당우리의 순진무구함 앞에서는 통하지 않을뿐더러, 그녀와 함께 있으면 울적한 심사가 조금이라도 풀릴지 모른다는 기대를 한 탓이기도 했다.

"끄윽!"

종길은 어깨가 부서지는 충격을 받고 뒤로 벌렁 나자빠졌다. 그는 일어서지 않았다. 도를 바닥에 놓고 오른손으로 왼쪽 어깨를 주무르다가 결국은 주먹을 쥐어 바닥을 후려쳤다.

"제기랄!"

이해할 수가 없었다. 사흘 전에도 십여 차례 이상 강타당한 곳이 바로 왼쪽 어깨였다. 전신을 우스꽝스럽게 물들인 붉은 반점 열일곱 군데 가운데서도 가장 흉한 곳이 바로 그곳이었다.

지난 사흘 동안 그가 무엇을 했던가. 심하게 격타당했던 곳과 병기에 맞으면 치명적일 수밖에 없는 여덟 곳을 방어할 방법에 골몰했었다. 그런데도 왼쪽 어깨와 오른쪽 옆구리, 그리고 등심은 결국 방어해 내지 못하고 오늘도 수차례씩이나 격타당하고 말았다.

무공의 격차가 너무 크다는 것만으로는 납득할 수가 없었다. 운청산이 아무리 초식을 꿰뚫어 본다지만 공격 시에는 거의 공력을 수반하지 않았다. 기세도 줄고 속도도 줄어들었으리라. 그런데도 막지 못한다는 것은 결국 허점 보완에 실패했다는 뜻일 수밖에 없었다.

"그만 하자. 지금으로서는 뚫리는 곳은 결국 뚫릴 수밖에 없어."

운청산은 무정하게도 종길의 생각에 쐐기를 박아버렸다.

"젠장!"

종길은 엎드린 채 고개를 저었다.

"그래도 사흘 만에 다섯 곳이라… 나쁘지 않아. 바보 소린 면할 것 같은데?"

운청산의 웃음기 어린 말이 들리는 순간 땅에 머리를 박고 있던 종길이 고개를 들었다.

"바보? 이 자식이!"

종길이 벌떡 일어났다.

"아야야야야!"

그러나 달려들지도 못하고 다시 어깨를 잡은 채 몸을 움츠렸다. 운청산은 문득 태악 도인의 냉랭한 얼굴을 떠올리며 빙긋 웃었다.

"난 하루가 멀다 하고 바보 소리 듣고 살았다. 그 정도면 나쁘지 않아."

태악 도인의 평가의 기준은 달랐지만 사실은 사실이었다.

"정말?"

운청산이 고개를 끄덕이자 종길의 얼굴에 화색이 돌았다. 운청산은 종길에게서 눈을 떼고 떨어져서 앉아 있는 강정 등 세 사람을 바라보았다.

"전 아직 괜찮습니다만."

강정이 자신의 몸을 살피고 문취옥을 바라보며 먼저 고개를 젓자 문취옥도 얼굴을 찡그리며 고개 저었다. 두 사람이 동시에 말했다.

"우린 내일 할래."

강정과 문취옥의 눈치를 살피던 이정이 미첨도를 집었다.

"그럼 내가……."

일어서려던 이정이 문득 불일장 쪽을 바라보며 미첨도를 놓았다.

"나도 내일 해야 할 것 같군."

모두가 이정의 시선을 따랐다. 두 사람이 올라오고 있었다.

"어? 어제 그 두 아가씨들이네?"

문취옥이 반색했다. 늘 남자들 속에서 지내다가 친근하게 구는 여자들을 보니 차가운 성정만 드러내던 그녀도 기분이 좋은 모양이었다.

강정과 이정도 묘한 눈빛으로 여인들과 운청산을 번갈아 바라보았다. 나라연을 발견한 종길은 눈을 둥그렇게 떴다가 헤벌쭉 입을 벌렸다.

그러나 가장 희한한 반응을 보인 이는 역시 운청산이었다. 당우리에 대한 마음은 그로서는 실로 이해하기 힘든 것이었다. 보면 절로 기분이 좋아지는데도 불구하고 벌렁거리는 가슴이 도대체 어떤 의미인지, 무엇을 하라는 것인지 알 수가 없었다.

운청산의 마음이 갈피를 잡지 못하는 그때, 당우리는 이미 그 귀여운 얼굴을 그의 코앞까지 가져왔다.

운청산은 당우리의 요청에 따라 두 곡의 소곡으로 사람들의 가슴속에 선선한 바람을 불어넣었다. 잠시 후 강정과 문취옥이 시원해졌다면서 잠 잘 오겠다는 말을 남기고 자리를 떴다. 무슨 까닭인지는 몰라도 다른 사람들 역시 저마다의 이유를 대며 연이어 자리를 떴다. 달빛 아래 앉아 있는 사람은 오직 둘, 운청산과 당우리뿐이었다.

운청산은 아무 말도 못하고 금사강만 내려다보고 있었다. 사실 그는 너무나 당황해서 완전히 굳어 있었다. 손가락 끝 마디까지 딱딱하게 굳어 있어 옴짝달싹할 수가 없었다. 얼굴마저 화끈거렸다.

운청산은 싫지 않으면서도 이상하게 견디기 힘든 압박감을 결국 감당해 내지 못하고 고개를 돌렸다. 그러나 이내 외면하고 말았다. 당우리가 아무 말도 하지 않고 그의 얼굴을 빤히 바라보고 있었기 때문이다. 압박감의 정체는 바로 당우리의 시선이었다.

운청산은 자신이 왜 이런 반응을 보이는지 알 도리가 없었다. 사람의 눈을 빤히 쳐다보고 이야기하는 것은 자신이 곧잘 하는 일이었다. 눈으로 사람을 확인하는 작업, 그것이야말로 어떤 방법보다 훨씬 많은 것을 알 수 있었다. 그럼에도 불구하고 당우리만큼은 똑바로 볼 수가 없었다.

'차라리 말을 하시오, 당 소저.'

심장이 발작을 일으키는 것 같았다. 콩콩대던 것이 시간이 지날수록 쿵쿵거리더니 나중에는 아예 가슴을 뚫고 튀어나올 것만 같았다.

'후! 차라리 아길이 갈 때 같이 내려갈 걸.'

운청산이 내심 후회하는 순간 당우리가 몸을 비틀어 운청산의 맞은편에 앉았다. 그리고 그의 얼굴을 정면에서 마주 보았다.

운청산은 땀 냄새와 은은한 진피 향내를 동시에 맡았다.

"무, 무엇이오?"

운청산이 더듬어 묻자 당우리가 미간을 찌푸리며 고개를 갸웃거렸다.

"청산 소협, 당신은 이상해요."

당우리의 숨결이 얼굴에 와 닿았다. 숨을 들이마셔 그대로 삼켜 버리고 싶었다. 운청산은 스스로의 생각에 당황하지 않을 수 없었다. 분명히 좋은 느낌인데 의미를 알 수 없는 죄의식이 느껴진 탓이었다.

'이해할 수 없다. 도대체 이해할 수가 없다. 처음 봤을 때는 그저 좋은 느낌이었다. 마냥 같이 있고픈 친숙한 느낌이었다. 그런데 지금은 왜 이런가? 분명히 좋으면서도 한편으론 불편한 이 느낌은 무엇에서 비롯된 것인가?

운청산은 대답하지 못하고 몸을 뒤로 빼내어 당우리의 숨결로부터 멀어졌다.

"뭐, 뭐가 이상하단 말이오?"

당우리는 아예 운청산 앞으로 기어와 그가 멀어진 만큼 얼굴을 가져다 붙이며 눈을 직시했다.

"그 눈이요. 깊고 슬퍼요. 얼굴은 웃어도 눈은 울어요. 왜 그런 눈을 하고 있지요? 젊은 사람의 눈이 그래서는 안 되는 거잖아요? 열정과 야망으로 불타올라야 하는 것 아닌가요? 왜 백 년 묵은 도사 할아버지와 어미 잃은 사슴의 눈을 동시에 하고 있는 거지요? 아! 근데 지금은 아니다. 흔들리네. 어쨌든 이상해요.”

“모르겠소. 산에서 자라서 그런가?”

당우리는 만족스럽지 못하다는 눈빛으로 바라보다가 문득 이채를 발하며 물었다.

“근데 그 눈, 왜 안 변했지요? 나 언니를 보면 남자들 눈은 다 변하던데……. 우리 오빠도 변했어요. 안 변해서 안심하긴 했는데, 왜 그렇죠? 나 언니, 정말 예쁘잖아요? 왜 나 언니가 아니라 지금 나를 보고 우리 오빠처럼 눈동자가 흔들리나요? 처음에는 소를 기막히게 잘 부는 착한 청년이라고만 생각했어요. 근데 왜 그런 눈을 해가지고 자꾸만 생각나게 만들지요?”

당우리의 말과 숨결에 밀린 운청산의 가슴은 금방이라도 폭발할 것만 같았다. 그러나 더 이상 물러설 자리가 없었다. 조금 더 물러서면 눕는 것과 다를 바가 없었기 때문이다.

운청산은 숨을 꾹 참고 안간힘을 다해 어설프게 땅을 받치고 있던 두 팔을 조금씩 폈다. 운청산의 얼굴이 당우리의 얼굴로 다가갔다. 어떻게든 다가가면 물러설 것이라고 생각했었다. 그러나 당우리는 꼼짝도 하지 않았다. 오히려 그 자세 그대로 고개만 살짝 치켜들고 지그시 눈을 감았다. 그녀의 긴 속눈썹이 바르르 떨리고 있었다.

운청산은 당황하여 고개를 숙였다. 당우리의 이마와 그의 이마가 부딪쳤다. 순간 당우리가 눈을 뜨고 위 이빨로 아랫입술을 깨물며 그를 노려보았다.

“바보!”

당우리는 샐쭉한 얼굴을 뒤로 물리고 원래 그녀가 앉아 있던 곳으로 옮겨가 벌렁 누워버렸다.

"후우우우우우우우!"

운청산은 그때서야 참고 있던 숨을 내쉬었다. 누워 있던 당우리의 얼굴에 희미한 미소가 감돌았다.

운청산은 바로 앉으며 금사강을 내려다보면서 중얼거렸다.

"처음에는 어린 줄 알고 그냥 귀엽다고 생각했었소. 그런데 생각해 보니 본 적도 없는데 오랫동안 함께 지냈던 사람처럼 친근하게 느껴져서 꼭 다시 한 번 보고 싶다고 생각했었소. 그런데 내가 왜 바보요?"

운청산이 고개를 비틀어 당우리를 내려다보았다. 그녀는 찡그린 얼굴로 혀를 쏙 내밀며 말했다.

"몰라요. 바보!"

다시 바보 소리를 듣자 운청산은 입을 다물고 금사강을 내려다보았다. 달빛에 바스러지는 물결들이 말 그대로 금빛 모래처럼 느껴졌다. 그가 말없이 앉아만 있자 당우리가 또다시 몸을 일으키며 물었다.

"꿈이 뭐예요? 뭐가 되고 싶어요? 슬픈 도사 눈빛을 하고서 왜 사천 무림련에 들어왔죠?"

종길에게서 들었던 질문이었다. 대답하지 못했어도 별로 이상하게 생각지 않았던 질문이었다. 그런데 막상 당우리가 물으니 반드시 답이 있어야 할 것만 같은 조급함이 파도처럼 밀려왔다. 그러나 대답하려 해도 답이 있을 턱이 없었다. 운청산은 대답 대신에 오히려 반문했다.

"꿈이란 것이 꼭 있어야 하오?"

당우리가 눈을 둥그렇게 치뜨고 다시 무릎으로 걸어 그의 앞으로 뽀르르 기어왔다.

"그럼요. 꿈이 없는 삶은 재미없잖아요? 자신만의 꿈을 좇아 맹렬히 달려가는 모습은 그 꿈의 대소나 성취 여부를 불문하고 아름다워요. 멋있다구요. 아! 그렇구나. 곤륜에서 살았지. 무위이화(無爲而化)란 말인가요? 그것도 아닌데? 사천무림련에 투신했으니……."

당우리가 다시 고개를 갸웃거렸다.

운청산은 그녀의 의문 어린 시선을 받으며 미소를 지었다.

"당 소저의 꿈은 무엇이오?"

당우리가 웃으며 자랑스럽게 대답했다.

"세상의 아픈 사람들을 다 고치는 거예요. 그리고 또 우리 엄마처럼 현모양처. 둘 다 되기 힘들다 그러던데 어쨌든 하나도 포기하고 싶지 않아요."

운청산은 미소 지으며 고개를 끄덕였다.

운청산의 얼굴을 빤히 바라보던 당우리는 그의 눈동자가 더 이상 흔들리지 않자 가슴 한쪽에서 일어나는 실망감을 맛보았다. 그 실망감은 곧 그녀가 미간을 찌푸리게 하고 볼이 부어 터지게 만들었다.

그 얼굴을 보는 순간 운청산은 다시금 그녀의 머리를, 아니, 볼을 쓰다듬고 입술을 만지고 싶다는 욕구를 느끼며 자신도 모르게 오른손을 땅에서 떼었다. 그때 그녀의 눈빛이 반짝였다.

당우리는 운청산에게 환한 미소를 지어 보이며 갑자기 머리를 디밀었다. 그는 무의식적으로 그녀의 머리를 쓰다듬고 말았다.

"앗! 또 한 곡!"

당우리가 기다렸다는 듯 소리치자 운청산은 얼굴을 찌푸리면서도 미소 지었다. 그가 만지고 싶었던 것은 잘 익은 복숭아처럼 통통 부어 오른 그녀의 볼이었지만 머리를 만진 것만으로도 되었다고 생각했다.

당우리가 다시 운청산의 옆에 누우며 말했다.

"전에 객잔 앞에서 불어줬던 그… 맞다. 화월교유. 그거 부탁해요."

운청산은 군소리없이 옥소를 들고 호흡을 가다듬었다. 차라리 옥소를 불어주는 것이 낫다 생각하며.

옥소 소리가 달빛에 편승하여 당우리의 전신을 쓰다듬자 그녀는 지그시 눈을 감았다.

달빛과 금사강, 그리고 그녀가 함께 있는 포근한 밤이었다.

운청산은 화월교유를 끝내고 당우리를 내려다보았다. 그리고 이내 실소했다. 쌔근거리는 그녀의 호흡은 차분하고 규칙적이었다. 어느새 잠들어 버린 것이었다.

운청산은 그 후로 두 시진 동안이나 그녀의 옆에 앉아 얼굴만 내려다보고 있었다. 말할 수 없는 기쁨으로 충만된 채로.

이른 새벽부터 불일장 내부로 불려갔던 벽송이 다시 방으로 돌아와 주저앉았다.

"해야 하겠지? 그렇게라도 하지 않으면 수긍하지 못하겠지? 이해해 주지 않으면? 그것도 어쩔 수 없는 일이지."

벽송은 눈을 감으며 고개를 저었다. 순간 그의 눈앞에서 선연한 핏줄기가 튀어 올랐다. 그는 그것을 차마 보지 못하고 눈을 떴다.

해야 한다고 생각하면서도 차마 하지 못했던 것을 오늘 그는 해야만 했다. 한 치의 주저함도 없이.

벽송은 벽상검을 집어 들면서 벽운에게 명했다.

"모두에게 옆방으로 모이라 일러라."

벽운은 고개를 숙여 보이고 바로 방을 빠져나갔다. 벽송은 착잡한 눈빛으로 벽운의 뒷모습을 사라질 때까지 바라보다가 벽인에게 말했다.

"들고 오너라."

무엇을 들고 오라는 소리를 하지 않았음에도 벽인은 바로 고개를 끄덕이고서 대궁과 검을 멘 후에 방구석에 놓여 있는 보자기를 들었다.

벽송은 문득 벽인이 사선으로 멘 대궁을 바라보며 고개를 저었다. 자신있는 한 가지에만 매달리라고 했었다. 그럼에도 불구하고 벽인은 전에 다루지도 않았던 활을 포기하지 않았다. 이유를 물으니 벽인은 간단히 대답했다. 대사형의 복수는 반드시 궁으로 하겠다고.

그 궁사가 어떠한 사람이던가. 원수지만 궁신(弓神) 후예(后羿)를 방불케 하는 신궁이었다. 그런 상대에게 복수를 하기 위해 같은 궁을 택하는 것은 어리석은 일이리라.

그러나 벽송은 차마 장문인의 권위를 내세워 포기시킬 수가 없었다. 대사형 벽령에 대한 벽인의 존경심을 잘 알고 있었던 까닭이었다.

벽송은 먼저 나가기를 채근하는 벽인의 눈길을 느끼고서 대궁에서 시선을 떼고 옆방으로 건너갔다. 다섯 명이 자는 방에 열여섯의 점창 제자들이 문을 향해 앉아 있었다.

벽송은 문을 등지고 앉으며 말했다.

"벽운과 벽현은 앞으로 나오너라."

벽운과 그보다 두어 살 더 먹어 보이는 건장한 체구의 젊은 도사 벽현이 뒤쪽에서 앞으로 나와 벽송의 앞에 무릎 꿇었다.

벽송은 옆에 내려놓았던 벽상검을 무릎 위로 올리고 말했다.

"왼손을 내밀어라."

두 사람은 의아한 표정을 지었으나 벽송이 벽상검의 권위를 내세운 탓에 묻지 않고 명에 따랐다.

챙!

빛이 번쩍였다. 그리고 피가 튀고 두 개의 손이 바닥에 떨어졌다. 벽운과 벽현은 자신들의 손이 바닥에 떨어진 후에야 고통을 느끼며 믿을 수 없다는 눈빛으로 벽송을 바라보았다.

놀란 사람은 두 사람뿐이 아니었다. 벽인을 제외한 모두가 눈을 부릅떴다.

"장문인! 왜?"

모두가 부르짖어도 벽송은 눈 하나 깜빡이지 않고 벽운과 벽현을 향해 말했다.

"지혈하라."

고통에 물든 얼굴로 벽송을 보던 두 사람이 급히 혈맥을 짚어 지혈했다. 벽인이 급히 나서서 이미 준비하고 있던 면포로 두 손을 감싸주었다.

모두가 벽송을 주시하는 동안 벽송은 그 눈빛들을 외면하며 벽인에게 말했다.

"넘겨주어라."

벽인이 한쪽 구석에 내려놓았던 보자기를 벽운의 옆에 내려놓았다. 벽운은 그것이 무엇인지 잘 알고 있었다. 열여덟 권의 무급들. 그 가운데 한 권은 자신이 지니고 있던 것이었다. 깨달은 것이 있을 때면 그때마다 깨알같이 주석을 달았던 그 무급이 그 가운데 있었다.

벽송은 다시 벽운에게 명했다.

"내 검을 다오."

벽운은 놀란 얼굴로 벽송을 보았다.

내 검! 그랬다. 벽운 그가 지니고 있는 검의 원주인은 벽송이었다. 벽령에게 자신의 검을 주고 대신 받은 벽상검을 건네면서 받았던 그 검!

벽운은 고개를 내저었다.

"싫습니다. 드릴 수 없습니다."

벽송은 그 한마디로 벽운이 자신의 뜻을 모두 이해했다는 것을 깨달았다.

"다오."

벽운은 계속해서 고개를 내저었다.

벽상검! 그것을 포기하는 사람은 반드시 죽었다. 스승 창현 진인이 그랬고, 대사형 벽령 또한 죽었다.

"장문인의 명이다. 검을 다오."

벽운은 고통으로 인하여 하얗게 질린 얼굴로 벽송을 바라보다가 천천히 검을 풀어 건넸다. 벽송은 검을 등에 메고 면포로 벽상검의 혈흔을 닦은 후에 검갑에 넣고 보자기 옆에 내려놓았다.

"벽운, 너는 오늘부터 점창의 정신이다. 벽현, 너는 점창의 육신이니라. 하나의 손이 둘이 되어 온전한 것처럼 두 사람은 서로를 믿고 의지하여 정신과 육체를 갈고닦아라. 그리고 능히 대점창을 이룰 수 있다고 자신하는 순간에만 점창산에 올라라. 벽상검의 권위는 오직 그때에만 되살아나리라."

벽운과 벽현은 그때서야 진실로 벽송이 자신들의 손을 자른 이유를 깨달았다. 죽으러 가는 자들에 대한 죄의식을 없애기 위해, 또 남겨진 자들이 진정으로 역경을 넘어서 주기를 바라는 마음에서 그리했으리라.

두 사람의 눈이 붉어졌다. 펑펑 울고 싶었다. 소리 내어 통곡하고 싶었다. 그러나 울지 않겠다고 맹세하지 않았던가.

벽송은 두 사람의 붉어진 얼굴을 직시하며 정이 담긴 어조로 말했다.

"운방을 찾아가라. 오늘을 위해 운방주 사공척을 돌려보낸 것이니 믿고 의지하라. 점창산에 오르는 그날까지 너희들의 편리를 보아줄 것이다."

벽운은 절로 떨어지려는 머리를 억지로 세우고 벽송을 노려보았다. 적의를 담은 것이 아니었다. 다만 울지 않으려 노력한 것뿐이었다.

"사형께서 이리 만드셨으니 따라가면 짐만 될 뿐. 저희 두 사람은 시키는 대로 할 것입니다. 참고 또 참고, 수련하고 또 수련하여 되찾은 점창의 초석이 될 것입니다. 그러나 이 벽상검은 사형이 돌아오실 때까지 맡고만 있겠습니다."

살아 돌아온다는 것이 어려운 일이라는 것은 누구나 다 알고 있었다. 점창산을 되찾으러 가는 길인데 어찌 점창의 제자들이 몸을 사릴 수 있겠는가. 몇 남지 않았으니 명맥을 보존하라며 동정하고 배려해 준다 해도 그들의 설 자리는 오직 선봉뿐이었다.

벽송은 입가에 절로 지어지는 미소를 억제하며 고개를 끄덕였다. 손을 자른 그였다. 그럼에도 불구하고 어린 사제들이 기꺼이 이해해 준 것만으로 기뻤다. 그런데 그 두 쌍의 눈에 꺾이지 않을 의지까지 드리우니 이제 안심하고 싸움에 임할 수 있었다.

벽송은 뭉클한 가슴을 짓누르며 자리를 털고 일어섰다. 문을 연 벽송은 돌아보지 않고 말했다.

"아침 식사가 끝나는 대로 도강한다 했다. 준비하라."

점창의 제자들이 벽송의 등에 대고 일제히 허리를 숙였다. 장문인에 대한 예의가 아니었다. 인간 벽송에 대한 감사와 존경의 의미였다.

벽송! 마음씨 좋기로 둘째가라면 서러울 사람, 그러나 그만큼 유약

한 사람이었다.

애초에 대사형 벽령에게서 벽송에게로 벽상검이 넘어가는 순간, 다른 이들은 내심 불안할 수밖에 없었다. 모두들 벽송을 좋아하지만 난세에 어울리지 않는 사람이라고 생각한 탓이었다.

그러나 벽송은 자신을 이기고 결사의 길에 이른 지금의 시점까지 모두를 잘 이끌어왔다. 더구나 그의 성정으로 벽운과 벽현의 손을 자른 것은 그가 얼마나 혹독하게 스스로를 채찍질하고 있는지를 여실히 보여주는 것이었다.

점창의 제자들은 이제 본산의 수복을 위해 기꺼이 목숨을 내던질 마음의 준비가 되어 있었다.

선착장 근방이 온통 파란 물결로 넘실거렸다. 청의 무복 차림의 사천무림련 무사들이 배를 타기 위해 줄지어 늘어서 있었기 때문이다.

"에이! 더워 죽겠네. 이런 걸 꼭 입어야 하나?"

종길이 운청산을 따라 배의 상판 위로 올라섰다.

"어이! 밀지 마! 빨리 가면 상 준대? 천천히들 하자구!"

그리 말해 놓고도 종길은 지금 아니면 언제 하냐는 식으로 마음껏 운청산을 밀쳐 버리고 느긋하게 배 위로 올라가는 여유를 부렸다.

배는 이미 만원이었다. 떠밀려 화물칸으로 들어간 사람들로부터 욕지거리가 들려왔다. 갑판 또한 마찬가지였다.

갑판의 중앙에 사십칠 명의 광명사 비구니들이 정좌하여 자리 잡고 있었고 그 주변으로는 같은 정명당에 속하면서도 잘 보지 못했던 아미 복호승들 십여 명이 천, 지급무사들과 함께 서 있었다. 대충 세어도 칠팔십은 되니 화물칸으로 들어간 사람들까지 합하면 일백삼십여 명 이상이 되리라.

명백히 정원 초과였다. 만약 스물댓 명만 더 태운다면 선부들이 움직일 공간조차 없을 것 같았다.

"어이! 이거 너무하는군. 우린 사람이야. 짐짝이 아니라구. 이러다가 배 뒤집어지면 어쩌려구?"

종길이 소리치는 순간 선미에서 굵직한 목소리가 들렸다.

"그만 태워!"

선부가 그 말에 따라 배에 오르려는 사람들을 막고 나서 배에 잇대어진 상판을 선착장으로 밀어버렸다.

그때 체구가 작지만 대신 다부지게 보이는 사십 대 중반의 장년인이 선타를 잡으며 소리쳤다.

"돛을 중단으로!"

그 한마디가 들리는 순간 즉시 도르래 돌아가는 소리와 선부들의 기합 소리가 들려오면서 돛이 올라갔다.

배가 서서히 강의 중심으로 이동했다. 가고자 하는 방향으로 선수가 돌아가는 순간 일대 장관이 펼쳐졌다. 금사강과 장강을 따라 사천 남부를 떠도는 모든 배들이 동시에 동원된 것만 같았다.

종길이 타고 있는 용문비선 삼호뿐만이 아니라 용문수로표국의 용문비선 다섯 척이 모두 동원되었고, 그 외에도 크고 작은 배들이 꼬리에 꼬리를 물고 강을 가로지르고 있었다.

"후와! 대단하군. 저게 전부 몇 척이야?"

종길은 고개를 가로젓고 운청산을 찾았다.

운청산은 강정 부부와 함께 배의 우측 난간에 붙어서 있었다. 그쪽으로 다가가던 종길이 그 곁에 서 있는 또 다른 사람의 뒷모습을 보곤

헤벌쭉 웃으며 입을 벌렸다.

기억하는 한, 평생 처음으로 배를 탄 운청산은 물결에 따라 율동하는 배의 움직임을 신기하게 여기며 강정 부부 곁으로 다가갔다. 거기에 또 다른 한 사람이 서 있었다. 바로 나라연이었다.

나라연과 눈이 마주친 운청산은 가볍게 목례했다. 나라연도 실낱같은 미소를 보이며 자신과 강정 사이에 자리를 마련해 주었다.

"어제는 고마웠어요. 아름다운 연주 덕분에 마음의 여유를 되찾은 것 같습니다."

운청산은 나라연의 말에 대답하지 않고 어색하게 고개를 끄덕였다. 두 사람이 서로를 외면하며 선착장 쪽을 바라보았다.

돛이 오르고 배가 선착장을 떠났다.

일 장 또 일 장.

점차 멀어져 가는 선착장을 바라보던 운청산의 눈에 이채가 어렸다. 당우리였다. 그녀가 강변을 따라 달리며 손을 흔들고 있었다.

운청산은 당우리가 도대체 누구를 향해 손을 흔드는지 몰라 좌우를 둘러보았다. 나라연이 손을 흔들었다. 그 순간 그녀의 좌측에 서 있던 강정 부부는 물론 당우리와는 아무런 상관도 없을 것 같은 정명당 사람들마저도 웃으며 손을 흔들었다.

운청산은 어색하게 가슴으로 손을 올려 조그맣게 손을 흔들었다.

"호호! 그렇게 해서 보이겠어요?"

나라연이 보기 드물게 이빨이 드러나는 환한 웃음을 지으며 운청산을 바라보았다. 그의 목에서부터 붉은 기운이 오르는 순간, 당우리가 손을 흔드는 대신 피리 부는 시늉을 해 보인 후 크게 원을 그렸다. 무슨 뜻인지 대번에 알 수 있었다. 다음번에는 더 많이 들려달라는 소리이리라.

나라연이 웃으며 고개를 내저었다.

"풋! 조게 아예 대놓고… 처음엔 저를 배웅하는 줄 알았는데, 청산 소협에게 인사하는 게 분명하군요."

운청산은 쑥스러운 가운데서도 용기를 내어 손을 들어 크게 흔들다가 품속에서 옥소를 꺼내 당우리에게 던졌다.

옥소는 휘돌지도 않고 십여 장을 날아가 당우리가 받기 쉽게 사선으로 떨어졌다. 옥소를 손쉽게 받은 당우리는 두 손으로 매만지다가 가슴에 품는 시늉을 하고 다시 두 손을 입 앞에 모아 소리쳤다.

"잘 보관하고 있을게요!"

평소에 인사 정도 하며 지내던 정명당 사람들이 아무 말 없이 웃으며 운청산의 어깨를 툭툭 두드렸다.

"카! 이젠 정표까지 주는구나. 좋겠다, 청산! 부럽구나."

종길이 다른 사람처럼 어깨를 치고서 운청산과 강정 사이로 끼어들었다. 종길은 운청산이 아무런 대답도 하지 않자 고개를 돌려 그의 얼굴을 살폈다. 운청산은 아예 말을 듣지도 못한 듯 점점 멀어지는 당우리를 멍하게 바라보고 있었다.

종길은 씁쓸하게 미소 지었다. 부럽다는 말이 농담은 아니었다. 육체적 경험을 따진다면 운청산에 비할 바가 아니었으나 단 한 번도 여인을 진지하게 생각해 본 적은 없었다. 상대한 여인들은 모두 돈을 주고 산 욕정의 배설구였을 따름이었다.

'나는 왜 사랑을 꿈꾸지 않았을까?'

언제 죽을지 모르는 무인이라서 그런 것은 아닌 것 같았다. 그의 옆에는 항상 강정 부부가 있었다. 그런데도 사랑과 혼인 같은 것을 생각하지 않은 이유가 있다면 두 사람이 애초에 완성되어 있었고 너무나 자연스러웠기 때문이리라.

그런데 이제 샌님 같은 운청산에게 당우리라는 여인이 나타나자 종 길도 문득 사랑을 하고 싶다는 생각을 하게 된 것이리라.

'아닌가?

종길은 문득 가까이 있으면서도 너무나 멀게 느껴지는 여인을 훔쳐 보았다. 차갑고 고귀하게 느껴지는 여인, 나라연은 실수로라도 눈길을 주지 않았다.

종길은 고개를 내젓고 눈을 감았다. 그리고 소리없이 깊은 숨을 들 이마셨다. 그러나 나라연의 체취를 맡을 수 없었다. 바람은 물을 거슬 러 올라가기 딱 좋은 동풍, 그러나 나라연은 종길에게 먼저 닿은 바람 을 맞을 위치에 서 있었다.

비릿한 물 냄새만 맡은 종길은 할 수 없이 눈을 떴다. 그때 운청산이 물었다.

"꿈을 꾸면 반드시 이루어질까?"

"응? 으응. 반드시라고는 말 못하겠는데. 절대 이루어질 수 없는 황 당한 꿈도 있으니까."

그때 문득 종길의 눈이 나라연의 옆얼굴에 닿았다가 운청산에게로 옮겨졌다. 종길은 자신이 왜 하필 그때 나라연을 보았는지 알 수가 없 었다. 아니, 알고 있었지만 알 수 없다고 생각하고 싶었다.

운청산이 다시 말했다.

"내 꿈은 황당한 것일까?"

"이놈아! 꿈이 무엇인지부터 말해야 대답을 해주지."

종길이 쓸쓸하던 눈빛을 황당함으로 채우는데도 운청산은 대답하지 않고 은은한 미소를 지으며 이제는 점이 되어버린 당우리를 바라보았다.

'꿈이 뭐냐고 했었지? 어떤 사람이 되고 싶으냐고 물었지? 어떤 삶을 살아보고 싶으냐고 그랬지? 나 이제 꿈을 꿔보고 싶다. 그녀를 향한 이 감정이 무언지 정확히는 말 못하겠지만 어쨌든 사라지지 않는 꿈을 꿔보고 싶어.'

운청산은 꿈꾸는 듯한 눈빛으로 종길의 얼굴을 쓰다듬고 나서 강정 부부를 바라보았다.

마지막 열아홉 번째 배를 떠나보낸 선착장에는 이제 오십여 명의 사람들밖에 남아 있지 않았다. 사천무림련의 수뇌들과 군룡전의 고수들로 보이는 초로인들이었다.

꼬리에 꼬리를 무는 선박들을 바라보고 있던 그들의 시선이 반대쪽으로 향했다. 대기하고 있던 배 한 척이 들어서고 있었다. 바로 용문수로표국 국주 곽동량이 직접 선타를 잡은 용문비선 일호였다.

"허! 배가 들어오는데 련주께서는 왜 이리 늦으시는고?"

운녹산이 중얼거리자 그의 주변에 있던 초로인들이 뒤를 살폈다.

"때맞춰 오시는군요."

돌아보니 현상자가 두 명의 노도사들과 함께 선착장으로 내려오고 있었다. 군룡전의 고수들 가운데 도사의 행색을 한 십여 명의 초로 도인들이 두어 걸음 마중 나가 일제히 예를 표했다.

현상자는 고개를 끄덕여 답례하고서 운녹산과 공명 선사, 그리고 신수 사태 앞에 이르렀다. 운녹산 등은 현상자와 함께 온 두 도사를 보면서 의아함을 드러냈다. 기파가 그리 강렬하게 느껴지지는 않았지만 왠지 세상 사람들과는 분위기가 다르게 느껴진 탓이었다.

현상자가 그 눈빛을 읽고 두 도사를 소개했다.

"이 두 분 진인께서는 청성산 와룡곡(臥龍谷)에서 수도하시는 건곤파(乾坤派)의 쌍진인 되시오. 빈도가 노파심이 일어 번거로운 것을 싫어하시는 이 두 분께 도움 주십사 하고 간청했소이다."

두 사람 가운데 은빛의 눈썹이 특이한 웃는 얼굴의 노도인은 건법진인(乾法眞人)이라 했고, 마르고 굳은 얼굴에 유독 눈빛이 흑진주처럼 반짝이며 유리처럼 투명한 왼손을 지닌 노도인은 곤술 도인(坤術道人)이라 했다.

운녹산 등이 일제히 환영의 뜻을 밝혔고 두 도인들도 답례했다.

운녹산이 만면에 미소를 드리우며 현상자에게 말했다.

"안 그래도 혹시나 하여 무당의 보천 진인께 도움을 청할까 했었습니다. 허나 그쪽도 사정이 있는지라 차마 말을 못 꺼냈는데, 련주께서 모든 것을 헤아리시고 이리 귀한 분들을 청하셨으니 만사가 술술 풀릴 모양입니다."

모두가 동의한다는 듯 웃음 지으며 고개를 끄덕였다. 공명 선사가 용문비선 일호를 향해 손을 뻗었다.

"자! 우리만 건너면 되는가 봅니다. 가시지요."

현상자가 고개를 끄덕이며 좌중을 둘러보다가 의아함을 드러냈다.

"헌데 당 가주께서는?"

운녹산이 웃으며 선착장 서쪽을 가리켰다.

"영애와 작별 인사라도 나누시나 보지요."

고개를 돌려보니 과연 십여 장 위쪽 강변에서 당유연이 당우리와 함께 이야기를 나누고 있었다.

현상자는 고개를 끄덕이고서 건곤파 쌍진인에게 배에 오르기를 청했다.

　당유연과 당우리의 대화는 사람들이 생각하는 것처럼 화기애애하지 않았다. 오히려 당유연은 고리눈을 치뜨고 당우리를 노려보고 있었다.
　"이놈! 네가 지금 이 아비 얼굴에 먹칠을 할 생각이냐? 세상 사람들이 다 보는 데서 그게 무슨 배워먹지 못한 행실이냐?"
　당유연이 호통을 치는데도 당우리는 아무렇지도 않게 그의 얼굴을 빤히 쳐다보았다.
　"제가 뭘 어쨌게요?"
　당명천이나 다른 두 아들이 당우리와 같이 반응했다면 그 자리에서 패대기를 쳐버렸으리라. 그러나 당유연은 당우리의 천연덕스러운 표정과 반문에 놀라서 어찌할 바를 모르고 뜨거운 콧김을 연속해서 내뿜었다.
　"모, 몰라서 묻느냐? 너, 지금 들고 있는 게 무엇이냐?"
　당우리는 천진한 얼굴로 운청산의 옥소를 내려다보며 말했다.
　"옥소잖아요? 몰라서 물으시는 거예요?"
　"그걸 누구한테 받았느냐?"
　당우리는 그때서야 얼굴에 쑥스러움을 드러내고 배시시 미소 지었다.
　"보셨어요?"
　"후! 후! 후!"
　당유연은 연속해서 가쁜 숨을 내쉬고 마음을 진정시켰다.
　"내가 너를 어떻게 키웠는데? 네가 어떻게 이 아비 눈앞에서 근본도 모르는 낭인 따위와 시시덕거리느냐? 게다가 그 옥소, 그걸 받는 모습을 본 사람들이 무어라 생각하겠느냐? 정표를 받았다 하지 않겠느냐?"

당우리는 미간을 찌푸리며 당유연의 억지로 화를 참는 듯한 얼굴을 노려보았다. 순간 당유연의 얼굴에서 화가 사라지고 대신 당우리와 같이 미간이 찌푸려졌다.

원래 그랬다. 당유연의 딸 사랑은 당가타 일대에 모두 알려질 정도로 과한 것이었다. 금지옥엽으로 자란 여인들이 당유연의 딸 사랑을 보았다면 자신들은 그저 땅바닥에 뒹구는 나뭇가지처럼 자랐다고 한탄하리라.

지금은 조금 나아졌지만 어릴 적에는 당우리의 기분이 바로 당유연의 기분 그 자체였다. 그래서 당가 사람들은 가주의 비위를 건드렸을 경우 그녀를 앞세우는 일이 많았다. 당유연도 그 얄팍한 수작을 익히 알고 있었지만 딸 앞에서는 결코 화를 내지 않았다. 그런데 지금 당우리가 화가 나 있으니 화를 내던 당유연이 오히려 안절부절못했다.

"그 사람, 근본없는 낭인이 아니에요. 신비지문, 곤륜의 속가제자라구요. 착한 사람이구요."

당유연은 갑자기 서글퍼져서 고개를 저었다. 세상에서 제일 귀하게 여기고 키워왔던 딸이 자신에게 화난 얼굴로 생판 모르는 사내 녀석을 비호할 것이라고는 생각도 못한 탓이었다.

'하! 딸자식 아무리 귀하게 키워봐야 아무런 소용도 없다더니, 과연 고금의 진리로구나.'

서글픔이 깊어지고 배신감마저 느껴지니 다시 속이 부글부글 끓기 시작했다.

"흥! 곤륜속가? 곤륜속가라 이 말이지? 난 지금껏 곤륜의 속가라는 말을 들어본 적이 없다. 도대체 그 어떤 곤륜속가가 있어 세상에 이름을 떨쳤단 말이더냐? 신비지문이라는 말은 곤륜에 국한될 따름이다. 곤륜속가? 흥! 지나가던 곤륜 도사에게 한 수 구걸이나 했겠지."

"아니에요. 그 사람은 어릴 적부터 곤륜산에서 살았다구요. 하산한 지 반년도 안됐구요. 한 수 구걸 정도가 아니라 진정한 실력을 갖춘 본산속가라구요. 거기다가 의도에 조예 있지요, 또 옥소는 또 얼마나 잘 부는데요."

말을 쏟아내던 당우리의 얼굴이 붉어졌다. 비호를 하다 보니 마음대로 거짓말을 지껄이고 있다는 것을 깨달은 것이었다. 그녀가 아는 것이라고는 소를 잘 분다는 것과 착하다는 것뿐이었건만, 너무 흥분하여 무공과 의도에까지 소질이 있다고 부풀려 버린 것이었다.

그러나 그녀의 거짓말이 당유연에게 먹힌 것 같았다. 당유연은 턱수염을 매만지며 잠깐 동안 생각에 잠겼다가 홀로 중얼거렸다.

"부모가 없다? 곤륜에서 자란 본산속가라? 의도에 조예가 있고 착하다? 조건은 좋군."

당유연이 무슨 생각을 했는지 얼굴이 조금은 밝아졌다. 조마조마한 마음으로 당유연의 표정을 살피던 당우리가 내심 안도의 한숨을 내쉬었다.

그때 선착장에서 소리가 들렸다.

"가주님, 출발합니다."

돌아보니 선착장에 있던 사람들이 어느새 용문비선에 올라가 있었다. 당유연은 당우리의 얼굴을 뚫어져라 바라보다가 한숨을 내쉬고 말했다.

"돌아와서 다시 이야기해 보자."

당우리는 환하게 웃으며 고개를 끄덕였다.

"조심해서 다녀오세요."

다시 한숨을 내쉰 당유연은 낯빛을 바꾸어 웃음 짓고 고개를 끄덕였다.

“잘 지내거라, 내 꾀꼬리.”

당유연은 신형을 날려 선착장으로 돌아가서는 바로 배 위로 솟구쳐 올랐다.

당우리는 뱃전에서 손을 흔드는 당가 사람들에게 웃으며 손을 흔들어 보였다.

배가 멀어지자 당우리가 문득 의아함을 드러내며 중얼거렸다.

“조건은 좋다? 무슨 뜻으로 하신 말씀일까?”

생각해 보아도 알 수 없었다. 당우리는 고개를 내젓고 문득 운청산의 얼굴을 떠올렸다. 당우리는 희미한 미소를 짓다가 갑자기 얼굴에 홍조를 띠며 오른손 검지로 입술을 매만졌다. ‘내가 도대체 무슨 맘을 먹고 그랬을까? 어휴! 샌님! 바보! 괜찮을까? 따라갔어야 했는데…….’

배 위에서 맞는 바람은 강변의 바람과는 또 달랐다. 후텁지근하던 바람이 선선해지자 종길은 무복의 상의를 풀어헤치고 선수 근처 난간 아래쪽에 기대어 앉아 지그시 눈을 감았다.

운청산은 종길의 미소 띤 얼굴을 보며 싱긋 웃고서 그 옆에 앉아 그 역시 눈을 감았다.

햇볕은 여전히 따가웠지만 바람은 선선했고 배는 굵은 물결을 넘나들며 기분 좋게 흔들렸다.

‘좋은 느낌!’

운청산의 입가에 미소가 감돌았다. 그 순간 떠오르는 얼굴 하나. 바로 코앞까지 디밀어진 얼굴이었다. 그저 떠올렸을 뿐이건만 달착지근한 숨결마저 와 닿는 것만 같았다.

운청산은 눈을 감은 채로 두 입술을 안으로 말아 서로를 부딪쳤다.

부드럽지도 딱딱하지도 않은 느낌이었다. 순간 운청산의 얼굴에 홍조가 어렸다.

두 시진 동안 꼼짝도 하지 않고 넋을 놓은 채 잠이 든 당우리의 얼굴을 보고 있었다. 그러다가 자신도 모르게 잠이 들어버렸다. 비몽사몽간에 싫지 않은 땀 냄새와 향긋한 진피 향내가 어우러져서 콧속으로 스며들었다.

눈을 뜬 운청산은 너무 놀라 돌처럼 굳어버렸다. 두 시진 동안 그가 했던 그대로 당우리가 얼굴을 코앞까지 가져와 내려다보고 있는 것 아닌가.

운청산의 굳은 얼굴을 바라보던 당우리가 홍조 띤 얼굴로 미소를 지으며 입술을 가져왔다. 들이마시고 싶었던 숨결이 먼저 닿고 곧 이어 부드러운 감촉이 느껴졌다. 껍질 깐 홍시를 베어 문 듯 달콤하며 촉촉하고 부드러운 감촉이었다.

운청산은 그 느낌을 떠올리며 다시 위아래의 입술을 부딪쳐 보았다. 역시 밋밋한 느낌이었다. 또다시 당우리를 떠올렸다. 그때 종길의 목소리가 당우리의 영상을 흩어버렸다.

"뭐야, 이놈! 도대체 뭔 생각을 하기에 얼굴을 붉히고 콧구멍을 두 배로 늘여가며 사악한 미소를 짓는 거야?"

운청산은 아쉬움을 감추며 눈을 떴다. 종길이 눈을 둥그렇게 치뜨고 바라보고 있었다.

"청산! 바른대로 대! 너 어제 무슨 일 있었지? 혹시 뽀뽀라도 했나?"

순간 은은한 홍조가 어려 있던 운청산의 얼굴이 새빨갛게 달아올랐다.

"으윽! 했구나, 이놈! 했어. 우와! 얌전한 고양이 부뚜막에 먼저 올라간다더니, 정말 진척이 빠르군. 겨우 세 번 만나고 뽀뽀를 하다니…….

으, 배 아파라.”

종길이 배를 잡고 얼굴을 구기자 운청산이 급히 주변을 둘러보며 종길의 머리를 후려쳤다.

“조용히 해!”

운청산은 자기가 때리고도 놀라서 손바닥을 바라보았다. 분명히 때렸다는 것을 실감하고서 희미한 미소를 지었다. 어느새 강정 부부와 종길의 살아가는 모습에 동화된 자신을 보았기 때문이었다.

그때 가만히 고개를 숙이고 있던 종길이 머리를 번쩍 치켜 올리며 운청산을 노려보았다.

“이놈! 나쁜 것은 빨리도 배우는구나. 내 머리가 동네북이냐?”

운청산은 종길의 눈을 지그시 노려보다가 손가락으로 그의 멍들었을 것이 분명한 어깨를 쿡 찌르며 조용히 말했다.

“공력을 일성 더 올리는 수가 있다.”

종길이 얼굴을 험악하게 일그러뜨렸다.

“이놈이 이젠 협박까지. 도대체 알고나 하는 협박이냐? 네놈 일성이면 어깨가 날아가, 이놈아.”

운청산은 눈을 가늘게 뜨고 소곤거렸다.

“살인멸구(殺人滅口)! 어떠한 대가를 치르더라도 비밀은 반드시 지켜져야 한다.”

운청산은 자리를 털고 일어나 선수를 향해 걸어갔다. 종길은 어이가 없다는 듯 그의 등을 바라보다가 결국 킥킥대기 시작했다.

“크크크, 과연 사랑의 힘은 위대한가? 한순간에 변해서 어쭙잖게 농담을 다 하다니……..”

순간 운청산이 발걸음을 멈추고 무표정한 얼굴로 종길을 돌아보며 말했다.

"진담이야."

종길이 얼굴을 굳히는 순간 운청산은 다시 돌아서서 미소 지으며 선수에 가 붙었다.

벌써 닿아 사람들을 내려놓은 배가 십여 척이나 되었고 운청산이 탄 배에서 강변까지는 대충 칠십여 장 남아 있었다. 지금의 속도라면 반각이 조금 더 지나면 닿으리라.

금사강을 건너니 바로 운남 땅 영인현(英仁縣)이었다. 그곳을 벗어나 비스듬한 경사로를 따라 이십여 리 오르니 마치 딴 세상에 온 듯, 사천의 폭염은 간데없고 선선한 바람이 불었다.

남으로 내려갈수록 더워진다는 상식이 깨진 이유는 사천의 분지를 벗어나 운남고원(雲南高原)에 이른 탓이리라. 사계절 내내 혹한도 없고 혹서도 없는 운남. 아마도 밤이 되면 대다수의 사람들이 춥다고 느끼리라.

거기서부터 금사강을 오른쪽으로 내려다보며 삼백여 리를 더 걸으면 금강포구에 이르고, 금강포구에서 계족산 삼골령을 넘어 이백여 리 더 가면 점창산이었다.

어림짐작하여 오백이십여 리. 보통 사람이라도 걷는 데 익숙한 사람이라면 느긋하게 걸어도 나흘이면 갈 거리였다. 그럼에도 불구하고 사천무림련의 결정은 이레 동안 나누어 걷는 것이었다.

금사강을 내려다보며 사흘 반나절을 걸어 결국 금강포구에 이른 사천무림련의 사람들은 그곳에서 밤을 보내고 날이 밝자 다시 삼골령으로 향했다.

"어휴! 또 사흘을 걸어야 돼? 답답해서 미치겠네. 배도 충분하니 차라리 강을 거슬러 왔으면 좋았잖아?"

종길이 전신을 비틀며 투덜거렸다. 옆에서 걷던 이정이 말했다.

"그건 안 될 일이지."

"왜요?"

종길이 의아함을 드러내며 묻자 이정이 미소를 지으며 대답했다.

"물에 익숙한 사람이 별로 없지. 수전에 대한 대비도 없고. 우린 별 생각 없이 그냥 도강했다고 생각하지만 그 짧은 도강을 위해서 많은 준비를 했을 걸세. 강을 거슬러 와야 하기 때문에 여기까지 배로 오려면 이틀은 잡아야 하는데 그렇게 되면 밤에는 무방비나 다름없겠지."

"아! 그렇겠군요. 나만 해도 물질은 초보나 다름없으니 그냥 수장(水葬)이네. 당연한 거군. 하지만 겨우 오백 리 길을 이레에 나누어 걷는 건 너무 갑갑합니다. 사흘이면 갈 거린데……."

종길이 얼굴을 찡그리는 순간 뒤에서 따라오던 강정이 엉덩이를 후려 찼다.

"너, 싸우고 싶어서 안달났냐? 싸움 나면 제일 먼저 칼 맞을 놈이 바로 너야. 주제를 알고나 지껄여라."

종길이 얼굴을 구기며 뒤돌아보자 운청산이 말했다.

"전쟁에 임할 때는 먼저 대의명분을 확보하고 천시와 지리, 그리고 인화를 얻어야 한다고 했다. 지금 당장 사천무림련이 가진 것은 대의명분뿐. 짧은 거리를 이레에 나누어 걷는 것은 나름대로 천시를 얻고 지리를 깨치려는 행위로 볼 수 있겠지. 상대는 이미 준비를 끝내고 기다리고 있는데 우리는 뒤늦게 전쟁터로 달려가는 형국. 병법에 따르면 절대로 피해야 할 상황인 거지. 그래서 천천히 걸으면서 기후에 익숙해지도록 배려하고 상대가 지리의 이점을 얻지 못하도록 군룡전 사람들이 선두에서 확인하는 것일 거야. 점창산에 이르러서도 싸움에 앞서 며칠을 그냥 보내게 되겠지."

이정이 고개를 끄덕이며 부연했다.

"그렇지. 점창 제자들이 있으니 우선 지리의 변화부터 확인해야 되겠군. 그렇다면 천시와 인화는 어찌 봐야 하는가?"

"점창산 주변은 습윤하나 일정하다 했습니다. 춥고 더운 것이 별 차이 없고 비가 와도 폭우가 내리는 일은 드물다 했으니, 천시가 우리 같은 무인들에게는 그다지 큰 영향을 미치지는 않겠지요. 문제는 인화로 귀결된다고 보겠습니다. 인화란 단기간에 이루어지는 것이 아니지요. 사람이 섞이고 통하는 기간이 필요하고, 거기에 바른 장령(將令)이 있어야 하며 신상필벌(信賞必罰)이 공정하게 서야 합니다. 지금 우리의 경우라면, 기세가 승하면 문제가 없을 것이나 좌절이 생기면 쉽게 깨어지지 않겠습니까? 다만 병진 훈련을 통하여 서로 마음을 나눈 바 있고 또 일전에 성도표국에서 군사가 무사들의 구심점이 되었으니 우선은 큰 문제가 없다고 봅니다."

운청산은 말끝에 문취옥의 얼굴을 힐끔 살폈다. 문취옥은 아무런 표정의 변화를 보이지 않고 미약하게 고개를 끄덕일 따름이었다. 그녀뿐만이 아니었다. 그들 주변에서 걷던 정명당 사람들 대부분이 운청산의 말을 경청하고 있다가 수긍의 뜻을 표하고 있었다.

그 분위기를 깬 사람은 다른 누구도 아닌 종길이었다.

"몰라. 난 그런 복잡한 건 모르겠고, 어때? 우리가 이길 것 같아?"

운청산이 피식 웃음을 흘렸다.

"이놈아! 내가 점쟁이냐? 그런 걸 다 알게."

"쳇! 바로 그런 태도가 대가리에 먹물 든 놈들의 맹점이야. 쓸데없는 말만 잔뜩 늘어놓고서 결정적인 것에는 답이 없어요. 막히면 결국 하는 말이 진인사대천명(盡人事待天命)이지? 쳇!"

느긋하게 걷는데도 쉽게 긴장을 풀어놓지 못하던 정명당 사람들이 종길의 말에 낮은 웃음을 토했다.

그리고 사흘이 지났다. 사천무림련의 무사들은 드디어 점창산 상관(上關)에서 십 리 떨어진 벌판에 이르렀다. 더 이상의 전진 명령은 떨어지지 않았다. 대신 군룡전의 고수들이 사오천은 족히 머물 수 있는 드넓은 벌판을 휘젓고 다니면서 바닥을 확인했고 그 뒤를 따르던 인급무사들이 주변의 눈에 걸리는 장애물들을 치웠다.

수뇌들과 군룡전, 그리고 천우단과 노호단을 위한 막사들이 세워지고 그 주위로 사방당원이 각자의 방위에 막사들을 세웠으며 다시 그 주변으로 정명당의 막사들이 세워졌다. 결국 정명당이 전체를 호위하는 위치에 자리 잡은 것이었다.

조용하고 아름다운 풍광이었다. 뾰족한 점창산의 최고봉 마룡봉(馬龍峯)은 사철 걷히지 않는 만년설로 뒤덮여 있고 그 봉우리 우측으로 태양이 지면서 노을이 번지고 있었다. 그것만으로도 충분히 아름다운데, 산의 좌측으로는 바다라 해도 믿을 만큼 넓은 비취빛 호수가 펼쳐져 있었다.

사람들은 감상에 젖어 절경을 이루는 점창산을 바라보며 미소 짓고 몇몇 이들은 불 피울 준비를 하고 솥을 내걸었다. 밥 짓는 냄새가 피어오르는 동안 한가롭게 담소를 나누는 이들도 있고 아예 풀밭에 누워 지그시 눈을 감는 이들도 있었다. 도저히 곧 싸움이 일어날 곳이라고는 생각도 못할 풍광이요, 피 흘리며 싸워야 할 이들이라고는 믿을 수 없는 사람들의 모습이었다.

운청산 등도 마찬가지였다. 모두들 병장기를 놓지 않고 있었지만 긴장감을 찾아볼 수도 없었다. 풀밭에 나란히 늘어져 앉아 점창산을 바라볼 따름이었다.

"하! 저토록 아름다운 절경에서 피를 튀기며 싸워야 하다니, 하늘이 내려다보시면 인간들을 괘씸타 하지 않을 수 없으리라."

강정이 중얼거리자 이정이 미소 지으며 말을 받았다.

"그렇소이다. 저 마룡봉의 설경과 왼쪽의 이해호(洱海湖)를 함께 일컬어 이해은창(洱海銀蒼)이라 하여, 옛 대리국 사람들이 대리의 보물이라 칭했소이다."

종길이 팔베개를 하여 벌렁 드러누우며 말했다.

"그런데 말입니다, 이 대협. 절경이긴 한데 좀 이상해 보이기도 합니다. 제가 곤륜산도 본 적이 있어서 하는 말인데요. 저렇게 높은 봉우리가 주변의 도움도 없이 홀로 뾰족 서 있을 수도 있는 겁니까?"

"그러니까 하늘의 재주가 오묘한 거 아니냐?"

강정이 웃으며 말하자 이정이 고개를 저었다.

"물론 곤륜이나 아미에 비할 바는 아니네만, 실제로 점창산은 그 규모가 작다 할 수 없다네. 점창산은 이해호를 따라 모두 열아홉 개의 봉우리로 이루어져 있네. 그것이 남북으로 길게 늘어져 있어 점창의 북문이라 할 수 있는 이곳 상관에서는 작게 보이는 것이지. 실제로 점창산은 남북으로 백 리가 넘는데, 동서로는 겨우 오 리에 불과해서 조금 기형적이라고 할 수는 있겠지. 그러나 서쪽으로 흑강이 흐르고 동쪽으로는 비취빛 이해호가 있어 그 기형적인 모습이 오히려 점창산을 절경으로 만드는 것이지."

"호!"

종길이 누운 채로 고개를 끄덕이자 강정이 얄밉다는 듯이 바라보다가 기어이 그의 이마를 후려쳤다. 종길은 만성이 됐다는 듯 꼼짝도 하지 않았다.

그때 운청산이 이정에게 물었다.

"이 대협, 제 눈에는 도관 같은 것이 보이지 않습니다만, 점창파는 어디에 있는 겁니까?"

모두가 궁금한 것을 잘 물었다는 듯 고개를 끄덕였다.

"굳이 이곳에 진을 친 것도 점창파의 위치와 관련된 것이겠지. 보이는가? 저기 끝이 새카맣게 탄 듯한 첫 봉우리. 점창의 머리라 해서 창두봉(蒼頭峯)이라 불리는데, 바로 저 봉우리 남쪽 중턱에 자리하고 있다네."

이정이 답하자 종길이 벌떡 일어나 앉으며 말했다.

"오호! 이 대협은 점창산에 대해서 아주 잘 아시는군요."

"마지막으로 방문했던 것이 이십 년 전이던가? 세 번 와봤다네. 올 때마다 감탄해 마지않았지."

이정의 말에 모두가 새삼스럽게 점창산을 바라보는데 운청산이 다시 물었다.

"허면 점창파에 이르는 길은 어떻게?"

"흠. 이곳을 상관, 남쪽을 하관이라 부르네. 보다시피 좌우로는 너무 가팔라 길을 내지 못했지. 해서 산의 중턱까지 올라 이해호를 바라보며 좌측으로 돌게 만들어놓았네. 근데 이상하구먼. 대충 저기 시커먼 부분 정도가 될 터인데, 예전에는 푸르렀는데… 아마도 이번 싸움을 대비해 시야를 틔워놓은 것 같구먼."

이정의 대답에 운청산이 심각한 표정으로 중얼거렸다.

"역시 생각보다 힘든 일이 되겠구나."

이정이 물었다.

"뭐가 말인가?"

"산세가 생각보다 많이 험하군요. 동서로 오 리밖에 안 된다면 좌우로는 눈으로 보는 것보다 더 깎아지른 듯한 지형이 될 것입니다. 상대는 이미 방비를 단단히 굳히고 있을 터인데, 입구는 북쪽, 점창파는 남쪽에 자리했으니 산을 타 넘지 않는 이상 가파른 절벽을 타고 돌아야 할 것이고, 그리되면 희생이 클 수밖에 없지요. 지리를 적으로 돌리고는 이기기가 힘든 일이지 않습니까?"

이정은 고개를 저었다.

"꼭 그런 것만은 아니라고 생각하네. 분명히 창두봉 동벽은 내가 오를 엄두를 내지 못할 정도로 가파르다네. 그래서 길도 삼협이나 촉도처럼 절벽을 속으로 파내어 만들었네. 결국 촉도난의 구절처럼 일부당관(一夫當關) 만부막개(萬夫莫開)의 형국이네만, 역으로 생각하면 절정무인 한 사람이 뚫어 나갈 수도 있다는 뜻. 그곳은 결국 고수들의 싸움터가 될 것이네. 뚫느냐 막히느냐는 우두머리가 어느 쪽이 센가에 달렸다는 소리지. 게다가 정면으로 보니 저리 힘들어 보이지만 창두봉 역시 남북으로는 완만하여 산을 넘는 것이 보기보다는 쉬울 걸세. 저쪽에서 이미 대비를 한 듯하긴 하지만 그 정도는 각오해야 하지 않겠는가?"

운청산이 고개를 끄덕이며 점창산을 바라보았다.

'그렇군. 결국 동벽이든 서벽이든 오를 수 있는 이들이 있다 해도 군룡전 사람들 정도겠지. 그러나 방비해야 하는 사람들은 어렵다고 소홀히 하지 않는 법. 결국 모두가 함께 갈 수 있는 길은 정해져 있다. 선택의 여지가 별로 없다는 것은 그만큼 허를 찌르는 일이 어렵다는 뜻이리라.'

운청산은 암울한 눈빛으로 점창산 서쪽에서 번져 오는 노을 바다를 바라보았다. 노을은 마룡봉을 넘어 산 전체를 뒤덮고 비취빛 이해호마저 붉게 물들였다. 조금 전까지만 해도 그렇게 아름답던 전경이었는데, 이제는 마치 마룡의 검에 찔린 하늘이 피 흘리고 검주(劍主)가 피 흘리고 땅이 피로 적셔진 것만 같았다.

운청산은 눈을 감을 수밖에 없었다. 보기 싫었다. 하늘과 땅을 모두 적실 피는 결국 사람들에게서 나오게 될 것이리라.

문득 그의 발목을 붙잡고 있는 영혼들, 이청수와 운현산, 그리고 운명산의 얼굴이 떠올랐다. 이어서 그들이 지켜봐 주기를 부탁한 사람들, 운녹산과 운화인, 그리고 운종인의 피 흘리는 얼굴마저 떠올랐다.

'책임질 수 없습니다. 원망하지 마세요.'

분명히 봐달라고 했었다. 같이 있게 해달라고 했었다. 능력이 되는 한 살펴달라고 했지 지켜달라고 한 것이 아니었다. 운청산은 스스로 그들과의 약속에 분명한 선을 그었다.

눈을 떴다. 어둠이 노을을 침범하자 붉은 피 굳어가는 것처럼 세상이 검붉게 변해가고 있었다.

'오늘은 꿈을 꾸었으면 좋겠다. 건너온 그 강을 다시 건너고 싶다. 통통한 그 볼을 쓰다듬고 싶다.'

운청산은 두 손으로 베개를 만들어 점창산을 머리 뒤에 두고 드러누웠다.

제 4 장

부정에는 삶과 죽음의 경계가 없다

부정에는 삶과 죽음의 경계가 없다

밝고 따뜻하면서도 눈부시지 않은 빛이 가득한 공간이었다. 벽도 없고 바닥도 없고 천장도 없어서 무한해 보이는 공간이었다. 그 공간 안에 은은한 빛을 뿜는 여덟 개의 백의인영들이 팔방을 점하고 있었다. 가부좌를 틀고 있으니 앉아 있는 것일 텐데, 바닥이 없으니 허공에 떠 있는 것 같기도 했다. 바로 운현산 등 여덟 영혼들이었다.

여덟 가운데 살아생전에 그 성격이 무척이나 급했던 운명산이 모두를 간절한 눈빛으로 보며 생각했다.

"봉인을 깨고 나가자."

순간 운현산을 제외한 여섯 영혼들이 동시에 고개를 저었다. 그들 가운데 가장 어렸던 운추산이 운명산을 지그시 바라보았다.

"귀곡산인께서 하신 당부를 잊으셨습니까? 최소한 이번 싸움이 끝날 때까지는 봉인을 깰 수 없습니다. 청산이 강호를 보고 역경을 겪어보기 전에는 안 될 일이지요."

다섯 영혼들이 동시에 고개를 끄덕였다. 운명산은 고통으로 얼굴을 일그러뜨리며 운현산에게 원조를 청했다. 그러나 운현산은 눈을 지그시 감을 따름이었다.

운명산은 다시 전원을 둘러보며 애타는 마음을 전했다.

"왜 몰라주느냐? 내 아들이, 현산의 아들이, 우리 운가의 사람들이 혈풍 앞에 서 있다. 우리가 힘이 될 수 있음을 알면서도 왜 가지 않겠다는 것이냐?"

운경산이 모두를 둘러보고 다시 운명산을 지그시 바라보았다.

"우리는 이미 생사의 경계를 넘은 존재들이오. 함부로 경계 저편의 운명에 관여할 수는 없소이다. 더구나 청산의 능력을 생각해 보시오. 그가 빨아들이는 천지의 영력을 훔치는 일도 점차 버거워지고 있소. 이런 상태에서 봉인을 깨고 나갔다가 청산이 마경에라도 빠진다면 그것은 우리 운가 사람 몇이 죽는 것과는 비교도 할 수 없는 혼란이 될 것이오."

운명산은 운경산의 흔들림없는 눈빛을 직시하지 못하고 시선을 옮겼다. 눈을 감은 채 아무런 생각도 하지 않는 운현산을 제외하고, 다른 이들의 눈빛은 모두 운경산의 그것과 같은 뜻을 드러내고 있었다.

운명산은 절규하고 싶었다. 그러나 이미 신명화되어 버린 영혼들, 절망의 감정을 분출한다고 해서 뜻을 꺾을 이들이 아니리라.

운명산은 처연한 눈빛으로 운현산을 주시했다. 이들 가운데 오직 하나, 자신과 같은 처지에 있는 이였기에, 또 살아생전 모든 이들을 이끌던 이였기에 운현산만은 그의 마음을 이해해 주고 동조해 주리라 믿은 것이었다.

"현산! 뜻을 밝혀라."

운명산이 채근하는 순간 나머지 여섯 영혼들의 시선도 운현산에게로 모아졌다.

운현산이 마침내 눈을 떴다. 그의 시선이 운명산에게 가 닿았다.

"명산, 봉인을 깨는 것은 어려운 일이 아니다."

순간 운현산의 머리 속으로 여섯 영혼들이 동시에 떠올린 외침이 파고들었다.

"현산 형! 지금 무슨 말을 하는 것이오?"

운현산은 여전히 차분한 눈빛으로 여섯 영혼들을 직시했다.

"봉인이 가지는 의미가 무엇이냐? 도대체 누구를 봉인한 것이냐? 청산이냐? 우리냐?"

모두가 운현산이 뜻하는 바를 몰라 어리둥절한 표정을 지었다. 운현산이 다시 생각을 이었다.

"봉인은 결국 우리를 가두는 것이다. 청산에게 혼란을 주지 않도록 한 곳에 머물게 하신 것이고 청산을 마경으로 빠지지 않도록 살피라고 봉인하신 게지. 그러나 신명화된 우리 여덟의 힘이 합쳐지면 깨어지도록 봉인되었다는 것은 방문의 걸쇠를 걸어둔 것과 다름이 없으리라. 문을 연다고 해서 다시 방으로 들어올 수 없는 것은 아니지 않느냐? 우리는 다만 귀곡 어르신께서 우려하는 일이 생기지 않도록 최선을 다하면 될 것이다."

운명산이 기쁨에 겨워 눈을 반짝였다. 그때 운현산이 그를 바라보았다.

"그러나 명산! 우리는 육신이 없는 존재. 물리적인 힘을 쓸 수 없으리라. 무엇으로 도움을 주겠다는 것이냐?"

운명산이 생각을 떠올렸다.

"우리는 이미 예전의 혼귀가 아니지 않느냐? 태양 빛에 굴복할 필요가 없으니 낮을 두려워할 필요도 없다. 우리는 청산의 눈이 되고 귀가 되어 그가 볼 수 없는 것을 보고 들을 수 없는 것을 들어 그에게 알려줄 수 있으리라."

"하! 결국 우리 아이들이 위험할 때 그에게 도움을 청하자는 뜻인가?"

운현산은 다시 눈을 감고 생각을 끊었다. 그러나 금세 눈을 뜨고 운명산을 직시했다.

"명산, 청산의 입장에서 생각해 보았느냐? 지금껏 우리가 청산에게 해준 것이 무엇이더냐? 한 번이라도 따뜻하게 안아줘 봤더냐? 편히 잠자게 해주었더냐? 지금은 어떠하냐? 우리는 청산에게 있어서 기생충이며 짐일 따름이다. 그런데도 청산은 우리의 청을 거절하지 못하고 여기까지 왔다. 이왕 왔으니 그가 할 수 있는 것은 하리라. 그 이상을 바라는 것은 면목이 없는 짓 아니냐?"

"우리가 청산에게 빌붙고 싶어 이러고 있는 것이 아니지 않느냐? 애초에 원인을 따진다면 녹산 형과 형수에게 책임이 있는 것이다."

"명산, 진심으로 하는 말이더냐? 원하지 않는 것은 청산도 마찬가지. 그런데도 청산에게 모든 것을 떠맡으라 말하는 것이냐, 지금?"

운명산은 눈을 감고 생각을 끊었다. 그리고 잠시 후 간절한 눈빛으로 운현산을 바라보았다.

"억지였다. 하지만 우리가 눈이 되고 귀가 되어 청산을 위기에서 구할 수도 있는 일 아니냐?"

운현산은 한숨을 내쉬었다.

"명산, 네 말에도 일리가 있다. 우리가 청산을 도울 수 있다면 귀곡산인께서 하신 부탁을 온전히 달성하는 것뿐만이 아니라 지금껏 아무것도 해주지 못한 삼촌으로서의 면목을 세울 수도 있는 일이리라. 그러나 너도 알다시피 이제 청산에도 동료가 생겼고 친구가 생겼다. 그들이 위험에 빠졌을 때 우리가 우리 아이들의 위험을 알린다면 그것은 한순간의 지체가 생사를 가를 수 있는 상황에서 청산에비 쉽지 않은 선택을 강요하는 것이다. 네가 그 입장에 처한다면 넌 어떤 선택을 할 것인지 생각해 보았느냐? 너무 가혹하지 않느냐?"

운명산은 대답하지 않고 눈을 감고 생각을 끊었다. 그리고 한참이 지난 후에 고개를 숙이며 한숨을 내쉬었다.

"휴우! 역지사지(易地思之)한다는 것이 이렇게 힘든 일인 줄은 미처 몰랐다. 알겠다, 현산. 네 뜻에 따르마. 허허허허. 정말 몰랐구나. 죽으면 끝이라 생각했거늘, 죽음의 강을 건너놓고도 혈연의 정을 끊어버리는 것이 이렇게 힘들 줄은 정말 몰랐어."

모두가 안타까움을 담은 눈빛으로 운명산을 바라보았다. 그때 운추산이 눈을 반짝이며 생각을 퍼뜨렸다.

"형님들! 이러면 어떨까요?"

*   *   *

사천무림련의 수뇌들이 한데 모여 있는 막사 안에서 벽송은 서슴없이 검을 뽑았다. 그러나 긴장감을 드러내는 사람은 아무도 없었다.

벽송은 빈 공간을 향하여 검을 내뻗고 공력을 일으켰다. 그의 손끝에서 시작된 청기가 검신을 타고 올라가 검첨 밖으로 뻗어 나갔다. 순식간에 삼 장을 뻗어 나간 푸른 검기가 일순간에 일 장 반으로 줄어들었을 때, 사천무림련의 수뇌들이 일제히 고개를 끄덕였다. 비록 뻗어

나간 기운은 줄어들었지만 그것이 검기에서 검강으로 변화된 것이기 때문이었다.

벽송은 순식간에 검강을 갈무리하고 검을 집어넣은 후에 수뇌부들을 바라보며 말했다.

"이 정도가 최선인 저로서는 창두봉의 동벽이나 서벽을 타 넘는다는 것은 무리입니다. 겨우 움직인다 하더라도 바윗돌 몇 개 떨어지는 순간이면 균형을 잃고 떨어질 것입니다. 결국 제 수준이라면 동벽로를 통한 정면 돌파와 창두봉의 봉우리를 넘는 방법밖에 없습니다. 봉우리 쪽도 내려갈 때는 급경사를 이룹니다만 불가능하지는 않지요. 조금 더 무리한다면 배를 타고 이해호를 지나 창두봉의 남동쪽에 내리거나 역시 배를 이용하여 흑강을 거슬러 올라가 창두봉 남서쪽에 내려 산을 탈 수도 있겠습니다."

벽송이 말을 마치고 수뇌부들을 둘러보자 모두가 고개를 끄덕였다.

운녹산이 미소를 지으며 벽송에게 말했다.

"수고했네. 나가보시게."

벽송은 아무런 표정 변화 없이 포권을 취하고 막사 밖으로 나갔다. 그가 완전히 떠난 것을 확인한 후 현상자가 좌중을 둘러보며 물었다.

"어떻습니까?"

공명 선사가 먼저 입을 열었다.

"빈승이 다녀온 경험이 있는데 방금 그 말이 틀림이 없군요. 창두봉의 서벽은 모르겠으나 동벽은 확실히 가파릅니다. 군룡전에 속한 이들이라도 화살 몇 개면 떨어질 수밖에 없지요. 빈승의 의견 또한 벽송 그 사람과 같습니다."

그때 운녹산이 당유연을 보며 물었다.

"당가의 능력으로는 어떻습니까? 만약 이곳이라면……."

운녹산이 지도에서 창두봉의 남동쪽을 짚자 당유연이 눈살을 찌푸렸다.

"독을 말씀하시는 게지요?"

순간 신수 사태와 공명 선사는 물론 현상자까지 눈살을 찌푸렸다. 당 가주 앞이라 드러내 놓고 말하지는 못했지만, 독이라는 소리를 듣자마자 거부감이 인 것이었다. 그러나 당유연이 눈살을 찌푸린 것은 세 사람과는 다른 이유였다.

"어렵소이다. 산과 호수가 붙어 있고 또 운남 특유의 습윤한 기후 특성상 용독에 어려움이 많소이다. 용케 적기를 맞아 바람에 날려 보낸다 하여도 산바람은 평지의 바람과 달라서 변화무쌍하니 큰 효과를 보기 어렵겠지요. 일단 손을 떠난 독은 적아를 구별하지 않는다는 점에서 또 다른 어려움이 있을 것이오."

세 사람이 남모르게 안도의 한숨을 내쉴 때 운녹산은 아쉬움을 드러냈다. 세 사람이 운녹산의 눈치를 보는 순간 그가 단호한 목소리로 모두에게 말했다.

"손자가 말하길, 장수가 청백하면 반드시 욕을 본다 했습니다. 비무가 아닌 전쟁을 치르는 것, 이길 수단이 있음에도 쓰지 않는 것은 송양지인(宋襄之仁)의 우를 범하는 것과 마찬가지 아니오이까? 비겁하다 소리 들어도 우리 무사들의 목숨을 구할 수 있다면, 이 사람은 기꺼이 그 길을 택할 것입니다."

당유연이 당연하다는 듯 고개를 끄덕였고 나머지 세 사람도 힘겹게나마 수긍의 뜻을 표했다.

운녹산이 모두를 둘러보고서 차분히 말했다.

"천밀각에서 지금껏 모은 정보들을 분석한 결과, 점창에 있는 적들의 수는 대략 사백에서 최대 육백 정도입니다. 이는 그동안 보냈던 사람들의 희생과 점창산 안으로 들어간 식료품들의 양을 분석한 결과지요. 고수의 비율이 어느 정도나 될지는 미지수입니다만, 벽송의 말과 성도표국에 나타났던 백의인들의 실력을 감안해 볼 때 인적인 면에서는 우리 측이 낫겠지요. 문제는 우리가 취할 방도가 저들에게 빤히 보인다는 것이고, 만반의 준비를 했을 상대라서 야간을 이용하기가 어렵다는 것이 되겠습니다."

운녹산은 눈빛으로 모두에게 의견을 구했다. 그러나 모두들 고민에 빠진 듯한 반응을 보일 따름이었다. 그 가운데 유독 불편한 기색을 드러낸 이가 바로 현상자였다.

현상자는 눈을 감고 가슴에 응어리진 한숨을 조금씩 조금씩 흘려 내보냈다.

'숨겨서 무엇 하겠다고 숨겼단 말인가? 그때 말을 했어야 했는데……. 원시천존! 그들이기를 바라면서도 아니기를 바라는 것은 무슨 심보인고? 그들이 맞으리라. 성도표국에 왔던 그 백의인들의 도법, 확신은 할 수 없지만 우리가 혈원마도(血圓魔刀)라 이름 붙인 멸청광자 때의 그 도법이리라.'

현상자는 성도표국에서 도를 훼훼 돌리며 이 장에 이르는 반월의 도기를 뿜어대던 백의인들의 악착같던 모습을 떠올렸다가 눈을 떴다.

그때 신수 사태가 말했다.

"상대가 수적으로 약세를 보인다 하는데 네 곳을 모두 공략할 만한 정도인가요?"

운녹산이 고개를 저었다.

"우리가 분산되면 저쪽도 분산하여 막아야 하니 그리하고자 한다면 못할 것이 없습니다만, 퇴로를 모두 끊어놓는 것은 상대로 하여금 배수의 진을 치도록 만드는 것. 그리하면 우리 쪽 희생이 클 것입니다. 이 사람 생각으로는 흑강과 접한 이곳 창두봉 남서쪽은 비워두어야 할 것 같습니다. 한 번에 끝내는 것도 좋겠습니다만 희생을 줄이는 것이 먼저겠지요. 일단 끌어내려 놓으면 그 다음은 아무래도 수월하지 않겠습니까?"

신수 사태가 선선히 수긍의 뜻을 표하는 순간 현상자가 지도에서 창두봉 남동쪽을 짚으며 말했다.

"빈도가 본 파의 고수들과 함께 야음을 틈타 이곳까지 이동하겠소. 공격은 정한 시간에 동시에 하도록 하지요. 먼저 길을 트는 쪽이 막힌 쪽을 뚫어주면 될 것이오."

사람들이 흠칫 놀라 현상자를 응시했다. 지금껏 중재 역을 맡았을 뿐 별달리 나서지 않았던 현상자가 적극성을 띤 것이 의외였던 것이리라. 그러나 현상자는 운녹산 등의 의아함에 답을 주지 않았다.

당유연이 의문을 접어두고 이어 말했다.

"허면 이 사람은 창두봉을 공략하겠소."

"그럼 빈니도 당 가주와 함께 창두봉을 넘겠습니다."

공명 선사와 운녹산은 별다른 반대를 하지 않았다. 신수 사태는 창, 당유연은 암기를 주종으로 쓰니 절벽을 파낸 동벽로와는 궁합이 맞지 않음을 깨달은 것이었다.

결국 공명 선사와 함께 동벽로를 맡게 된 운녹산은 지도를 봐가면서 세부적인 상황들을 하나씩 짚어 나가기 시작했다.

상관에서 십 리 떨어진 곳에 진을 친 지 사흘이 지났다. 곧 싸움이 벌어질 것이라고 생각할 만한 전조는 한 가지도 보이지 않았다. 정탐꾼 하나둘 정도는 보일 만도 하건만 그마저도 봤다는 사람이 아무도 없었다. 사방당 사람들이 각자에게 부담스럽지 않은 무게와 크기를 지닌 볼품없는 방패를 만든다고 부산을 떤 것을 제외하면 조용하고 평화로운 휴식의 나날들이었다.

나흘째 되는 날 고원의 아침.

가랑비가 내렸다. 아무렇지도 않게 비를 맞던 사람들이 시간이 흐름에 따라 가끔씩 몸을 부르르 떨었다.

그날의 아침 식사는 무사들로 하여금 환성을 지르게 만들었다. 다른 때보다 풍성한 양의 고기와 내장들이 배급되었고 채소도 듬뿍 보태어졌다.

솥을 내건 사람들은 너무나 당연하게 화과를 만들었다. 옹기종기 둘러앉아 후루룩 국물을 마시니 전신이 훈훈해져 체온만으로도 가랑비에 젖어들던 옷을 말릴 수 있을 것 같았다.

무사들이 웃으며 배를 두드리고 누우려는 순간,

둥! 둥! 둥! 둥! 둥!

"집합!"

기분 좋게 드러누우려 했던 무사들은 질끈 눈을 감고 병장기를 집어들었다. 처음에는 짜증으로 물들던 얼굴들이 차츰 사람들이 모이고 대충 대오가 정렬되는 순간, 긴장으로 얼어붙어 버렸다.

"에휴! 아침부터 화과를 주더라니……."

종길이 투덜거리며 운청산과 강정 부부의 뒤로 붙었다.

대오가 완전히 정렬되자 각 당별로 별도의 지시들이 내려졌다.

"지급무사들은 앞으로!"

정명당의 당주 송월자가 소리쳤다.

"엥? 왜 하필 우리만?"

종길이 좌우를 둘러보며 어리둥절한 표정을 짓는 순간 삼십여 명의 무인들이 대열을 이탈하여 앞으로 나아갔다. 종길도 어쩔 수 없이 나갔다. 그들 앞에 서른 개의 밧줄들이 있었다. 하나씩 들라는 지시가 떨어졌고 종길은 눈치를 살피다가 결국 투덜거리며 밧줄을 메고 돌아왔다.

"제기랄! 이 무거운 걸 메고 어떻게 산을 오르란 말이야? 죽으란 소리잖아?"

운청산이 살펴보니 펼치면 족히 십오륙 장은 될 것 같은 밧줄 묶음이었다. 운청산이 손을 뻗었다.

"내가 들지."

종길이 반색을 하며 물었다.

"정말?"

"내게는 별 부담이 안 돼."

종길은 얄밉게도 냉큼 밧줄을 넘겼다. 운청산이 사선으로 밧줄을 메어 보니 족히 열서너 근 이상 될 것 같았다.

아무런 말도 없이 반 각 정도의 시간이 흘렀다. 그리고 마침내 수뇌부들이 나왔다. 이상한 일이었다. 모두가 있는데 오직 현상자만이 보이지 않았다. 련이 통째로 움직이는데 련주가 보이지 않으니 의아해할 수밖에 없으리라.

소곤거림이 모여 웅성거림으로 바뀌었다. 그때 운녹산이 앞으로 나섰고 웅성임은 어느새 사라져 버렸다.

"사천무림련의 무사들이여! 드디어 때가 왔다. 이제 우리 사천무림련이 척마멸사의 깃발을 곧추세우고 악도들을 무릎 꿇리리라. 그대들이 겪어보았듯이 상대는 냉정하고 잔악하다. 그러나 그 수가 사백에 불과하니 우리가 두려움을 넘어서는 순간 능히 승리를 얻으리라. 일을 행하는 데 있어서는 엄정한 군율이 적용될 것이고 일이 끝난 후에는 공과에 따라 공정하게 상벌이 내려질 것이다. 오직 승리만을 생각하고 나아가라. 비겁한 자 먼저 죽으리니 후손들이 그대들을 기억케 하며 역사가 그대들을 칭송케 하라. 그대들에게 대점창 영령들의 가호가 있기를!"

그리고 곧 이동 명령이 떨어졌다. 수뇌부가 앞서고 이상하게도 반으로 줄어버린 군룡전의 고수들이 따랐으며 그 뒤로 천우단과 노호단이 뒤따랐다. 사방당이 그 뒤를 따르고 마지막으로 정명당이 따라갔다.

터벅터벅 걸으면서 종길이 고개를 갸웃거렸다.

"뭐야? 뭐라 말이 있어야 하는 것 아닌가? 어디를 공격한다든지, 어떻게 행동하라든지 말을 해야 할 것 아니야? 싸우기 전에 답답하게 만들어 자멸하겠다는 거야, 뭐야?"

강정이 말했다.

"우리는 군대로 따지면 병졸이나 마찬가지다. 우리가 할 일은 단 한 가지, 눈앞에 보이는 적을 상대한다. 그 이상은 알 필요도 없고 미천한 병졸이니 호기심을 가질 필요도 없고 까라면 까는 것, 즉 역할 이상을 할 필요도 없다는 뜻입니다. 그냥 그대로 놔둬도 될 거 같습니다."

이정이 묘한 미소를 지으며 종길을 보고는 낮은 목소리로 말했다.

"이 정도 규모의 용병이 모이다 보면 간세가 없을 수 없는 일. 정보를 최대한 숨기려는 의도로 보면 되겠군. 그러니 상대만 보지 말고 등 뒤도 조심해야 하네."

"어휴! 겁주지 마세요. 그 말 들으니 갑자기 오싹해지네요."

종길이 짐짓 어깨를 떨어 보이는 순간 문취옥이 운청산의 어깨를 두드렸다. 운청산이 고개를 돌리니 그녀가 차가운 눈빛을 한 채 말했다.

"청산, 상대에게 착한 사람이 될 생각 하지 마. 그리고 영웅이 될 생각도 하지 마. 그냥 살기 위해 최선을 다하면 돼. 살을 주고 상대의 뼈를 깎는 것이 전투야. 팔만 베겠다는 바보 같은 생각은 버려야 돼."

운청산은 대답을 강요하는 문취옥의 눈빛을 보면서도 쉽게 고개를 끄덕이지 못했다. 그때 강정이 그의 어깨를 두드렸다.

"고민할 필요 없어. 네가 팔을 베면 난 주저없이 그 사람의 목을 칠 거야. 무슨 뜻인 줄 알겠지? 항복하지 않는 자는 뒤따르는 자가 반드시 죽인다. 그것이 전쟁이야. 대항할 능력이 있다 없다는 중요한 게 아니야. 의지를 보이는 순간 죽는 거지. 목을 날릴 수 있는데 팔만 날리는 것은 어차피 죽을 자에게 고통만 가중시키는 것이고 네 스스로는 죄책감을 덜자고 남에게 책임을 전가하는 것일 따름이다."

운청산은 여전히 대답하지 못하고 얼굴만 찌푸렸다. 이번에는 이정이 말했다.

"굳이 사천무림련을 위해 싸운다고 생각할 필요가 없어. 그냥 자네 왼쪽과 오른쪽에 있는 사람을 돕기 위해 싸우며, 자네 가슴속에 있는 사람들 앞에 다시 서기 위해 싸우면 되네. 단, 무슨 일이 있더라도 이성을 잃고 마귀가 되어 검을 휘두르지 말게나. 평생 동안 스스로를 저주하고 싶지 않으면 말일세."

운청산은 좌우로 번갈아 고개를 돌렸다. 왼쪽에는 강정 부부요 오른쪽에는 씁쓸한 표정의 이정이었다. 그랬다. 지금 심정으로는 그들을 지키기 위해서라면 능히 검을 휘두를 수 있을 것 같았다.

"청산, 좌우만 돌보지 말고 가끔은 뒤를 위해서도 싸워주라."

종길이 투덜거리는 순간 모두의 입가에 미소가 어렸다.

겨우 십 리. 터벅터벅 걸었을 뿐인데도 행군은 오래가지 않았다. 창산상관(蒼山上關)이라고 양각된 석문 앞에서 다시 대오를 정렬했다.

운청산은 산 위로 뻗은 돌 계단을 살폈다. 곤륜의 그것과는 달리 깔끔하게 다듬어진 다섯 자가량의 평평한 돌 세 개가 연이어 붙어서 하나의 계단을 이루고 있었는데, 눈에 보이는 것만 대충 눈대중하여 보니 삼사백 계단 정도 될 것 같았다.

이십여 명가량의 사내들이 그 계단들을 밟고서 날듯이 내려오고 있었다. 도사의 행색을 한 이들 두 사람이 선두에서 내려오고 있었고, 좌측으로는 군룡전 소속의 운가 사람들이, 우측으로는 역시 군룡전 소속의 아미파 장년승들이, 끝에는 점창의 젊은 도사 둘이 따르며 두 도사를 호위하듯 내려왔다.

승인들과 운가의 사람들과 점창 도사 두 사람들이 군룡전으로 합류하는 순간 두 도사가 운녹산 등에게로 다가갔다.

운녹산이 포권을 취하며 물었다.

"어떻습니까?"

두 도사 가운데 건법 진인이 웃는 얼굴로 포권을 취하며 대답했다.

"일단 산의 기세에 사람의 손이 닿은 흔적은 읽지 못했습니다. 특별히 산 전체에 결계를 치지는 않았다는 뜻이 되겠지요. 사제 또한 별다른 요력을 느끼지 못했다 하니 지금 당장은 빈도들이 무용지물이군요."

운녹산이 웃으며 고개를 끄덕였다.

"별말씀을 다하십니다, 진인. 두 분이 계시는 것만으로도 천리안을 얻은 것과 진배없지요. 아무튼 다행이군요."

건법 진인이 다시 말했다.

"빈도가 살핀 것은 다만 산의 반쪽뿐이니 일단 정상에 오르면 한 번 더 살펴보아야 할 것입니다. 그리고 정상 근처에만 인영이 어른거리는 것과 계단이 끝나는 지점까지의 나무들을 모두 불태워 시야를 터놓은 것이 아무래도 이상하오이다. 매복을 감추려는 방책일 수도 있고 시전이나 바위, 혹은 통나무를 이용한 전통적인 방법을 쓰기 위함일 수도 있으니 그러한 점들에 대해서는 일단 유의하셔야 할 것입니다."

운녹산은 고개를 끄덕이고서 사의를 표한 후에 수뇌부들과 이야기하고 각 당의 당주들을 불러 모았다.

수뇌부들과 당주들이 회의를 하는 동안, 기다리는 무사들은 무료할 만도 하건만 아무도 입을 열지 않았다. 심지어는 종길까지 긴장한 채 들리지도 않는 회의 모습을 빤히 바라보고 있었다.

운청산도 운녹산의 모습을 빤히 바라보고 있었다. 전혀 추억을 떠올릴 수 없는 모습이었다. 일천이 넘는 무사들을 이끄는 지금의 모습과 자신을 늘 피하기만 하던 과거의 모습을 어찌 한 사람이라고 생각할 수 있으랴.

그저 낯선 사람을 대하는 듯하던 그의 눈이 자신도 모르게 점차 노려보는 듯한 눈으로 변했다. 그때였다.

'으윽!

운청산은 갑자기 찾아온 고통에 눈을 감으며 고개를 숙였다. 정수리 근처에서 일어난 통증이었다. 미간을 후벼 파는 듯하던 예전의 그 짧게 끝나는 둔통이 아니라 머리 속에서부터 무언가가 정수리 근처를 찢고 나오는 듯한 날카로운 고통이었다.

고통이 서서히 누그러졌다가 완전히 사라지자 운청산은 다시 고개를 들고 눈을 떴다. 순간 운청산은 두 눈을 부릅뜰 수밖에 없었다.

운청산은 눈을 비볐다. 눈앞에 보이는 것이 착시(錯視)로 인한 거라 생각했건만 눈을 비벼도 눈앞에서 부유하는 한 뼘이 조금 넘는 두 인영들은 사라지지 않았다. 운청산으로서는 구별이 어려웠지만 바로 운경산과 운추산이었다.

운청산은 문득 생각난 것이 있어 하늘을 올려다보았다. 여전히 가랑비가 내리고는 있지만 확인해 볼 필요도 없는 아침이었다. 운청산은 고개를 가로저었다. 밝음 아래 모습을 드러낸 적이 없는 그들이 눈앞에 있다는 것은 보고도 믿지 못할 노릇이었다.

운청산은 다시 좌우를 둘러보았다. 운경산과 운추산이 은은한 빛에 감싸인 채로 그의 백회로부터 시작되는 한 줄의 가는 실 같은 기운에 의지하여 두둥실 떠다니는데도 강정 부부나 이정은 그들을 보지 못하는 것 같았다.

두 영혼들이 밝은 웃음을 머금고 운청산의 눈앞으로 바짝 다가섰다. 운추산이 부유하여 운청산의 오른쪽 귀 옆으로 움직이자 운경산이 미간 앞에 홀로 섰다.

그가 분명히 무어라 말했다. 그러나 운청산은 예전과 다름없이 그 말을 알아들을 수가 없었다. 그러자 운경산이 입 모양을 크게 하여 천천히 말했다.

'생각해라. 우린 알아들을 수 있다.'

운청산은 자신이 제대로 알아들었는지 시험해 보았다.

'낮에 돌아다닐 수 있나요?'

운경산이 다시 입을 크게 벌려 입 모양으로 뜻을 전했다.

'우린 네 덕에 신명화되어 더 이상 빛을 두려워하지 않는다.'

운청산은 다시 생각을 떠올렸다.

'무슨 일로 두 분만 나온 겁니까?'

운경산이 대답했다.

'청산, 다른 건 알 필요 없다. 그저 우리가 너의 눈이요 귀라고 생각하면 그뿐. 너는 이제 보이지 않는 것도 보일 것이고 들리지 않는 것도 듣게 되리라.'

말을 끝내고 운청산이 알아들은 것을 깨닫는 순간 운경산의 모습이 꺼지는 듯하더니 순식간에 삼십여 장 앞쪽에서 반딧불 빛만한 크기로 나타났다.

너무 빠른 이동이어서 눈으로는 그 움직임을 확인할 수 없었다. 그러나 운청산은 운경산을 놓칠 수 없었다. 그의 백회에서 나오는 한 줄기 실 같은 기운이 일직선으로 앞쪽을 향해 뻗어 있기 때문이었다.

잠시 후 운경산이 눈 깜짝할 사이에 다시 눈앞으로 돌아와 있었다.

'네게서 멀어질 수 있는 한계가 삼십여 장 정도구나. 방원 삼십여 장 안이라면 어느 곳에서든 갈 수 있고 그곳에서부터 내가 볼 수 있고 들을 수 있는 것이면 너 또한 원하는 순간 보고 들으리라.'

그때 운청산은 문득 귀가 간지러워 손을 올려 긁었다. 그런데 그 느낌이 다시 뒤통수에서 느껴지고 이어서 반대쪽 귀에서도 느껴졌다. 그리고 눈앞에 운추산이 나타났다.

이번에는 운추산이 입을 벌려 말했다.

'느끼는구나. 다행이다. 급한 순간에 일일이 지금처럼 너와 의사를 주고받을 수는 없을 터. 방금 같은 느낌이 들 때면 그 방향으로 반드시 위험이 따르리라. 익숙해져라.'

운청산은 미간을 찌푸릴 수밖에 없었다. 그러한 느낌이 오히려 집중을 방해할 수도 있다고 생각했다. 그렇게 생각한 순간 운경산이 웃으며 입을 벌렸다.

'네 능력은 우리가 가장 잘 안다. 경고는 네 능력을 벗어나는 경우와 네가 혼란스러울 때뿐이다. 그리고 네가 우리를 필요로 하는 경우에는 머리 속으로 생각만 하여라. 네 뜻에 따르리라.'

운청산은 어쩔 수 없이 고개를 끄덕였다. 운경산과 운추산은 그의 눈앞에서 사라져 그의 이마를 가로지르는 청건 위에 내려앉았다.

운청산은 참으로 난감하다는 생각을 하고 나서 그것마저 들었을 것이라는 생각에 당황했다. 그때 운경산이 다시 눈앞에 나타나 말했다.

'답답해하지 마라. 이번 일이 끝나는 순간 우리는 예전처럼 다시 네 머리 속으로 들어가 숨을 것이다. 배려할 필요도 없고 귀찮아할 필요도 없다. 그저 네 편리를 위해 이용하면 된다.'

운경산은 다시 미소를 지어 보이고 사라졌다.

아무리 신경 쓰지 말라 하여도 생각을 빤히 들여다보는 존재가 있음을 알고서는 마음 편할 턱이 없었다.

'좋게 생각하자. 분명히 도움이 되리라.'

생각은 그리하면서도 그마저도 들었을 것이라 생각하니 운청산은 머리를 가로저을 수밖에 없었다.

천궁에서 우상이라 불리던 흑염노인 백무강이 대전의 중앙에 자리한 입체형 지도로 다가가자 주변에 있던 사람들도 따라 움직여 지도가 놓여 있는 원탁에 둘러섰다.

"궁지에 몰지 않겠다는 듯 흑강 쪽을 비워두는 것을 보니, 누가 고양이고 누가 쥐새긴지 모르는 모양이군."

백무강이 탐스러운 흑염을 쓰다듬으며 중얼거리고서 동벽로를 짚으며 이어 말했다.

"이보게, 함도. 정말 괜찮겠나?"

오행신문주 백함도가 두말 않고 고개를 숙였다. 백무강이 다짐받듯 말했다.

"쉽게 여길 게 아니네. 세력으로 밀어붙일 곳이 아니니 힘깨나 쓰는 녀석들이 올 것이야."

백함도와 그의 아내 백우련이 익히 알고 있다는 듯 자신에 찬 눈빛을 드러냈다. 백함도가 말했다.

"극현이 있는 이상 그곳이 뚫릴 일은 없을 것입니다."

백무강이 웃으며 고개를 끄덕이다가 문득 생각난 듯 물었다.

"또 다른 아이는 아직 못 찾았나?"

순간 백함도와 백우련이 동시에 고개를 숙였다.

"죄송합니다. 한 번 숨으면 쉽게 찾을 수 있는 녀석이 아니라서……."

백함도의 말에 백무강이 알겠다는 듯 고개를 끄덕였다.

"뭐, 그냥 물어본 걸세. 어차피 그 아이의 힘까지 필요한 것은 아니니 상관없네. 헌데 그렇게 통제가 안 되면 진정한 신마경에 이른 아이는 이제 금왕뿐인가?"

백함도는 대답하지 못하고 고개를 숙였다. 셋이나 신마경을 이루었다고 흥분했었다. 그 경지는 분명히 가공할 정도였다. 그러나 그 부작용은 비서(秘書)에 언급된 것보다 더 컸다.

처지를 비관한 수왕신마는 단 한 번의 화려한 해일을 일으키고 자멸해 버렸다. 더욱 가관인 것은 토왕신마였다. 그녀는 세상 그 어느 것에도 관심을 두지 않고 땅속에서 안식을 구했다. 마음 내키면 도와주겠다는 말은 남겼지만 필요할 때 쓰지 못할 바에야 없는 것이나 다름이 없으리라. 결국 지금 당장 백함도의 곁에 있는 이는 금왕신마 금극현뿐이었다.

'차라리 내가 신마경에 도전할 요건을 갖추었더라면…….'

백함도와 백우련은 원래 천궁 예하의 십전 가운데 한 곳인 오행신전의 소속으로 그중에서도 화령기와 토왕기를 책임 맡던 사람들이었다.

청성에서의 일이 있고 나서 두 사람은 사부들과 사형제 셋을 잃고는 어쩔 수 없이 오기를 모두 수습할 수밖에 없었다. 오기를 두루 수습한 덕에 무공의 안정을 되찾기는 했지만 원래의 기운을 극성으로 이끌 능력을 잃고 말았다.

그것까지는 감수할 수 있었다. 그리고 천궁의 세력 확장을 위해 외육문의 하나로 독자적인 세력을 일군 것도 좋았고 제자들을 통하여 그가 꿈꾸던 신마경을 이룬 것도 축하받아 마땅한 일이었다.

문제는 그 후에 생겼다. 오행신전이 생긴 이후로 그 누구도 이루지 못한 신마 셋을 얻었지만 그 부작용이 너무나 컸다. 각 개인들이 느끼는 고통은 차치하고 책임자인 백함도와 백우련이 그들을 통제할 수 없다는 것은 더 큰 문제였다.

힘이 있어야 권위도 서는 법. 오행신마서(五行神魔書)를 통해 극대화된 능력은 생각보다 더 커서 오행의 기운을 두루 수습한 두 사람의 능력으로도 감히 힘으로 누를 수 없는 지경에 이르렀다.

토비연은 점창산까지 따라와 놓고도 나른한 눈빛으로 산세가 마음에 든다면서 땅속으로 사라져 버렸고, 금극현은 차가운 눈빛으로 바라만 볼 따름이었다.

백함도는 금극현의 그 차갑게 타오르는 눈빛을 떠올리며 내심 한숨을 내쉬었다. 그러나 곧 안정을 되찾고 자신에 차서 말했다.

"누구도 이곳까지 이르지 못할 것입니다."

백무강은 웃으며 백함도의 어깨를 두드렸다.

백무강이 좌중을 둘러보다가 천기신사에 이르러서 잠깐 시선을 멈춰 세웠다. 그러나 이내 쓴웃음을 짓고서 다시 시선을 옮겨 눈매와 콧매가 유난히 날카로운 백의노인과 그 옆에 서 있던 얼굴마저 우락부락한 근육을 연상시키는 노인을 주시했다.

천궁 예하 내오전 가운데 혈랑신전(血狼神殿)과 철혈신전(鐵血神殿)의 수장인 백낭우와 백철후가 고개를 숙였다.

백무강의 시선이 다시 움직였다. 그의 눈이 기대에 찬 눈빛으로 마주 보는 제자 백영담에게서 멈춰 섰다.

"그래, 너도 움직여야지. 아무래도 정상 쪽이 머릿수가 제일 많을 테니 영담, 너도 네 사형과 두 전주들을 보필하라."

백영담이 기쁨에 차서 고개를 숙이는 순간 대전의 문이 열리고 백의 중년인이 뛰어들어 왔다.

"이해호 쪽으로 저들의 신호전이 올랐습니다."

백무강은 느긋하게 고개를 끄덕이고서 사람들의 얼굴을 하나하나 훑어보았다.

"잊지 말게들! 정 힘들면 어쩔 수 없네만, 가능하면 조금만 더 힘쓰면 될 것 같다는 느낌이 들도록 만들어주게. 가보게."

"천군께 영광을!"

수뇌부들이 모두 대전을 빠져나가고 남은 이들은 오직 두 사람, 백무강과 천기신사뿐이었다.

백무강은 텅 빈 대전을 둘러보고서 천기신사에게 미소 지었다.

"그럼 나도 다녀오겠네."

천기신사가 말없이 고개를 숙이자 백무강은 웃으며 말했다.

"너무 걱정 말게. 곧 좌상의 생각이 기우였음을 확인하게 될 것일세."

백무강마저 대전을 빠져나가니 남은 이는 오직 천기신사뿐이었다. 그는 아무런 표정 변화 없이 원탁 위의 지도를 바라보았다.

운청산은 산을 오르는 사람들을 보면서 고개를 끄덕였다. 먼저 군룡전과 노호단의 고수들이 계단은 물론 길도 없는 계단의 좌우로 넓게 퍼져 땅을 헤집고 전체를 경계하며 서두르지 않고 오르고 있었다. 그 뒤로 수뇌부들이 계단을 따라 올라가고, 사방당의 사람들이 수백 차례 연습한 대로 비시진의 진형을 유지한 채 따르고 있었다.

운청산이 주목하는 것은 바로 비시진이었다. 언뜻 봐서는 별다른 변화가 없는 것 같았지만 연습 때와는 다른 무엇이 있음을 확인했다. 후면에 두 사람이 늘어나 꼬리가 조금 더 길어진 것이었다. 그런데 자세히 살펴보면 인급무사들과는 비교도 할 수 없으리만치 발걸음이 가벼웠다. 최소한 조장에 버금가는 실력을 지니고 있으리라.

'흠! 두 사람의 고수를 더 붙임으로써 선두와 측면을 언제든지 보강할 수 있도록 조치했다? 운화인과 운종인 두 사람이 저 가운데 있을까?'

두 사람의 이름을 떠올린 순간 운청산의 백회에서 두 줄기 빛이 눈 깜짝할 사이에 이십여 장을 옆으로 뻗어 나갔다. 본능적으로 우측으로 고개를 돌리니 그곳에 운가의 금의대로 짐작되는 청년들이 포진하여 있었다.

'역시 정명당에 있었나? 후! 그나저나 빠르기도 하군.'

두 줄기 빛은 운청산의 백회와 연결되어 있는 가는 실 같은 기운을 따라 금세 돌아왔다. 운경산과 운추산은 달리 모습을 드러내지 않고 운청산의 청건에 내려앉았다.

그때 당가의 암혼비영인들과 아미의 복호승, 그리고 관음사의 비구니들이 좌우로 흩어져 사방당원들의 뒤를 따랐고 바로 그 뒤로 금의대와 청령검수들이 따랐다.

정명당 중에서도 운청산 등의 일백십팔 명의 용병들이 제일 끝으로 산을 올랐다.

가랑비가 그치고 산새 우는 소리도 사라지고 바람마저도 잦아들었다. 심지어는 산을 오르는 사람들의 소곤거림마저도 사라졌다. 들리는 소리가 있다면 옆 사람의 긴장된 호흡 소리와 귀보다는 머리 속에서 울리는 심장 박동 소리뿐이었다. 산행이 힘든 탓이 아니었다. 언제 나타날지 모르는 적들을 경계하면서 한 발 한 발 올라가고 있는 터라 느리게 움직이는 것이었다.

천 개가 넘는 계단을 오른 것 같았다. 곤륜의 가파른 삼천육백 계단과는 비교할 수 없지만, 계단 하나의 넓이가 반 장에 이르는 것으로써 알 수 있듯이, 완만한 경사라서 거리상으로는 상당히 많이 온 셈이었다.

계단의 끝에 이르자 정지 명령이 떨어졌다.

"후와! 별거 아니네."

종길은 아무런 장애도 없이 산의 정상을 바라볼 수 있었다. 지금까지 올라왔던 숲길과는 달리 시커멓게 그슬린 땅과 바위들뿐이어서 시야를 가로막는 것이 아무것도 없는 탓이었다.

"어렵겠는걸."

이정이 운청산을 바라보며 중얼거리자 종길이 먼저 입을 놀렸다.

"뭐가 어렵다는 겁니까? 대충 이백여 장? 위쪽 백여 장은 가파르니까 좀 힘들긴 하겠지만 어쨌든 냅다 뛰어올라 가면 금방이겠구만."

강정이 종길의 뒤통수를 후려쳤다.

"어휴! 이놈아! 너 같으면 뛰어올라 오게 놔두겠냐? 그나저나 놈들이 병정놀음을 할 것 같은데. 하기야 어쩔 수 없겠지. 수적으로 크게 불리하니……."

　종길이 무슨 뜻인지 몰라 어리둥절한 표정을 짓는 순간 운청산이 말했다.

　"갈수록 좁아지니 많은 사람이 투입되면 오히려 혼란스럽겠습니다. 차라리 아길의 말처럼 고수들만 투입하여 속전으로 먼저 정상을 노리고 그 뒤를 따르는 게 좋을 것 같습니다만."

　종길이 어떻냐는 듯 강정을 노려보았다. 그때 이정이 말했다.

　"내 생각도 그렇네만 그것도 쉽지 않겠군."

　무슨 소린가 하여 이정의 시선을 쫓으니 산 정상에 활을 든 일백여 백의인들이 전신을 드러내고 서서 내려다보고 있었다.

　그때 지금까지 선봉에 섰던 군룡전의 고수들 가운데 두 명의 당가 사람들과 사십여 명의 운가 사람들, 그리고 아미의 승려들이 일제히 우측으로 빠졌다.

　"저들이 동벽로로 갈 모양이구먼."

　강정의 말에 종길이 눈살을 찌푸렸다.

　"에게? 겨우 저 정도로?"

　이정이 답했다.

　"적지 않네. 잔도의 폭은 반 장이 겨우 넘고 높이 또한 일 장 정도밖에 되지 않네. 맞닥뜨리면 결국 싸울 수 있는 사람은 많아야 둘 정도. 서로 방해가 될 테니 실제로는 둘도 많지."

　그때 앞쪽에서 당유연과 신수 사태가 먼저 몸을 날리고 그 뒤로 스무 명가량의 당가 출신의 군룡전 고수들과 두 명의 초로 비구니들이 뒤를 따랐다. 그리고 바로 명령 소리가 연이어졌다.

　"청룡당 앞으로!"

녹피수갑을 낀 암혼비영인들을 선두로 세운 열여섯 조의 비시진이 앞으로 나아갔다. 백여 장을 지나면 오를 수 있는 산폭이 겨우 이십여 장에 불과한 탓에 사방당 가운데 일 개 당 정도가 한계이리라.

"백호당 앞으로!"

또다시 열여섯 조의 비시진이 청룡당을 뒤따랐다.

상대는 이상하리만큼 조용했다. 선봉을 선 이들이 바로 군룡전 소속의 고수들이었다. 최소 일 보에 십여 장을 뛸 수 있는 능력자들이 다가오는데도 상대는 가만히 보고만 있었다.

단 사십여 보 만에 선두의 고수들은 백여 장을 전진했다. 신수 사태를 제외한 나머지 사람들은 모두 녹피수갑을 낀 당가의 고수들이니 오십여 장만 더 전진한다면 당가의 암기가 산을 뒤덮으리라.

신수 사태와 당유연이 가장 먼저 백여 장의 거리를 넘어섰다. 그 순간 산의 정상에 서 있는 백의인의 손이 아래로 떨어지고 난데없는 굉음이 산을 울렸다.

우두두두두두둑!

쿠르르르르르르르!

"대피하라!"

예상했던 화살비 대신에 사람만한 바위들이 굴러 떨어졌다. 신수 사태와 당유연, 그리고 군룡전의 고수들이 산에 오르기를 포기하고 몸을 숨길 만한 바위들 뒤로 납작 엎드리는 순간, 청룡당과 백호당의 비시진 또한 흩어졌고 뒤를 따르려던 주작당과 현무당 사람들 역시 오히려 계단 아래쪽으로 물러서서 나무나 바윗돌 뒤로 숨느라고 정신이 없었다.

굴러 떨어지던 돌들이 바위에 부딪쳐 허공을 날았다. 그 순간 백여 개의 화살들이 몇 가닥으로 나뉘어 사람이 숨어 있는 곳들로 집중되었다.

고수들은 쳐내고 사방당의 무사들은 목판 조각 같은 조악한 방패들로 몸을 보호했다. 산의 울음소리 사이사이로 비명 소리가 터져 나왔다.

그 순간에도 군룡전의 당가 고수들은 지나간 바위를 멀리 떼어놓으며 앞으로 나아갔다. 그러나 산이 너무 가팔랐다. 평지라면 일 보에 팔구 장 줄이는 것이 문제가 아닐 테지만 경사진 곳이라 채 삼 장을 나아가지 못했다. 거기에다가 쏟아지는 화살들을 막다 보면 어느새 이 장을 뒤로 물러서야 했으니 노력에 비해 성과는 미미했다.

당유연이 독려하며 앞장섰다. 삼십여 장만 더 나아가면 전신에 품은 암기들을 쏟아낼 수 있기 때문이었다.

당유연은 다시 한 번 앞으로 몸을 날렸다. 그 순간 심장에 바늘이 꽂히는 듯한 압박감이 느껴졌다. 당유연은 본능적으로 몸을 비틀며 추뢰신법(追雷身法)과 함께 당가가 당당하게 세상에 드러내는 절기 무영비독수(無影非毒手)를 내뻗었다.

폭음이 터지고 왼쪽 소매가 길게 찢어지는 순간 날카로운 파공음이 귓전을 스쳤다. 당유연은 연속적으로 몸을 퉁겨 계속해서 자리를 바꾼 후에 작은 바위 뒤로 몸을 숨기고 정상을 노려보았다.

팔십여 장!

아무리 내려다보고 쏜다 해도 직선으로 화살을 날리기에는 먼 거리였다. 그럼에도 불구하고 화살은 분명히 호신강기마저 찢어놓을 위력으로 날아들었다. 당유연이 느끼기로는 이십 장 안이라면 호신강기마저 찢어발기는 당가의 무형뇌전(無形雷箭)보다도 더 강력했다.

당유연은 활에 화살을 재며 서 있는 사내를 눈여겨보았다. 새파랗게 젊은 사내였다. 그럼에도 불구하고 노강호처럼 느긋한 태도로 미소까지 짓고 있었다. 그는 눈만 빠끔히 내민 당유연에게 미소를 보내며 다시 활을 들어 겨누었다.

당유연은 급히 활이 조준하고 있는 방향으로 눈길을 돌렸다. 당가 사람들 몇이 계속해서 떨어져 내리는 화살비를 헤치며 앞으로 나아가고 있었다.

"몸을 숨겨!"

당유연이 소리를 치는 순간 사내도 시위를 놓았다. 당가 사람들이 허공에서 공중제비를 넘으며 사방으로 흩어졌다. 격공장 터지는 소리가 들리고 피가 튀고 한줄기 검은 그림자가 허공을 갈랐다. 그 뒤로 악마의 호곡성 같은 파공음이 들렸고 허공을 휘돌던 사람 하나가 바닥으로 툭 떨어졌다.

당유연은 참담한 마음으로 활을 든 사내, 백영담을 노려보았다. 그 순간 사내는 이미 화살을 재고 또다시 활을 들어 올리고 있었다.

당유연은 어금니를 악다물고 소리쳤다.

"물러선다!"

순간 백영담은 웃으며 활을 내렸고 그때를 기하여 당가의 고수들이 일시에 몸을 날렸다. 올라오는 것이 네 배 느렸다면 내려가는 것은 평소보다 두 배 이상 빨랐다. 일 보에 이십여 장을 퉁기니 백영담이 활을 들었어도 어찌하지 못했으리라.

계단이 끝나는 원래의 자리까지 물러선 당유연이 신수 사태를 바라보며 말했다.

"사태! 이 방법으로는 희생이 너무 크겠소이다."

신수 사태도 두말 않고 동의하고서 의견을 말했다.

"돌로 산을 쌓아놓지 않은 이상 두세 번 이상은 굴리지 못할 것입니다. 사방당으로는 희생이 클 테니, 물러선다는 전제 하에 정명당을 이끌고 두어 번 더 시도해 보지요.”

“우선 바윗돌들을 소모시키자는 말씀이시지요? 좋은 생각입니다.”

당유연이 동의한 후 바로 사방당과 정명당의 당주들을 불러 모았다.

잠시 후 사방당의 겁먹고 지친 당원들이 썰물처럼 물러나 정명당의 뒤에 포진하고 송월자의 지휘 아래 각 파의 정예들 가운데서도 이십여 명씩이 다시 추려졌다. 나라연을 포함한 관음사의 비구니들 십여 명까지 합쳐지자 산을 올라가게 된 이들은 군룡전 사람들을 합하여 백십여 명에 이르렀다. 그러나 노호단과 천우단, 그리고 운청산 등의 용병들은 또다시 제외되었다.

강정이 오히려 다행이라는 듯한 표정을 짓고 덤덤하게 말했다.

“사상자가 대충 사십여 명. 역시 무림인들이라 요란함에 비해서는 희생이 적은 것이겠지. 그러나 백주대낮에 이런 식으로 일을 벌인다는 것은 역시 무모해.”

이정이 말했다.

“야음을 틈타는 것도 역시 무리요. 허! 산에 살았지만 산을 공략하는 것이 이리도 어려운 일인 줄은 미처 몰랐었소.”

운청산도 말은 안 했지만 고개를 끄덕였다.

‘그렇게 땀을 흘렸건만 지금으로서는 비시진은 무용지물일 뿐이다. 그리고 그 화살, 선봉의 간담을 서늘하게 만드는 마물이다. 누가 되었든 함부로 나아가지 못하리라. 존재를 알고 있는 상태에서 운룡대팔식이라면? 가능은 할 거야. 그러나 그 다음이 문제겠지.’

운청산은 쓴웃음을 지었다. 정상을 밟는다 하더라도 주저없이 손쓰지 못하리라. 그렇다면 당하는 것은 역시 그 자신이었다.

운청산은 빠른 속도로 앞으로 나아가는 사람들 속에서 그가 아는 사람들을 찾아보았다. 나라연이 있었고, 운강인과 운교인은 물론 운화인과 운종인도 있었다. 그들뿐만이 아니었다. 당유연과 그의 세 자식들도 있으리라. 당우리에게는 아버지 되고 오라비들 되는 이들.

운청산은 그가 아는 이들이 무사히 돌아오길 기원할 수밖에 없었다.

그때 누군가가 긴장된 목소리로 외쳤다.

"피할 준비해! 돌 날아온다!"

쿠쿠쿠쿠쿠쿠쿵!

정상 쪽에서 굉음이 울리기 시작하자 사람들이 놀란 토끼들처럼 사방으로 흩어졌다. 운청산 등도 조금 전에도 신세 졌던 계단 근처의 바위 뒤에 옹기종기 모여 앉았다.

강정이 문취옥의 어깨에 손을 얹어 바짝 당기고 바위 뒤에 기대어 앉았다. 그 맞은편에 나머지 사람들이 동그랗게 반원을 그린 채 쪼그리고 앉았다.

콰드드드드득! 쿵! 쿠쿵!

조금 전과 마찬가지로 굴러 떨어지던 바위들이 경사면의 굴곡에 따라 퉁기고 퉁겨 날아다니기 시작했다. 그것들이 군룡전의 고수들을 지나고 정명당원들을 지나 계단 근처로 내리꽂혔다.

"으아! 무서워라."

땅이 먼저 울리고 굉음이 가까워지자 종길이 두 손으로 머리를 감싸 안으며 부르르 떨었다. 바로 그 순간 두 사람이 팔을 벌려도 다 안을 수 없을 만큼 큰 바위가 든든한 방패막이라 생각했던 바위를 넘어 곧바로 운청산 등의 머리 위를 덮쳤다.

머리 위에 시커먼 그림자가 생기는 순간 종길은 눈을 찔끔 감고 몸을 최대한 웅크렸고 이정은 쪼그려 앉은 채로 강정이 앉은 방향으로 뒹굴었다. 그러나 그때는 이미 폭풍이 지나간 후였다.

이상하게도 이정과 종길, 그리고 운청산을 단번에 압사시킬 기세로 떨어지던 그 바위가 허공에서 갑자기 방향을 바꾸어 일 장 뒤쪽으로 떨어졌다. 그리고 몇 그루 나무들을 뿌리째 뽑아버리고 시야에서 사라져 버렸다.

강정과 문취옥이 눈을 부릅뜨고 운청산의 등을 바라보았고 이정이 의혹 어린 눈빛으로 그의 옆모습을 바라보는 순간 종길도 정신을 차리고 주위를 두리번거렸다.

"어? 살았네?"

그 순간 운청산이 왼손으로 이마를 쓰다듬고서 오른 손바닥을 눈앞으로 가져갔다.

"이런 방법이 있었군. 굳이 검을 쓸 필요가 없지 않은가?"

운청산이 홀로 중얼거리는 순간 이정이 의혹 어린 눈길을 강정에게 돌려 물었다.

"어찌 된 것이오?"

강정이 운청산에게서 눈을 떼지 못하고 중얼거렸다.

"잘 모르겠습니다. 돌아앉더니 그냥 손을 번쩍 들어 바위를 받아 던져 버리더군요."

문취옥이 멍한 눈빛을 한 채 덧붙였다.

"손이 파랬어요."

그때 운청산이 돌아앉았다. 이정이 물었다.

"어찌 된 일인가?"

운청산은 쓸쓸한 미소를 지었다. 사실 그 역시도 바위가 떨어질 것이라고는 예상치 못했었다. 그러나 그로 하여금 미리 대비케 했던 이들이 있었다. 바로 운경산과 운추산이었다. 그들이 미리 보고 있다가 운청산의 정수리를 두드렸던 것이었다. 하지만 그렇다고 말할 수는 없지 않은가.

운청산은 쓴웃음을 지어 보이고 말했다.

"침착했다면 이 대협 역시도 할 수 있었던 일입니다. 전 다만 바위의 기세가 뻗는 곳으로 약간의 힘을 더 보탰던 것뿐이지요."

이정이 눈을 치뜨며 반문했다.

"사량발천근(四兩撥千斤)?"

운청산이 고개를 끄덕이자 이정도 고개를 끄덕였다. 단순히 결과를 따지자면 운청산의 말처럼 이정 역시 할 수 있는 일이었다. 그러나 그것은 상대의 움직임을 눈으로 보면서 잔뜩 긴장을 곤두세웠을 때나 가능한 일이리라. 거기에다가 상대가 조금 전과 같은 크기의 바위라면 그 떨어지는 기세를 돌이켜 볼 때 비록 성공을 하였더라도 손목 부러지는 것 정도는 감수해야 한다는 것이 이정의 판단이었다.

이정이 운청산을 불가사의한 인간이라고 생각하는 순간 또다시 외침이 들려왔다.

"돌 날아온다!"

순간 무슨 일이 벌어지는지 몰라 어리둥절해하던 종길이 문취옥의 옆구리를 파고들었다. 이정도 강정에게로 바짝 붙었다. 그리고 운청산은 앉은 그대로 고개를 들었다.

이제는 완전히 안전을 확보했다고 생각했는지 강정 등 네 사람의 눈빛은 여유로워졌고 결국 맞은편에 앉아 있는 운청산 한 사람에게만 쏠렸다. 운청산이 쑥스러워하는 순간 또다시 한차례 바위폭우가 쏟아졌다.

쿵!

"아야! 크으으으!"

오만상을 다 찌푸린 종길이 기대고 있던 바위로부터 머리를 떼며 두 손으로 뒤통수를 문질렀다. 거대한 바위가 방패막이가 되는 바위를 들이받고 왼쪽으로 흘렀다가 다시 굴러 내려갔다.

바위폭우가 완전히 지나간 순간 문취옥이 짜증난 목소리로 종길을 밀어내며 말했다.

"야! 이제 그만 떨어져. 근데 저 자식들, 도대체 산에 얼마만큼의 바윗돌들을 쌓아둔 거야? 한이 없네."

그 말이 끝나자마자 다시 한 번 바위폭우가 쏟아졌고 운청산이 차분한 눈빛으로 말했다.

"다 떨어진 것 같군요. 산의 울림이 처음보다 크게 약화되었습니다. 굴리는 양이 현저하게 줄었다는 말이 되겠지요."

이정과 강정이 동시에 고개를 끄덕이며 바윗돌 밖으로 몸을 빼냈다. 다시 계단의 끝으로 나가는 순간 군데군데서 사람들이 앞으로 나섰다.

당유연 등의 사람들도 내려와 호흡을 가다듬고 있었다. 운청산이 산의 전모를 살펴보니 다친 사람은 있어도 죽은 사람은 없는 것 같았다.

그때 당유연의 곁에 서 있던 송월자가 뒤로 돌아보며 소리쳤다.

"정명당 앞으로!"

이정이 운청산 등을 바라보며 고개를 끄덕였다. 순간 강정과 문취옥도 눈빛에 살기를 불어넣었고 종길 역시 세 차례나 큰 소리가 나도록 숨을 내쉬고 도파를 움켜쥐었다. 드디어 운청산 등도 출전하게 된 것이었다.

제 5 장

마침내 또 다른 곤륜검이 세상에 드러나고

운청산 등이 막 창산상관을 지나 계단이 끝나는 곳에 이른 그 시간, 어둠의 도움을 받아 이해호를 건넜던 현상자와 사십여 청성의 고수들은 막바지 휴식기를 보내고 있었다.

청성의 고수들이 주변을 경계하며 이슬 맞은 어깨를 푸는 동안, 현상자는 바위 위에 차분히 앉아 눈을 감고 호흡을 가다듬었다. 그러나 현상자의 심정은 그의 차분한 겉모습과는 달리 복잡했다.

멸청광자가 패퇴한 그날 이후 현상자 그가 어떤 삶을 살아왔던가. 그의 두 어깨를 내리누르는 청성의 기대에 부응하기 위해 남몰래 흘린 눈물이 또 하나의 장강을 이루고도 남으리라. 참으로 혹독한 수련을 달게 감내했던 인고의 세월이었다.

'하! 그러나 모자란다. 아직도 생생하지 않은가? 지금의 내 무공으로 멸청광자가 토해냈던 그 열두 개의 장환을 감당해 낼 수 있겠는가?

지금의 내 무공으로 청성산을 온통 휘감아 버린 태을 검선의 검을 상대할 수 있겠는가?

현상자는 스스로에게 묻고 즉시 고개를 저었다.

그 스스로도 웬만큼은 자신이 있었다. 사천무림뿐만이 아니라 전 무림을 통틀어서도 그를 능가할 만한 검인은 별로 없으리라. 그러나 그것은 당대의 이야기였다. 겨우 오십 년 전으로만 돌아가도 자신감은 사라지고 말리라.

세상 사람들은 현상자를 청성검선(靑城劍仙)이라 불렀다.

검선!

그것이 아무에게나 붙여주는 칭호는 아니리라. 그러나 지금껏 검선이라 불린 사람이 한두 사람에 국한되는 것 또한 아니었다. 검을 주종으로 쓰는 대문파라면 적어도 두어 세대에 한 명 정도는 검선이라 불리는 사람들이 있었다.

청성검선. 예의에 불과하리라. 사람들이, 왜 현상자 그가 유일하게 진정한 검선이라 인정하는 곤륜검선 태을 진인을 부를 때 수식을 다 떼고 일선이라 부르겠는가.

독보일선 태을 진인!

현상자에게는 도저히 넘을 수 없는 벽이었다. 청운적하검의 끝을 눈앞에 두고 있다고 생각하는데도 그 당시의 광경을 떠올리면 암담해질 뿐이었다.

무공의 경지를 생각하면서 태을 진인을 비교 대상으로 삼는 것 자체가 오만일 것이다. 현상자에게는 태을 진인에게 패퇴한 멸청광자를 넘는 것이 우선되어야 하리라.

'후! 감당해 낼 수 있을까? 아니야. 이젠 두렵지 않다. 실패하면 또 어떤가? 나는 모든 악조건을 딛고 당대에 사천제일세를 이룬 청성의 장문인이다. 더 이상의 진전을 보기는 어렵다 해도 본 파엔 송월이 있다. 그 나이에 내가 이룬 경지를 뛰어넘은 그 녀석이라면……'

"장문인! 신호가 떴습니다."

굵직한 목소리에 현상자는 생각을 끊었다. 눈을 뜨고 이해호를 바라보니 붉은 기운을 내뿜는 신호전 한 대가 이해호 상공을 가르고 있었다.

현상자는 신호전이 이해호에 떨어져 내리는 그 순간 복잡하던 심사를 모두 털어버렸다. 그리고 내려놓은 두 자루의 검 가운데 우선 삼 척 반의 장검을 등에 메고 이 척이 조금 못 되는 나머지 검을 왼쪽 허리에 찼다.

현상자는 차가운 기운을 드러내며 서른 명의 청성고수들을 바라보았다. 그 안에는 현상자의 사제인 현경자와 현청자까지 끼어 있었다. 실로 정예 중의 정예를 이끌고 온 것이었다.

이번 출정에 청성이 가장 많은 고수들을 참여시킨 것을 두고 남들은 청성이 사천제일세를 자랑하는 것쯤으로 치부할지 모르지만 현상자의 속내는 달랐다. 진정 점창을 점거한 이들이 멸청광자의 후예들이라면 이번에 아예 뿌리를 뽑아버리기로 작정을 한 것이었다.

지난밤, 현상자는 점창을 점거한 자들과 멸청광자와의 연관성에 대한 자신의 짐작과 속내를 청성의 고수들에게 모두 털어놓았다. 그런 까닭으로 청성의 고수들이 내비치는 눈빛은 현상자 못지않게 결의에 차 있었다.

현상자는 또다시 말을 할 필요성을 느끼지 못했다.

"천군들과 본 파의 영령들이 가호하시기를……."

현상자의 한마디에 청성의 고수들이 원시천존을 뇌까린 후 고개를 끄덕였다.

"그럼 가세."

현상자는 바로 산을 향해 몸을 날렸다.

파르르르륵!

서른한 명의 절정고수들이 동시에 몸을 날리니 옷자락 펄럭이는 소리가 세찬 물줄기 흐르는 소리 같았다. 그 기세처럼 청성의 고수들은 창두봉의 무성한 나무들과 거친 암석군 사이사이를 물 흐르듯 치달려 올라가고 있었다. 암향표와 함께 청성의 신법양절이라 할 수 있는 세류단천석(細流斷千石)의 신법이리라.

산이 가팔라지자 현상자 등은 속도를 줄이며 옷자락 펄럭이는 소리까지 줄였다. 일이 예상과는 달리 돌아가고 있었다. 벌써 반 시진을 올라왔고 어느새 산의 중턱에 이르렀다. 점창의 본궁에 이르기까지는 겨우 이백여 장. 너무나 쉽게 다가가고 있었다.

그렇다고 그들이 상대가 전혀 예상치 못할 곳을 오르는 것도 아니었다. 현상자가 방어하는 입장이라면 당연히 막아내야 할 곳임에도 불구하고 아무런 저지도 당하지 않고 있는 것이었다.

현상자는 순조로운 진행에 오히려 긴장감을 고조시키며 속도를 늦춰 한 발 한 발 앞으로 나아갔다. 반 각을 더 올라가니 가팔랐던 산이 한숨 쉬어가듯이, 지친 산객들이 한숨 돌리기 딱 좋은 암석지가 드러났다. 기암괴석들이 군데군데 자리 잡은 길이 이십여 장 길이의 길 끝에서부터는 다시 숲과 경사가 시작되고 있었다.

막 암석지 초입에 들어선 현상자는 손을 들어 일행들의 발길을 멈춰 세웠다.

　지친 것도 아니고 걸음을 멈출 만한 특별한 이유도 없었다. 현상자는 암석지 건너편의 숲을 노려보았다. 그 순간 숲 속에서 굵고 위압적인 목소리가 흘러나왔다.

　"별달리 기습해 보겠다는 생각은 아니었어. 이곳이라면 마음껏 지닌 바를 펼쳐 볼 수 있는 곳이라 생각하고 기다렸을 뿐이지. 현상자가 맞나?"

　숲에서 백의를 입은 흑염노인 백무강이 모습을 드러냈다. 그리고 그 뒤로 장년인이 주축이 된 백의도객들 칠십여 명이 나무들 사이사이에서 모습을 드러냈다.

　현상자는 고개를 끄덕이는 것으로써 대답을 대신하고 백무강을 주시했다. 백무강이 숲을 완전히 벗어나 미소를 지었다.

　"놀랄 일은 아니었나 보군."

　백무강이 중얼거리듯 말하자 현상자가 결국 입을 열었다.

　"막지 않으면 오히려 놀랐겠지. 그대가 점창산에 혈겁을 일으킨 무리들의 우두머리 되는가?"

　백무강이 눈가에 주름을 잡으며 고개를 끄덕였다.

　"그렇다고 해야겠지. 그런데 눈썰미가 좋지는 않군. 자세히 보면 알 만한 사람일 텐데……."

　현상자는 백무강을 더욱 세세히 살폈다. 그의 노안이 찌푸려졌다.

　"역시 멸청광자와 연관이 있는가?"

　순간 미소를 짓고 있던 백무강이 딱딱하게 얼굴을 굳히고 눈에 정제된 노기를 드리웠다.

　"광자라? 허허허허! 대충 상대해 주려 했는데 안 되겠군. 각오하라."

　백무강은 즉시 손을 내뻗었다. 순간 그의 허리에 있던 도가 그의 손아귀에 들어가 붉은 기운을 드리우고 있었다.

채채채채채채챙!

백의도객들이 일제히 도를 뽑았고 청성의 고수들 역시 질세라 검을 뽑았다.

백무강은 아무런 반응을 보이지 않는 유일한 사람, 현상자를 노려보다가 도기를 강화했다. 순간 그의 도에서 붉은 기운이 금방이라도 폭발할 듯이 휘돌았고 그것을 신호로 백의도객들이 일제히 앞으로 나아갔다.

현상자는 백의도객들이 뿜어내는 노을 같은 기파를 살피며 고개를 끄덕였다. 수적으로 불리하지만 결코 밀릴 만한 세는 아니라고 판단한 것이었다.

현상자는 다시 백무강을 바라보며 두 팔을 좌우로 넓게 펼쳤다. 순간 쇄도하는 백의도객들을 노려보고 있던 청성의 고수들도 날개를 펼치듯 좌우로 흩어졌다.

현상자는 서릿발 같은 기운을 드러내며 서두르지 않고 다가오는 백무강을 향해 검결지를 지은 왼손을 뻗었다. 순간 그의 왼쪽 허리춤에 걸려 있던 이 척 검이 파란 기운을 머금은 채 백무강을 향해 빛살처럼 뻗어 나갔다.

백무강의 얇은 백의 장포가 찢어질 듯 파드득거렸다. 그는 심장을 노리고 날아오는 이 척 검을 향해 도를 휘둘렀다. 붉은 기운이 반월을 그리는 순간 이 척 검이 퉁겨져 허공으로 치솟아올랐다.

챙!

동시에 현상자의 등에서 청성의 장문지검인 태청검이 솟아올라 현상자의 손아귀에 쥐어졌다.

쉐쉐쉐쉐쉑!

태풍에 버들가지 흔들리듯 태청검이 요동을 치는 순간 수십 줄기 검영들이 백무강의 전신요혈들을 향해 날아갔다. 현상자는 동시에 검결지를 휘돌려 허공을 휘도는 이 척 검의 방향을 잡고 백무강의 배심으로 날렸다.

백무강은 검영이 일기 전부터 수십 마리 벌에 쏘인 듯한 통증을 느끼게 하는 가공할 검파난첩을 차갑게 노려보다가 오히려 그 물결 안으로 몸을 날렸다. 그의 꿈틀대는 움직임을 따라 휘도는 붉은 도기들이 칠십이파검의 절초 검파난첩의 검영들을 일일이 퉁겨내는 순간 그의 신형은 어느새 현상자의 육 장 앞에 이르러 있었다.

"합!"

또 다른 칠십이파검의 절초 천류직하가 백무강의 정수리를 향해 내리꽂혔다. 붉은 안개 같은 기운을 뿜어내던 백무강의 도에서도 붉은 도강이 뻗어 나왔다. 그는 동시에 전신으로 붉은 기운을 뿜어내며 배심을 오히려 이 척 검을 향해 내밀었다.

쾅!

천류직하와 붉은 도강이 부딪치는 순간 현상자는 뒤로 밀리면서도 검결지를 풀지 않으려고 안간힘을 다했다. 그러나 이 척 검은 백무강의 전신에서 뿜어져 나오는 기운에 가로막혀서 더 이상 전진하지 못했다.

백무강은 충돌의 여파를 죽이기 위해 멀어지는 현상자를 바라보며 몸을 휘돌렸다. 순간 배심에 달라붙어 꼼짝도 하지 못하던 이 척 검이 그의 옷자락을 찢고 흘러 현상자에게로 되돌아왔다.

이 척 검이 현상자의 허리춤에서 달랑거리는 검갑 안으로 빨려 들어갔고 두 사람의 거리는 다시 십여 장으로 멀어졌다. 두 사람은 동시에 고개를 끄덕여 보이고서 빠르게 주변을 살폈다.

쾨쾨쾨쾨쾨쾨쾨!

백의와 청남색 도포가 뒤엉키고, 붉은 도기가 일면 푸른 검기가 줄기줄기 뻗었다. 수백 개의 붉은 월영을 만들어내는 패도적인 도기들이 지면을 지배한 채 허공을 노리고 있다면, 수적으로 열세인 청성고수들은 암향표에 몸을 싣고 허공을 넘나들면서 번개를 일으키듯 검기를 뿌려댔다. 누가 보아도 우열을 가늠할 수 없는 상황이었다.

현상자와 백무강이 동시에 서로를 주시했다. 백무강이 차가운 미소를 지으며 늘어뜨리고 있던 도를 현상자를 향해 내뻗었다.

"내가 수세에 몰릴 줄은 몰랐구먼. 이기어검에 칠십이파검이라? 우리가 그대 개인에겐 복이었던가? 청성이 그대 한 사람에게 들인 공이 작지 않다 하더니만, 과연! 그러나 그것으로는 부족해."

그 순간 앞으로 내뻗어진 백무강의 도에서 붉은 기운이 현상자의 가슴 앞까지 뻗어 나왔다가 작은 구슬로 집약되어 반으로 줄어들었다.

"그런가?"

현상자는 검을 부드럽게 내뻗어 백무강이 일으킨 도환의 아래쪽으로 휘둘렀다. 쪽빛 검기가 무지개처럼 늘어나 검이 이미 허공으로 치켜세워진 순간에도 사라지지 않았다.

"검홍(劍虹)이라! 청운적하검이겠지? 좋군. 그럼 가겠네."

백무강은 현상자의 검홍이 서서히 사라져 가는 것을 보며 도를 거두었다가 벼락처럼 내뻗었다. 순간 현상자의 검에서도 아지랑이 같은 푸른 기운이 노을처럼 퍼져 나갔다. 양측의 최강 고수들이 그렇게 격돌한 것이었다.

현상자가 막 암석지에 이르러 백무강과 조우한 그 순간, 백함도와 백우련, 그리고 금극현은 삼십여 명의 백의인들을 이끌고 이미 창두봉 동벽로의 중간 지점에서 기다리고 있었다.

왼쪽은 벽 오른쪽은 수백 장에 이르는 단애였고 그들이 서 있는 좁은 길의 폭은 겨우 반 장이 조금 넘었다. 거기에다가 세찬 바람까지 휘몰아쳐 잠깐 방심하여 중심을 잃으면 바로 단애 아래로 떨어지고 말 것만 같았다.

"바람이 시원하군."

백의에 적수공권인 금극현이 벼랑 끝에 두 발을 가지런히 얹어놓고 뒷짐을 진 채 이해호를 내려다보며 중얼거렸다.

뒤에 서 있던 백함도는 차갑고 완강하게 느껴지는 금극현의 등을 바라보다가 고개를 내저으며 한숨을 내쉬었다. 순간 백우련이 두 눈에 노화를 담아 낮게 소리쳤다.

"극현! 도대체 무엇이 불만이냐?"

금극현은 돌아서지 않았다.

"사모, 날 가만히 내버려 두시오. 내 몫은 할 것이니."

순간 백우련의 두 눈에 맺혀 있던 노화는 전신으로 퍼져 나갔다. '감히' 라는 말밖에 떠오르지 않았다. 말의 내용은 차치하고라도 그 어조가 너무나 차갑고 오만방자했던 것이었다. 백우련은 자신도 모르게 오른손을 들었다.

"왜? 밀어버리고 싶소? 하고 싶으면 하시오. 내 몸뚱이가 워낙 단단해서 죽을지는 모르겠소만, 사실 어찌 되어도 상관없소이다. 후후후! 사모가 손을 쓰는 순간 끈덕지게 나를 얽어매는 이 인연의 사슬을 깨끗이 끊어버릴 수 있을 테니, 손해 보는 것은 아닐 테지요."

백우련은 억지로 노화를 삭이고 손을 내렸다. 그리고 한풀 꺾인 어조로 말했다.

"강해지길 원한 이는 바로 너였다. 그리고 우린 너를 강하게 만들어 주었다. 무엇이 불만이냐?"

"쯧! 그 안에 담긴 인과를 모두 알면서도 그걸 묻는 이유가 무엇이오? 스스로 고민해 봐도 알 수 있는 것이니 굳이 입에 담기 싫소이다."

금극현의 자세는 한 치의 흐트러짐도 없었다. 백함도는 손을 뻗어 백우련의 어깨를 짚으며 그녀를 안정시켰다. 그러나 백우련은 백함도의 손을 뿌리쳤다.

"네 입으로 대답해라."

순간 금극현이 돌아섰다. 그는 금빛이 감도는 유현한 눈빛으로 백우련을 빤히 바라보았다.

"꼭 내 입으로 듣고 싶다면⋯ 사부와 사모는 더 이상의 진전을 볼 수 없는 우리에게 강해지기를 강요했소. 취할 수 있는 방법은 단 한 가지뿐인데도 그것을 하도록 유도했소이다. 그 방법이 가지는 부작용과 거기에 따르는 고통을 알면서도 말이오. 그때 뭐라 했소? 부작용은 있지만 보완할 방법이 있다 하지 않았소? 난 강한 인간이 되기를 원했지, 숨 한 번 크게 쉬어보지 못하는 육신만 단단한 괴물이 되기를 원치 않았소이다. 해법을 주시오. 그리만 해주면 예전처럼 두 분을 공손히 따르던 그 금극현이 되겠소."

차분하게 말을 마친 금극현은 눈가에 차가운 미소를 지었다. 순간 백함도는 눈을 감았고 백우련은 눈을 치떴다.

"우린 부작용이 그리 클지 몰랐다. 너도 비서를 보지 않았더냐? 물론 대책이 있다 한 것은 우리의 잘못이다. 그러나 이십 년이면 충분히 마련할 수 있으리라 생각했던 것이지 속이려 했던 것은 아니었다."

금극현은 얼굴 전체에 비웃음을 담고 다시 돌아섰다. 백우련이 다시 소리쳤다.

"극현! 천군께 영광 돌리기 위함이다! 우리가 그렇게 하고 싶었어도 못했던 그 일을 네가 대신 한 것이다. 그러니 그분께 거력이 될 수 있음을 기뻐해야 하리라."

"큭! 크크크큭! 천군이 도대체 누구요? 얼굴 한 번 본 적이 없는 사람을 위해 희생하라니, 정말 이해가 안 되는 발상이구려. 정말 그렇게 되기를 원했다면 두 분은 크게 잘못 생각한 것이오. 그동안 두 분을 따랐던 것은 부모를 따르는 심정이었을 뿐, 결과를 예상하면서도 끝내 제자들을 괴물로 만든 이들을 따를 만큼 우리가 바보는 아니오. 순서가 다르오이다. 적어도 천군이라는 양반에게 심복할 수 있는 기회를 주었어야 했소. 우리 스스로 기꺼이 희생하도록 만들어주어야 했소. 두 분은 우리를 소모품 이상으로 취급하지 않았소. 알고 있으시오, 두 분! 할 만큼 했다고 생각하는 순간 난 미련없이 두 분을 떠날 것이오. 쓸쓸히 죽을지언정."

백함도는 아예 눈을 질끈 감아버렸고 백우련마저도 노기를 거두고 어깨를 늘어뜨렸다.

'천군을 부정해? 그렇구나. 극현의 말대로 큰 잘못을 범했다. 우리가 믿고 따르는 것이니 그들도 당연히 그렇게 되리라 생각했다. 힘을 키우는 것으로 모든 것이 잘되리라 생각했던 것은 정녕 잘못이었다. 극현은 오행신문 사람일 뿐 백라천궁의 사람은 아닌 것이야. 하지만 등 돌리겠다고 공언을 하는데도 어찌할 수 없이 눈치만 보아야

하다니…….'

백우련이 배신감과 절망감에 빠져드는 순간 꼼짝도 않고 서 있던 금극현이 몸을 비틀었다.

"오는구려."

백함도와 백우련이 동시에 앞을 바라보았다. 과연 사람들이 단애의 완만한 곡선을 돌아 다가오고 있었다.

표정 변화가 거의 없던 금극현의 미간이 좁혀졌다. 그는 오직 한 사람의 얼굴을 뚫어지게 바라보다가 금안을 번득이며 입가에 미소를 지었다.

"살아 있으니 결국 만나게 되는가? 운녹산!"

금극현의 중얼거림을 들은 듯 십여 장 앞까지 다가온 운녹산은 미간을 좁히며 상대를 주시했다. 그리고 곧 두 눈을 부릅떴다.

"그대는?"

금극현이 희미한 미소를 지으며 고개를 끄덕였다.

"기억하는군. 맞네, 자네들 덕에 수하를 다 잃었던 그 금혼기주야."

운녹산의 얼굴이 다시 일그러졌다. 그의 심사는 복잡할 수밖에 없었다. 이미 그때의 운녹산이 아닌지라 금극현의 존재감이 크게 느껴진 것은 아니었다. 다만 오행마문의 무리를 이곳에서 보리라고는 전혀 예상하지 못했던 탓이었다.

그때 금극현은 운녹산의 심정을 이해한 듯 웃는 얼굴로 고개를 끄덕였다.

"나도 이곳에서 반가운 얼굴을 보게 될 줄은 미처 예상치 못했어. 짜증이 나려던 참이었는데 그대를 다시 만나니 좀 낫군."

운녹산이 얼굴을 굳히며 물었다.

"그대가 이곳에 있는 이유는? 점창의 혈겁이 오행마문에 의해 자행된 것인가?"

금극현은 여전히 웃는 얼굴로 고개를 저었다.

"난 아무것도 몰라. 막으라 하니 이 자리에 있을 뿐."

운녹산은 굳었던 얼굴을 풀어버리고 여유를 가졌다. 그리고 금극현의 뒤쪽에 서 있는 백함도 부부를 확인하고 그 뒤로 늘어서 있는 백의인들의 기도를 살폈다.

다시 금극현을 응시한 운녹산이 말했다.

"자넨 발전이 없군."

금극현이 금안에 광채를 더하며 물었다.

"무슨 뜻이지?"

"그때도 아무것도 모른다 했었지? 강산이 두 번 바뀌고 반을 돌았건만 지금도 그 대답, 여전하군."

금극현이 웃으며 고개를 끄덕였다.

"오호라! 주구(走狗)라 이 말이지? 그렇지 뭐. 하지만 말일세, 주구라도 주인이 결코 팽(烹)할 수 없는 강한 주구라네. 보게. 여기 이 두 분! 바로 나의 사부와 사모 되신다네. 바로 오행신문. 아니, 자네 표현대로 오행마문의 두 문주들 되시지. 그렇지만 보게. 지금 내 뒤에 서 계시지 않는가. 한 가지는 보장하지. 자네가 나를 죽일 수 있다면 이 길은 틀림없이 열릴 것이네."

운녹산은 내심 놀라서 백함도 부부를 다시 살폈다. 금극현의 말은 틀림없는 사실이리라. 오행마문의 문주들임에도 불구하고 금극현이 계속 빈정거리는 어투로 말하도록 놓아두는 것부터가 이상한 일이었다. 거기에다가 당황한 기색까지 드러내고 있으니, 금극현을 뚫으면 뒤도 뚫린다는 말은 어김이 없으리라.

운녹산은 미소를 지어 보이며 말했다.

"길들여진 개에게도 때때로 야성을 느낄 때가 있지. 물러섬이 어떤가? 때로는 마음껏 짖고 뛰고 사냥하고 또 그것을 마음대로 먹어보는 것도 좋을 텐데? 자네로 인하여 본 가가 받은 타격은 지극히 크다 할 수 있지만, 왠지 자네에게는 적개심이 일지 않아. 팽당하지 않을 정도로 강하다면 먼저 주구 노릇을 그만두는 것이 좋지 않을까?"

"이심전심인가? 내 생각도 그래. 그리고 나도 자네가 싫지는 않아. 오래전 일이지만 그때 제법 사내다운 구석이 있다고 생각했었거든."

묘한 기운이 쌍방을 휘감았다. 운녹산 쪽에서는 생각보다 쉽게 길을 뚫을 수 있을지도 모른다는 기대감이 느껴졌고, 반대로 백함도 부부에게는 불안감이 고조되었다. 바로 그때 금극현이 웃으며 고개를 저었다.

"다음번에 만나게 되면 자네를 위해 이 두 손을 쓰게 될지 모르겠어. 그러나 오늘은 아니야. 약속을 했거든, 막아주겠다고. 어떤가, 자네야말로 지금 물러서는 게? 우리 서로 모두를 잃고 혼자만 살아남았던 인간들. 내 옛 인연을 생각해서 막지 않겠네."

금극현은 유쾌하게 웃으며 뒷짐을 지고 있던 두 손을 자연스럽게 늘어뜨렸다. 바로 그 순간 그의 두 손에서 반짝이는 금모래 같은 기운이 뿜어져 나와 금빛 안개를 이루었다.

운녹산은 안색을 굳히고 새삼스럽게 지형을 살폈다. 변함없이 폭은 반 장, 높이는 일 장 정도였다.

절대적으로 불리했다. 상대는 막을 수 있다는 자신감으로 충만한 금극현, 오행마문의 문주들을 제쳐 놓은 만큼 믿는 구석이 있으리라. 그런데 운녹산에게는 너무나 많은 제약이 따랐다. 무기의 활용이라는 점을 따지다 보니 동벽로를 택할 수밖에 없었지만, 오른쪽과 위쪽이 암벽으로 가로막힌 상황에서 운녹산인들 무기를 제대로 사용할 수 있을 턱이 없었다.

'솟구치지도 못한다. 도강을 일으켜 종횡으로 베지도 못한다. 결국 선택은 검인가?'

운녹산은 결정 내린 즉시 오른손을 등이 아닌 허리로 가져갔다.

챙!

뽑혀 나온 것은 운녹산의 애도 청룡이 아닌 운가지보이며 운검정의 애검이었던 무극정이었다.

주시하고 있던 금극현이 미소를 지었다.

"호오! 도가 아닌 검인가? 바른 선택!"

바로 그 순간이었다. 운녹산과 공명 선사의 뒤쪽에서 독사의 위협음 같은 미약한 파공음이 울리며 두 줄기 기운이 금극현을 향해 날아갔다.

금극현은 그 기운을 향해 두 손을 뻗었다. 금빛 안개 같던 기운들이 어느새 두 개의 작은 방패로 변하여 두 가닥 기운을 막아냈다.

째쟁!

운녹산이 살펴보니 금극현은 야릇한 웃음을 짓고 있고 두 개의 금빛 방패에는 새까만 점 같은 것이 찍혀 있었다.

금극현은 운녹산의 뒤쪽으로 시선을 주며 다시 두 손을 늘어뜨렸다. 순간 방패는 다시 금빛 안개가 되어 그의 손 주변을 떠돌았고 두 치가 조금 넘는 듯한 작은 화살이 바닥으로 툭 떨어졌다. 그 뒤로 시커먼 물방울 같은 것이 안개 속에서 흘러나와 바닥을 검게 물들였다.

"무형뇌전? 당가인가. 싫은 놈들이 끼어 있구만. 독이든 암기든 무조건 죽이면 된다고 생각하는 놈들. 무인의 자긍심이라고는 눈곱만치도 없는 놈들. 그러면서도 강호에서 거들먹거리고 다니는 놈들.”

금극현은 말을 끝내는 순간 두 손을 앞으로 뻗었다. 그 즉시 두 줄기 금광이 운녹산과 공명 선사를 지나 녹피수갑을 낀 채 퉁소 모양의 한 자가량 되는 철막대를 든 두 장년인에게로 날아갔다. 그리고 비명도 없이 두 사람이 바닥으로 쓰러졌다.

운녹산으로서는 간담이 서늘해지지 않을 수 없었다. 이미 괴이한 수법을 쓴다는 것은 확인했지만 비수를 형상화하여 날릴 줄은 꿈에도 생각지 못했었다. 만약 자신이 살기를 느꼈다면 어떻게든 막아냈겠지만 쉽지만은 않았으리라.

‘그러나 안 이상 당하지는 않으리라.’

금극현이 운녹산의 경직된 표정을 보며 다시 손을 내리고 미소 지었다.

“어떤가? 지금이라도 물러서지?”

운녹산은 망설였다. 사방이 트인 곳이라면 두려울 것이 없었지만 제약이 심한 장소라서 꺼려지는 것이었다. 그러나 싸워보지도 않고 물러설 수는 없는 일이었다. 적어도 어느 한곳이 성공할 때까지는 견뎌내야 하리라.

‘무극금정강기를 믿고 힘으로 밀어붙이는 수밖에.’

운녹산은 금극현의 물음에 대한 대답으로 그를 향해 검을 겨누었다. 순간 그의 전신에서 금극현의 금안에 못지않은 금빛 광채가 솟아오르고 그것도 모자라 검신마저도 금광에 휩싸였다.

공명 선사 등이 자연스럽게 뒤로 물러나자 백함도 부부 역시 금극현에게 여유있는 공간을 마련해 주었다.

"간다!"

운녹산의 입에서 먼저 폭갈이 터져 나왔고 그때 이미 무극정은 육 장에 이르는 검강지기를 뿜어내며 금극현에게로 나아가고 있었다.

"좋아!"

금극현도 호쾌하게 소리치며 왼손을 뻗어 금빛 방패를 만들고 오른손으로 육 장이 넘는 가는 창을 만들어 마주 다가왔다.

쿠쿵!

운녹산의 검강지기가 금빛 방패를 우그러뜨리는 순간 금극현의 장창 역시 무극금정강기에 가 닿았다. 그 순간 두 사람은 동시에 뒤로 퉁겨났고 거의 동시에 신형을 멈춰 세웠다. 그들 두 사람의 거리는 다시 십여 장으로 벌어졌다.

"좋구나. 운녹산! 옛날 생각이 난다."

금극현이 손을 털어 완전히 우그러진 방패를 금빛 안개로 바꾸었다가 다시 온전한 모양으로 만들면서 소리쳤다. 반면 운녹산의 안색은 그리 편하지 못했다. 그는 어금니를 깨물고 몸의 상태를 확인했다.

별다른 이상은 없었지만 결과는 실망스러웠다. 그동안의 수련이 헛되지 않는다면 반드시 우위를 점할 수 있으리라 생각했는데 결과는 평수였다. 불안했다. 아무리 무극금정강기가 기세를 느끼는 순간 겹겹이 방어벽을 만드는 경지에 이르렀다 하더라도 자꾸 두드리면 깨지고 말리라.

'어쨌든 뚫리지는 않았다. 그렇다면 누가 먼저 지치는지가 관건인데… 묘수를 찾아야 해, 묘수를……'

운녹산은 눈을 번득이며 금극현을 노려보다가 천천히 앞으로 나아갔다. 금극현도 기꺼운 표정을 지으며 한 발 한 발 다가섰다. 그때가

바로 운청산 등이 정상 공략에 투입되고, 현상자가 백무강에게 검을 뽑
던 그 순간이었다.

종길은 운청산의 말대로 그의 그늘 뒤에 숨어서 따라가고 있었다.
이십여 장 앞에는 신수 사태와 당유연, 그리고 당가의 고수들이 주축이
된 군룡전 사람들이, 그리고 그 뒤는 정명당 가운데서도 사대문파 정영
들이, 그리고 그 뒤로 정명당의 천지급 용병들이 따라가니 종길이야말
로 대열의 가장 후미에 서 있는 것과 마찬가지였다.
　가장 안전한 위치를 차지한 종길이었지만 심장이 오그라드는 것은
다른 이들과 마찬가지였다. 껍질이 인 입술에 수분을 공급해 보려 해
도 침이 고이지 않으니 오히려 이빨로 보풀을 뜯어 먹고 있었다.
　'제기랄! 차라리 칼을 휘두를 수 있으면 좋으련만……'
　종길은 적과 대치한 상황에서 서로에게 다가가는 그 시간이 사람을
가장 긴장시킨다는 사실을 잘 알고 있었다. 수십 가지 생각이 교차하
기 때문이었다.
　막상 칼을 부딪치면 생각이란 아무런 의미도 없었다. 살기 위해서,
죽이기 위해서 미친 듯이 몸을 움직이면 그뿐이었다. 전투를 행하는
그 시간이 얼마나 긴가 하는 것과는 아무런 상관 없이 이동하는 그 시
간이 억겁처럼 길게 느껴지는 것이었다.
　계단으로부터 삼십여 장을 오른 지금 종길은 겨우 입술에 침을 바르
고 주변을 살필 여유를 가질 수 있었다. 날아오는 화살들을 일일이 걷
어내 주는 운청산이 앞에 있는 한, 칼을 부딪치는 그 순간까지는 안전
하다는 것을 확신한 탓이었다.
　조금 더 여유가 생긴 종길은 주변을 두루 살펴보았다. 가끔씩 검은

화살이 날아올 때를 제외한다면 모두가 어렵지 않게 나아가고 있었다. 검은 화살의 주 표적이 되고 있는 군룡전의 고수들마저 별다른 위협을 못 느끼는 것 같았다.

속도를 줄인 탓이었다. 보조를 맞추어 천천히 오르다가 검은 화살이 겨누어지는 그 순간만 빠르게 이동하여 엄폐물을 찾고 있었다. 아무리 위력적인 화살이라도 겨누어지는 순간 피하는 목표물을 맞히는 것은 어려우리라.

한동안 주변을 둘러본 종길은 다시 운청산의 등으로 시선을 옮겼다. 혀가 절로 내둘러졌다. 그는 새삼스럽게 운청산의 무공에 감탄할 수밖에 없었다.

검은 화살을 제외한다면 종길이 앞장선다 해도 그리 위험할 것 같지 않은 상황이니 다른 이들에게도 무리가 없으리라. 종길이 새삼스럽게 감탄한 부분은 운청산의 화살을 걷어내는 방법과 거기서 느껴지는 여유였다.

운청산의 오른쪽에서 움직이는 강정 부부의 경우, 화살을 걷어낼 때마다 도풍을 일으켜 기력을 소모시키고 있었다. 왼쪽에서 이동하는 이정의 경우는 날아오는 것들을 충분히 보고 근접하였을 때만 미첨도를 휘두르는 방식으로 도세만을 사용하고 있어서 훨씬 수월하게 보였다.

운청산의 경우는 이정보다 더 수월하게 느껴졌는데, 그는 화살이 코 앞까지 날아올 때만 툭툭 건드려 흘려보내는 것만 같았다. 그 모습이 어찌나 자연스럽게 느껴지는지 화살이 상대적으로 한참이나 느리게 날아오는 것만 같았다.

그 자연스러움이 종길에게는 철벽이었다. 그는 오른손에 잔뜩 들어가 있던 긴장을 완전히 풀어버렸다. 도를 왼손에 옮겨 쥐고 오른손에 고인 땀을 닦아버린 후에 다시 도파를 쥐었다. 종길은 이제 자유롭게 도를 휘두를 수 있을 정도로 느긋한 기색을 회복했다.

당유연과 신수 사태 등이 어느새 백여 장 앞까지 전진해 있었다. 운청산 등도 의외로 약한 상대의 저항에 의아해하면서 선두와의 간격을 유지했다.

차분히 발걸음을 옮기던 운청산이 문득 이채를 발하며 발 밑에서 구르는 돌들을 살폈다. 그 어떤 땅도 바위도 돌도 특별난 것이 없었다. 모두가 불에 타서 시커멓게 그슬려 있었기 때문이다.

운청산이 주목한 것은 지천으로 널려 있는 검은 흙덩이가 묻은 돌들이었다. 운청산은 급히 고개를 들어 전면에 펼쳐진 검은 땅을 구석구석 살폈다. 누가 보아도 별달리 지적할 만한 것이 없는 모양새였다. 풀한 포기 없는 시커먼 땅들. 보이는 것이라고는 시커멓게 그슬린 바위들뿐이었다.

운청산이 급히 말했다.

"혹시 예상치 못한 일이 생기더라도 흩어져서는 안 됩니다."

이정이 이상타 여기고 물었다.

"왜? 별다른 조짐이 있는가?"

운청산은 대답 대신에 허리를 구부려 작은 바윗돌 몇 개를 추려 집어 들었다. 왼손을 들어 날아오는 화살 한 대를 옆으로 흘리고 돌들을 보였다. 강정과 이정이 동시에 화살들을 쳐내고 돌을 확인했다.

"그것이 왜?"

문취옥에게 눈짓하여 앞을 방비케 한 강정이 물었다.

"흙이 덮인 채로 불에 탔습니다. 흙이 이렇게 힘주어 비벼야 떨어진다는 것은 돌들이 원래 땅속에 있었다는 것을 뜻합니다."

운청산의 대답에 이정 등이 동시에 전면의 땅들을 주시했다.

"과연! 한두 알이 아니군. 불을 지른 것은 단순히 풀뿌리를 태우자는 것이 아니라 뒤집은 땅의 흔적을 없애려 한 것이다? 매복인가?"

강정이 긴장하여 말하자 이정이 덧붙였다.

"이상하다 했네. 상대를 코앞에 두고 사람이 너무 적은 것도 그렇지만 무기력하게 화살만 날려대는 것도 이상했지. 미끼란 소리군."

운청산이 고개를 끄덕이며 말했다.

"미끼라면 바위를 굴린 것도 미끼겠지요."

이정이 고개를 끄덕이며 다시 물었다.

"그런데 흩어지지 말라니? 그럼 어떻게 해야 하는가?"

"이런 암석이 많은 지형군에서 매복한다 하면 결국 땅속을 파서 사방 매복을 이루는 것이 보통이겠지요. 복잡해지면 서로 연계하여 십면 매복을 이룰 수도 있습니다. 그런 경우 매복을 피하는 방법은 간단합니다. 피해야 하는 방향으로 움직이지 않는 것, 그것을 생각하고 움직이려 한 어느 곳으로도 움직이지 않는 것."

강정이 날아오는 화살들을 향해 도풍을 일으킨 문취옥의 안전을 확인하고 나서 곤혹스러운 어조로 물었다.

"그렇다면 피할 곳이 없다는 소리 아냐? 어쩌라고?"

"사방, 아니, 팔방에서 공격이 연이어진다고 생각하셔야 합니다, 그때는."

이정이 말을 받았다.

"물러서지 않고 계속 나가는 수밖에 없다?"

운청산이 고개를 끄덕이며 말을 이었다.

"이럴 때 효율적인 것이 바로 오행십자진(五行十字陣)이지요."

"음, 배운 적이 있네. 허면 내가 천지사방을 두루 살펴야 하는 중원(中元) 토방(土方)을 맡겠네."

"아닙니다. 중원은 접니다."

말을 하면서 운청산은 이정의 미첨도를 흘깃 바라보았다. 이정은 그 눈길 한 번에 말뜻을 이해했다. 휘둘러야 하는 도의 제약을 깨달은 것이었다.

운청산이 말을 이었다.

"이 대협은 후방을 맡으시지요."

"전방이 아닌 후방?"

이정이 의아한 어조로 즉시 되물었다.

"일단 매복 안에 들어서기 전까지는 전방은 무탈합니다. 선두는 다르겠지만, 가뒀다 생각하면 공격이 시작되는 곳은 후방에서부터. 즉, 선두가 전방에서 공격받는 순간 우리들은 후방에서 먼저 공격받게 될 것입니다. 그때부터는 전후좌우 할 것 없이 사방에서 파도치듯 공격해 올 것입니다. 우선 좌우방은 강 대형과 형수님이 맡으시고, 전방은 아 길이 맡습니다. 모두 각자의 방위와 발 밑만 신경 쓰세요. 반드시 사람일 거라는 보장이 없으니 함정 또한 조심하세요. 단 각자의 뒤쪽에서 나오는 기세에는 당황하지도 신경 쓰지도 마십시오. 십자진이 무너지기 전이라면 그건 언제나 접니다."

운청산이 말을 마치는 순간 모두가 고개를 끄덕이고서 각자의 위치로 자리를 바꾸었다. 그것으로 그치지 않고 이정과 강정은 큰 소리로 운청산의 말을 좌우로 전했다. 운청산과 이정의 식견을 이미 경험했던 용병들은 그들끼리 짝을 맞추어 엉성하나마 십자진을 형성하기 시작했다.

그때 폭우처럼 쏟아지던 화살들이 오직 한 곳, 정상의 팔십여 장 앞까지 전진한 선두의 군룡전 고수들에게만 집중되었다. 그리고 궁수들 앞으로 사람만한 철패를 든 백의도객들이 나서서 궁수들의 전면을 막아주었다. 궁수들은 오직 철패와 철패 사이의 서너 치 틈 사이로 쉬지 않고 화살을 날려 군룡전 고수들의 발걸음을 지체시켰다.

"흠! 당가의 손속이 무섭긴 무서운 모양이군."

군룡전 고수들의 발걸음이 느려지면서 당연한 수순으로 정명당 사람들의 발걸음도 지체되었다. 당가 사람들이 아닌 이상 맞부딪치지 않으면 실력을 드러낼 수 없는 탓이었다.

전세를 살피던 운청산이 문득 아무런 말도 없이 굳은 어깨를 휘돌리고 있는 종길에게 말했다.

"아길! 무서워? 떠는 것 같다."

"이 자식아! 내가 선봉인데 안 떨게 생겼어, 지금? 머지않았어, 임마. 너도 한 번만 겪어보면 지금 내 기분을 알게 될 거야."

운청산은 긴장을 풀려는 듯 수차례 도를 세차게 휘둘러 보는 종길에게 차분한 어조로 말했다.

"어쨌든 잊지 마라. 뒤에서 나오는 기세는 나다. 앞만 살펴. 싸운다는 생각보다는 흘려보낸다는 생각으로 지체하지 말고 앞으로만 달려라."

"알았어. 내 뒤에는 청산 네가 있다는 말이지? 부탁해."

그 순간 선두에서 한 발 한 발 나아가고 있던 당유연이 두 손을 교차하여 넓은 장포 속으로 넣었다. 그와 함께 선두 대열에 있던 당가의 고수들이 하나같이 품속으로 녹색 손을 숨겼다가 다시 빼내고 두 손을 늘어뜨렸다.

이제 정상과의 거리는 육십여 장. 당유연은 또다시 화살을 재는 백영담을 주시하면서 초록빛 오른손을 허공으로 쳐들었다.

운강인은 긴장감으로 몸을 떨었다. 그러나 그 긴장감은 칼과 칼이 맞부딪치고 몸과 몸이 뒤엉키게 될 시간이 임박한 까닭이 아니었다. 눈 돌려 십여 장에 나라연이 있기 때문이었다. 그녀가 피투성이 되는 영상이 자꾸만 떠올라 전신이 딱딱하게 굳어가고 있는 것이었다.

당장이라도 운가가 이룬 대열을 이탈하고 싶었다. 그녀의 옆에서 나란히 올라가며 지켜주고 싶었다. 운강인은 당명인이 그녀의 곁에 없다는 것을 다행으로 생각하면서도 한편으로는 절실하게 있었으면 좋겠다고 생각했다.

운강인은 십 장 앞쪽에 선 당유연의 손이 허공으로 올라가는 순간 다시 나라연을 바라보았다.

먼지 묻은 검은 장포에 긴 머리를 질끈 묶은 채 검은 장창을 들고 있어도 그 모습은 결코 강하게 와 닿지 않았다. 산들바람에도 휘청거릴 것처럼 한없이 여리게만 느껴졌다. 당장 달려가서 이마에 맺힌 땀방울부터 닦아주고 싶었다.

얼마나 가슴 사무치도록 그리웠던가. 불일장에서도 동서로 갈라져 자주 보지 못했었다. 먼발치에서 망연히 바라보기만 했었다. 이제야 겨우 두어 번 몸을 날리면 닿을 거리에 있는데도 가지 못하니 차라리 보지 않은 것만 못했다.

운강인은 자신도 모르게 조금씩 처지기 시작했다.

"뭐 해! 정신 차려!"

동료 중에 누군가가 운강인의 어깨를 후려쳤다. 그 충격이면 누구라도 정신을 차릴 것인데 운강인은 여전히 나라연에게서 눈을 떼지 못했다. 한 발을 더 내딛는 순간, 운강인의 눈이 부릅떠졌다.

"안 돼!"

운강인은 나라연의 바로 밑에서 솟구쳐 오르는 흙더미를 보고서 바로 땅을 박찼다. 바로 그 순간 방금 전 그가 내디디려던 그 자리에서도 흙더미가 치솟더니 날카로운 도 한 자루가 솟아올랐다.

그 순간 운강인의 시간이 세상의 그것보다 훨씬 느리게 흘렀다. 그는 허공에 정지된 채로 나라연을 베려는 도객을 보고 또 방금 자신의 자리에서 솟구친 도객이 그의 등을 치고 갔던 동료의 목을 향해 도를 휘두르는 것을 번갈아 바라보았다.

운강인은 선택을 할 수가 없었다. 멀리 있는 나라연을 구하러 가야 할지, 지금 당장 도울 수 있는 동료를 구해야 할지 갈피를 잡을 수가 없었다.

그리고 갑자기 세상의 시간이 돌아왔다. 운강인은 어쩔 수 없이 몸을 날리던 방향으로 내려갔다. 나라연이 아무렇지도 않게 장창을 휘둘려 상대의 도기를 퉁겨 버리는 순간, 동료의 목이 허공으로 튀어 올랐다.

운강인은 눈을 질끈 감았다. 바로 그때 그의 발 밑에서 또 다른 흙더미가 튀어 오르고 연이어 사방에서 도객들이 솟구쳐 올랐다.

"큭!"

불의의 기습을 왼팔로 퉁겨낸 운강인은 그 자리에서 휘돌아 상대를 베어버렸다. 그 순간 그의 오른쪽 발바닥 밑에서 예기가 솟구쳤다.

"컥!"

운강인은 극렬한 통증을 느끼면서 본능적으로 허공으로 솟구쳤다. 왼팔과 오른쪽 발바닥에서 동시에 피 흘리며 땅에 내려선 운강인은 왼발에 공력을 실어 세차게 바닥을 찍었다. 솟구쳐 오르려던 예기는 사라지고 땅이 내려앉았다.

땅이 꺼져 탄력을 받을 수 없자 운강인은 검으로 바닥을 찍어 앞으로 뒹굴었다. 그의 신형은 나라연에게 다가가기는커녕 관음사 비구니들의 꽁무니로 처졌다.

운강인은 바닥에서 솟구쳐 오르는 도기를 피해 허공으로 솟구쳐 오르는 나라연을 돌아보며 자신도 모르게 오른발로 바닥을 찍었다.

운강인은 나라연에게 몸을 날리기도 전에 뼛속까지 파고드는 고통에 신음하며 자세를 허물고 말았다. 그때 그의 위쪽에서 튀어 오른 백의도객이 도를 휘둘렀다. 도가 꿈틀대는 순간 도기는 이미 그의 등에 이르러 있었다. 자세를 잡지 못한 채 등을 내보이고 있던 운강인은 눈을 질끈 감고 말았다.

바로 그때 그의 머리 위로 예리한 경풍이 스쳐 지나가고 그의 목을 향해 날아오던 도기는 온데간데없이 사라졌다.

운강인은 슬그머니 눈을 떴다. 그 순간 한 사람이 옆을 스쳐 가고 그 다음 사람이 그의 목덜미를 잡아당겼다. 운강인은 그를 일으켜 세운 사람을 확인하고 눈을 치떴다.

"너는?"

그러나 상대는 그를 일별도 하지 않았다. 대신 그를 부축한 채로 계속해서 앞으로 나아가고 있었다.

"걸을 수 있겠소?"

얼굴이 벌겋게 달아오른 채 입술을 깨물고 있던 운강인은 고개를 끄덕였다.

"오행십자진이오. 전방을 맡으시오."

운청산은 말을 하는 동시에 운강인을 바로 종길의 옆으로 집어 던졌다. 운강인은 조금 전의 교훈을 잊지 않고 왼발로 바닥을 내디디며 본능적으로 전방을 살폈다.

사방에서 백의인들이 튀어 오르고 있었다. 선두에서는 사람뿐만이 아니라 쇠뇌와 암기는 물론 바위와 통나무가 굴러 진로를 막았다. 그의 앞으로도 통나무가 굴러 내려왔다.

무의식 중에 통나무를 훌쩍 뛰어넘으니 그 뒤로 백의도객이 갑자기 나타났다. 흠칫하는 사이에 종길이 한 발 나서며 도기를 일으켜 베어 버리고 소리쳤다.

"이봐! 당신 뒤까지 닦아줄 여력은 없어! 정신 차려!"

낭인 나부랭이에게까지 정신 차리라는 소릴 들을 줄은 몰랐던 운강인은 눈을 치떴다가 자신의 처지를 이해했다. 작지 않은 외상을 입은 상태에서 사방의 적들을 헤치고 본대로 돌아갈 수는 없었다. 운강인은 분노를 삭이고 대신 오행십자진의 대강을 확인한 후 그 즉시 종길과 보조를 맞추었다.

한편 운청산은 발을 내디딜 때마다 바닥을 찍으며 좌우를 살폈다. 이정까지 살펴줄 필요는 없었다. 매복하고 있는 백의도객들의 실력은 대체로 종길을 상회하고 강정 부부에 근접했다. 그러니 이정은 여유를 부려도 어렵지 않은 처지였다.

운청산이 무엇보다도 크게 신경 쓰는 것은 보이지 않는 발 밑이었다. 주변과 보조를 맞추어 걸음을 내디딜 때마다 예기를 살피며 감지되는 순간순간마다 공력을 돋우어 상대를 내리누르고 있었다.

그러한 경지는 천근추와는 달라서 아무나 행할 수 있는 것이 아니었다. 경력을 쏟아내되 바닥을 건드리지 않고 그 밑의 사람이 있는 빈 공간만을 진동시켜야 하니 발로 행하는 격산타우(隔山打牛)라 할 수 있으리라.

운청산은 시야를 넓혀 전장을 두루 살폈다. 아무리 생각해도 놀랄 만한 일이었다. 파도처럼 연속해서 솟구치는 백의도객들의 수가 적어도 이백은 넘을 것 같았다. 공격에 실패하는 자들은 그 즉시 땅속으로 파고들고 금세 다른 곳에서 솟아올랐다. 그러한 움직임은 그들이 정상에서 백여 장 아래쪽까지 미로처럼 뚫어놓았다는 것을 의미하는 것이었다.

운청산이 감탄하는 그 순간에도 뒤에서, 그리고 좌우에서 계속적으로 백의도객들이 튀어나왔다. 운청산은 문취옥의 왼쪽으로 육양수의 절초인 항룡유회를 내뻗었다.

파란 그림자가 문취옥의 몸을 휘돌아 그녀의 맞은편에서 다가오던 백의도객의 도기를 퉁겨냈다. 그 순간 문취옥이 한 발 크게 내딛고서 도를 내리찍어 상대를 베어버리고 게걸음으로 진세에 복귀했다.

항룡유회!

엉뚱한 곳으로 날아간 장력이 허공을 휘돌아 상대의 등을 노림으로써 혼자서 상대를 합공하는 효과를 낼 수 있는 수법이었다. 오늘 운청산은 그 수법을 오행십자진에 적절하게 응용하고 있었다.

운청산 등은 쉬지 않고 전진했다. 그사이에 그들은 세 명의 비구니들을 구해냈고 다섯 명의 백의인들을 베었다.

또다시 피를 뿌리고 널브러지는 백의인을 확인한 후, 운청산은 바르르 떨리는 입술을 깨물었다. 살린 사람 세 명에 죽인 사람 여섯. 가급적이면 살생을 피하기 위해 육장만을 사용하고 있었다. 그러나 결국 강정 부부와 종길에 의해 베어지고 말았다. 자신이 손을 쓰지 않았다면 그들이 그렇게 쉽게 백의도객들을 죽이지는 못했으리라. 결국 강정의 말처럼 살인의 책임을 전가하고 있는 것뿐이었다.

그때 뒤쪽에서 이정의 기색이 멀어져 가고 있었다.

"이 대협! 처지지 말고 그냥 흘려보내세요. 뒤에 우리 측 사람들이 올라오고 있습니다!"

운청산은 돌아보지도 않고 소리쳤다. 그들이 올라온 것은 어느새 오십여 장! 상대의 집중 공격과 매복에 걸려 속도를 늦출 수밖에 없었던 선두로부터 불과 오 장 뒤쪽에 있었다.

운청산은 종길의 왼쪽으로 왼손을 내뻗었다. 항룡유회의 기운이 허공을 휘돌아 종길의 발걸음을 멈추게 했던 백의인을 후려쳤다.

"아길! 멈추지 마."

종길이 주춤거리는 백의인의 팔을 베어버리고 앞으로 나아갔다. 그러나 종길은 더 나아가지 못했다. 바로 오 장 앞에서 화살이 쏟아져 내리고, 반대로 수십 줄기 은광들이 때론 직선으로 때론 휘어서 정상으로 날아가고 있었다.

운청산 일행이 전부 멈춰 섰다. 주변에서 솟아오르는 사람은 더 이상 없었다. 정상 사십여 장 밑까지 이르러서야 매복에서 벗어난 것이었다.

'운종인과 운화인은 어딨습니까?'

운청산은 생각을 떠올리며 아래를 주시했다. 바닥에는 청의인과 백의인들이 뒤섞여 널브러져 있었고 많은 사람들이 아직도 싸움에서 헤어나지 못하고 있었다.

운청산이 눈살을 찌푸리는 순간 우측 머리에 느낌이 왔다. 시선을 돌려보니 운가의 금의대가 혼란에서 벗어나서 정연한 태을구성진의 대형를 유지하며 매복을 거의 벗어나고 있었다.

운청산이 안도의 한숨을 내쉬는 순간,

"아! 나 소저?"

등 뒤에서 운강인의 안타까운 목소리가 들렸다. 운청산도 움찔하여 눈길을 돌렸다. 동벽 쪽에 근접하여 무탈하게 선봉에 이른 나라연이 뒤로 처진 관음사의 비구니들을 구하기 위해 다시 아래쪽으로 달려가고 있었다.

'당우리!'

운청산은 나라연의 모습을 보는 순간 떠오른 이름을 뇌까리다가 즉시 생각을 끊어버리고 허공으로 솟구쳤다.

"이 대협! 뒤를 부탁합니다."

"크헉!"

철패를 휘돌아 날아온 당가의 회선표에 적중된 백의인들이 바닥에 주저앉았다가 사지를 뻗었다. 그들은 거의 비슷한 증상을 일으켰다. 경련을 일으키다가 칠공에서 검은 피를 토하고 널브러졌다. 그 순간 또 다른 백의인들이 나서서 죽은 이들이 놓은 철패를 들고 빈자리를 채웠다.

눈앞에서 두 명의 백의인들이 죽고 다시 새로운 사람들이 자리를 차지하는 것을 눈살을 찌푸리며 보고 있던 백영담이 다시 전장으로 눈길을 돌렸다가 입을 쩍 벌렸다.

"뭐야? 저놈은?"

청의인 하나가 단걸음에 이십여 장의 공간을 무의미하게 만들어 버렸으니 놀라지 않을 도리가 없으리라.

백영담을 향해 휘어져 날아오는 당가의 암기들을 전신으로 퉁겨 막아내던 칠 척의 철탑거한이 묵직하고 차분한 어조로 중얼거렸다.

"곤륜의 신법 같구먼."

백영담이 활을 들어 청의인 운청산을 겨누며 고개를 끄덕였다.

"그렇습니까? 그럼 저건 운룡대팔식?"

백영담이 눈 옆으로 시위를 가져와 눈을 가늘게 뜨는 순간 운청산이 백의도객들과 비구니 사이를 스며들었다. 그때부터가 시작이었다. 회룡산형이 펼쳐지는 순간 운청산의 신형은 아홉으로 흩어져 비구니들이 휘두르는 장창과 백의인들의 도풍 사이사이를 스며들었다. 그 순간 아홉 명의 백의인들이 구룡십팔뇌격에 격중되어 널브러졌다.

백영담이 겨누었던 활을 다시 내리며 혀를 내둘렀다.

"흐아! 어떤 놈이 진짜야?"

"아홉이 무너졌으니 모두 실체란 소리지. 견아소향(見我所向). 이른 곳에서 찰나 전의 나를 본다 하던가?"

그때 잠깐 멈춘 운청산의 입에서 계속 올라가라는 외침이 흘러나왔다. 백영담이 기회다 싶어 다시 활을 들어 올리는 순간 그의 신형은 또다시 휘돌아 비구니들을 피하고 백의인들을 두드리며 창영에 가려져 모습을 드러내지 않는 나라연 근처로 이동했다.

"제기랄! 정말 지랄 같은 신법이네."

제대로 겨누지를 못한 백영담은 입술을 깨물고 세 차례 호흡을 끊어 뱉은 후에 다시 시위를 눈앞으로 가져갔다. 마침내 운청산이 고군분투

하던 나라연의 옆에 이르러 그 움직임을 둔화시킨 순간 백영담은 손끝을 부르르 떨며 숨을 멈췄다. 지금이라면 창영에 가린 여자와 운청산을 동시에 잡을 수도 있으리라.

바로 그때였다. 운청산이 갑자기 고개를 돌리더니 두 개의 철패 사이에 삐죽 튀어나와 있는 백영담의 화살을 노려보았다. 아직 시위를 놓지도 않은 상황, 기세를 느낄 수도 없을 텐데도 마치 보고 있는 것처럼 느껴졌다.

백영담이 눈을 부릅뜨는 순간 운청산이 마치 표적이라도 되겠다는 듯 허공으로 솟구쳐 사지를 활짝 열었다. 백영담은 활대를 쥐고 있는 오른손을 살짝 치켜 올리면서 바로 시위를 놓았다.

백영담의 입가에 미소가 감돌았다. 일사이살(一射二殺)은 무산되었지만 아무래도 상관없었다. 지금의 느낌이라면 오호신전은 아귀가 되어 운청산의 심장을 확실하게 씹어 먹으리라.

백영담의 호위 역을 행하고 있던 철탑거한 철혈신전주 백철후의 입가에도 미소가 감돌았다. 운청산의 신형은 나라연의 앞으로 튀어나와 허공에 정지한 것처럼 보였고 화살은 호곡성을 뒤에 남겨놓고 정확히 그의 가슴으로 날아가고 있었다. 그리고 화살이 운청산을 훑고 지나쳤다.

미소 짓던 백영담과 백철후가 얼굴을 딱딱하게 굳히며 눈을 치떴다. 분명히 꿰뚫어야 했다. 지금껏 백영담이 노린 그 어떤 사냥감보다 쉽게 잡을 수 있는 위치에 있었다. 그리고 꿰뚫은 것 같았다. 그러나 잠깐 흐릿하게 보였던 운청산은 부드럽게 내려앉아 아무렇지도 않게 움직이고 있었다.

"저것이 도가의 금강부동신법이라는 용정태극인가?"

백철후가 탄성을 터뜨리며 고개를 저었다.

"용정태극? 제길! 환장하겠구만. 나보다 어린 놈인것 같은데, 사람 속을 뒤집어놓네."

그때 백철후가 백영담의 머리 위로 한 아름 통나무 굵기의 구릿빛 팔을 뻗어 살짝 비틀었다. 철근 같은 근육과 핏줄들이 꿈틀하는 순간 당가의 비전 회선표가 퉁겨 바닥으로 굴러 떨어졌다. 순간 피부 위에서 검은 물방울이 솟았다가 바닥으로 흘러내렸다.

백철후가 우측으로 고개를 돌리며 말했다.

"낭우! 매복의 역할은 끝났네. 당가 놈들도 전열을 정비한 것 같고, 이제 본격적으로 한바탕 해야 할 것 같은데."

순간 백영담의 사형 백환도가 뻣뻣한 수염을 쓸며 못마땅한 어조로 말했다.

"젠장! 이해할 수가 없습니다. 손 안 대고 코 풀 수 있는데 왜 이런 희생을 치러야 합니까? 포천진은 그렇다 쳐도 완성된 십면매복진조차 제대로 쓰지도 못하게 하다니……."

백철후가 씁쓸한 미소를 지으며 말했다.

"형제들이 죽어 나가니 나 또한 원통하네만, 어쩔 것인가? 모든 것이 좌상의 심모원려(深謀遠慮). 우리는 다만 따르면 될 것이네. 자, 낭우! 이제 시작해 보세."

우측에 서 있던 혈랑신전주 백낭우가 고개를 끄덕이며 늘어뜨리고 있던 낭아도를 허공으로 치켜세웠다. 그것이 마치 신호기라도 한 것처럼 산등성이를 빽빽하게 메우고 있던 철패수들이 좌우로 물러서서 오 장 정도의 공간을 틔워주었다.

백낭우가 고개를 쳐들고 산을 울리는 괴성을 지르는 순간 철커덕거리는 소리가 연이어 들렸다. 그리고 백낭우의 뒤쪽에서 강한 살기가 구름처럼 피어올랐다. 그 순간 앞뒤에서 적을 맞아 수세에 몰렸으면서도 악착같이 도를 휘돌리던 백의도객들이 갑자기 도를 거두고 땅속으로 파고들었다.

갑자기 상대를 잃은 사람들이 어리둥절한 표정으로 정상을 살피는 순간 둥그런 산등성이를 빼곡히 채웠던 철패들 가운데서 중앙에 위치한 수십 개의 철패들이 사라졌다. 그리고 그 뒤쪽에서 철커덕거리는 소리와 함께 살기가 폭풍처럼 일어났다.

정상을 겨우 삼십여 장 남짓 남겨두고 있던 선두의 군룡전 고수들마저 나아가기를 멈추고 산의 기세를 살폈다. 전선 전체로 퍼져 나가는 긴장감에 사람들은 즉시 정신을 차리고 재빨리 본대를 찾아가 대형을 이루었다. 그리고 그 뒤로 나중에 산을 올라 합공했던 노호단과 천우단이 합세했다.

그 순간 철커덕 소리만 들리던 것은 실체가 드러났다. 동인이었다. 황금빛 갑주로 전신을 감싼 채 언월도를 든 오십여 명의 칠척동인들이 철패 사이를 지나자마자 산등성이를 따라 퍼졌다가 서서히 산을 내려오고 있었다.

이정의 인도로 운청산 쪽으로 이동한 강정 부부 등이 모두 놀라 눈을 부릅떴다.

"저것들 뭐야? 도대체 어떻게 된 거야? 사백 명뿐이라며? 여기만 오백은 되겠다!"

종길이 괴성을 내질렀으나 아무도 호응해 주지 않았다. 대신 이정이 눈살을 찌푸리며 중얼거렸다.

"저건 첩동갑인(疊銅鉀人)?"

"무엇입니까?"

운청산의 물음에 이정이 고개를 갸웃거리며 말했다.

"첩동갑은 청동을 얇게 펴 갑주로 만든 것이네. 한 겹이면 문제 될 것이 없으나 세 겹으로 겹치고 그 틈새를 수십 장의 면포를 압축하여 채운 것이네. 공명하기 때문에 격산타우의 기력도 쉽게 뚫지 못하니 호신강기를 입고 있는 것이나 마찬가지인데다가 전면이 둥그렇게 마감되었기 때문에 어떠한 힘이라도 빗겨 맞히면 퉁기고 말 것이야. 그들이 첩동갑인을 앞세웠다는 것은 결국 당가가 선봉을 선다는 것을 예상하고 있었다는 것이겠지. 하나 첩동갑은 그 무게가 백육십 근에 이르는 중갑(重鉀)이라 이런 경사진 곳에서는 사용할 만한 것이 아닌데, 어떻게 저리 편하게 움직이는지 알 수가 없구먼."

비구니들과 함께 근동에 서 있던 나라연이 첩동갑인을 바라보며 눈살을 찌푸렸다가 이정과 운청산 등을 바라보며 의아한 눈빛을 보냈다.

그때 운청산이 생각했다.

'알아봐 주십시오.'

운청산은 네 개의 눈과 네 개의 귀를 더 갖는다는 것이 얼마나 큰 도움이 되는지 깨달았다. 그 스스로가 방비할 수 있는 것을 하는 동안, 사목사이는 멀리서 닥칠 수 있는 위협들을 미리미리 확인하여 알려주고 있었다. 만약 그들이 경고를 보내지 않았더라면 검은 화살도 그토록 여유있게 피해낼 수 없었으리라.

아주 잠깐의 시간이 흐른 후에 두 줄기 하얀 빛이 산에 이르렀다가 첩동갑인의 전신을 휘돈 후에 돌아왔다. 운청산은 눈앞까지 다가온 운경산의 입을 주시했다. 그리고 곧 모두에게 말했다.

“바닥에 징을 붙인 것 같습니다. 그러나 결국 중갑의 무게는 부담이
될 수밖에 없을 테니, 무리해서 베려 하지 말고 중심을 무너뜨리는 것
이 좋을 것 같습니다. 이제 진형을 바꾸겠습니다. 이 대협과 제가 선
두, 대형과 형수님, 그리고 아길은 뒤에 섭니다.”

아무도 운청산의 말에 토를 달지 않고 금세 자리를 뒤바꿨다. 그러
자 나라연도 비구니들을 살피며 고수를 추려 앞으로 내세웠다. 운강인
이 어찌할 바를 모르겠다는 눈빛으로 좌우를 둘러보다가 비구니들 옆
으로 섰다.

그때 당유연이 사자후를 터뜨렸다.

“가주의 권위로 독령(毒靈)과 암혼(暗魂)의 봉인을 푸나니, 당가인은
가문의 비전을 자유로이 사용하라!”

순간 당가 사람들이 들고 있던 회선표들을 품속에 넣으며 하나같이
주문을 외우듯 소리쳤다.

“이제 나 선령들의 피땀을 사용하리니, 하늘은 이 죄업을 용서하소
서.”

그들이 하나같이 품속에서 꺼낸 것은 두 개의 긴 철통, 이십 장 안이
라면 호신강기마저도 꿰뚫는다는 당가의 삼대암기 가운데 하나인 무형
뇌전이었다.

“쳐라!”

당유연이 다시 소리치는 순간, 산정에서도 사자후가 터져 나왔다.

“공격!”

“끼이야오!”

그 순간 열린 철패들 사이에서 괴성이 터져 나오면서, 전신을 피로
칠한 채 낭아도를 든 사람들이 맨발로 쏟아져 나왔다. 야수라 불리도

모자라지 않을 낭아도객들은 모두 일백을 넘을 것 같았다.

그들의 괴성이 산을 뒤엎는 순간 신수 사태가 차갑게 소리쳤다.

"갑인들은 당가에 맡기고 야인들을 쳐라!"

그 순간 낭아도객들이 단걸음에 십여 장을 뛰어 첩동갑인들의 머리를 넘어서고 다시 도약했고 또 한 번 몸을 날렸다. 경사로를 뛰는 것이라 하나 한 번에 십여 장씩 뛴다면 평지에서도 족히 사오 장 이상을 뛸 수 있으리라. 그 정도라면 능히 지급무인들을 넘어 천급무인의 수준에 육박하는 것이었다.

"쳐라!"

신수 사태가 당유연의 옆을 스쳐 지나가며 소리치자 사천무림련 사람들도 파도처럼 앞으로 나아갔다. 그 순간 첩동갑인들도 언월도를 바닥에 찍어 허공으로 솟구쳤다. 칠 척이 넘는 언월도를 지지대 삼아 뛰니 무겁게만 보이던 첩동갑인들이 단 번에 삼 장을 내리 뛰었다.

쿠쿠쿠쿠쿵!

산이 울부짖는 소리를 신호로 하여 사백 명이 넘는 양측 사람들이 동시에 부딪쳤다.

낭아도객들이 십여 장을 뛴 탄력을 이용하여 바로 사람들의 머리 위로 내리꽂혔다. 운청산 등에게도 두 명의 낭아도객들이 머리를 쪼갤 듯 붉은 도기가 뿜어져 나오는 낭아도를 내리찍었다.

운청산이 잠룡출곡의 신법으로 먼저 허공으로 튀어 올랐다. 그의 신형이 용유운상의 신법으로 돌변하면서 도기 사이를 파고드는 순간, 그의 두 손에 감돌던 태허구전선공의 기운이 천호만격의 초식을 담아냈다.

파란 수기가 오직 두 사람에게 집중되자 싸늘한 눈빛으로 공격해 오던 두 낭아도객의 눈이 부릅떠졌다.

퍼퍼퍼퍼퍼퍼퍼퍼벅!

운청산의 신형이 가라앉는 동안 파란 수기에 연달아 타격받은 두 사람들은 땅으로 내려서지 못하고 허공에서 연신 꺼떡거렸다. 그때 뒤이어 몸을 날린 이정의 미첨도가 반월을 그렸고 낭아도객들이 수급과 따로 떨어져 내렸다.

"이슬 같은 그대 인생 슬픔 모두 사라졌다. 고달팠던 그대 영혼 극락정토 이르리라. 아미타불!"

운청산은 이정이 뇌까리는 불호를 들으며 눈을 질끈 감았다가 떴다. 그때 가까이서 보니 더 엄청난 체구로 느껴지는 첩동갑인이 언월도로 연신 땅을 찍어 빠른 속도로 다가오고 있었다.

"엄청나구나."

이정이 놀라는 순간 운청산은 본능적으로 반응하여 앞으로 튀어 나갔다.

츠즈즛!

운청산의 발가락 끝에서 세 번 흙이 튕기는 순간 그의 신형은 어느새 삼 장을 이동하여 첩동갑인의 도세 안으로 들어섰다.

휑!

언월도가 그의 머리 위를 스치는 순간 미꾸라지처럼 도세를 흘린 운청산의 두 손은 그의 다리 밑으로 파고들었다.

따당!

두 정강이를 격타당한 첩동갑인은 중심을 잡지 못하고 운청산의 머리 위로 쓰러졌다. 그 순간 운청산은 사량발천근의 수법으로 첩동갑인을 뒤로 날려 버렸다. 첩동갑인이 뒹굴며 이정을 지나고 강정 부부를 지나 밑으로 구르다가 바위에 부딪쳐 겨우 멈춰 섰다.

운청산은 자신에게로 다가오는 이들이 없자 전황을 살폈다. 당가의 무형뇌전은 말 그대로 위력적이었다. 정면에서 한 대 맞으면 그 자리에서 고꾸라져 꿈틀거리지도 못했다. 그러나 정면이 아니라 조금이라도 비켜 맞으면 요란한 접촉음만 내고 튕겨 나가서 무형뇌전을 쏜 사람은 언월도의 도기에 그 즉시 분시가 되어버렸다.

잠시 후 사천무림련 사람들을 스쳐 지나간 낭아도객들이 다시 되돌아와 첩동갑인들의 주변을 휘돌았다. 이미 수천 번 연습을 행한 듯 첩동갑인들의 도세를 절묘하게 벗어나 오로지 사천무림련 사람들만 공격하고 있었다.

"청산! 저쪽일세."

이정의 소리에 돌아보니 비구니들이 현저하게 약세를 보이고 있었다. 운청산은 이정과 나란히 비구니들을 향해 움직였다.

백환도는 입술을 깨물며 도를 뽑아 들었다.

"내 저놈만큼은 용서하지 않으리라."

그는 즉시 백철후의 옆을 떠나 허공으로 솟구쳤다.

"사형!"

백영담이 살펴보니 백환도는 단 두 걸음 만에 이십여 장을 움직여 운청산에게로 향하고 있었다. 그가 다시 허공으로 튀어 올랐다. 그 순간 그의 도에서 붉은 장막 같은 기운이 줄기줄기 뻗어 나왔다.

"혈라삼도(血羅三刀)를?"

백영담이 눈을 부릅뜨는 순간, 운청산이 처음으로 검을 뽑아 앞으로 내뻗고 있었다.

쾅!

단번에 뻗어낸 검기가 칠 장에 이르렀을 때 붉은 장막 같은 기운은 비단 폭처럼 찢어졌고 백환도는 주르륵 뒤로 물러났다.

"이놈! 흐아합!"

백환도는 왼발을 찍어 다시 허공으로 튀어 올라 운청산의 정수리를 향해 도를 내리찍었다. 붉은 장막이 한 번, 두 번, 세 번, 네 번 연달아 일어나더니 어느새 하나가 되어 오 장의 공간을 뒤덮었다.

쿠릉!

허공으로 치솟은 운청산의 검이 휘돌면서 십자로 교차되는 순간 뇌성이 일면서 검풍이 먼저 붉은 장막을 구겨 버리고 뒤이어 오 장에 이르는 검강이 붉은 장막들을 산산이 흩어버렸다. 처음으로 사우팔절검의 절초 풍뢰교연이 펼쳐진 것이었다.

그것으로 끝이 아니었다. 태악 도인과의 비무 때처럼 운청산은 허공에서 한 바퀴 휘돌아 두 기운이 부딪쳐 폐허가 된 공간에 유성분천을 찔러 넣었다.

검끝에서 뻗어 나간 푸른 검기는 순식간에 검강을 이루어 백환도의 가슴을 압박했다. 날카로운 예기를 느낀 백환도 역시 도강을 일으켜 유성분천의 기운을 퉁겨내려 했다.

백환도는 눈을 부릅떴다. 분명히 막았다고 생각했건만, 푸른빛 검강은 검끝에서 순식간에 사라져 버리고 조그만 검환만이 그의 가슴을 찍어 누르고 있었다. 그리고 그 검환마저 가슴속에 파묻혀 사라졌다.

핏방울이 주륵 흘렀다가 피분수가 솟구쳤다. 백환도는 입술을 악다물고 떨어져 내리는 운청산의 다리 밑으로 붉은 도막을 펼쳤다.

운청산은 그 즉시 검을 두 발 밑으로 넣어 검신의 탄력을 이용해 허공으로 치솟아올랐다. 바로 그 순간 운청산의 이마가 따끔거렸다. 그리고 가슴이 관통당한 듯한 통증을 느꼈다.

운청산은 볼 것도 없이 그 기운을 향해 검을 내뻗었다.

쾅!

급하게 일으킨 이 장의 검강과 검은 화살이 정면으로 부딪쳤다. 땅이었다면 일 장 정도 뒤로 밀렸으리라. 그러나 운청산은 허공에 떠 있었다.

"청사안!"

밑에서 이정 등이 소리쳤다. 내려다보니 그의 신형은 뒤로 밀려 어느새 단애를 넘어서고 있었다. 이젠 떨어져도 발 디딜 곳이 없었다.

운청산은 몸을 비틀어 왼손으로 허공을 향해 격공장을 내뻗었다. 폭음과 함께 뒤로 밀리는 힘이 약화되는 순간 어깨에 걸치고 있던 밧줄을 풀어 단애 끝 바위를 향해 내던졌다. 그러나 바위를 겨우 다섯 치 앞에 두고 밧줄은 더 이상 나아가지 못했다.

운청산은 애타게 소리치는 종길의 모습과 조금 전 그가 싸웠던 그 백의인이 입가에 웃음을 머금으며 쓰러지는 광경을 바라보면서 아래로 떨어졌다.

제 6 장

사나이 한마디는 천금보다 무겁다

사나이 한마디는 천금보다 무겁다

눈에서 사람들의 모습이 사라진 그 순간 운청산은 즉시 밧줄을 회수하고 새가 활공하듯 사지를 벌려 아래를 살펴보았다. 까마득했다. 사람의 손이 닿은 듯, 절애라도 어렵지 않게 발견할 만한 소나무 한 그루 보이지 않았다.

더구나 창두봉의 동벽을 이루는 곳. 급격한 경사라도 천도(天刀)로 내리찍은 듯한 완전한 절벽은 아니었다. 그러한 지세가 당장 운청산을 어렵게 만들었다. 이미 수십여 장을 낙하한 상태라서 발을 디디는 그 순간 발목이 부러지고 말리라.

운청산은 아래쪽의 벽을 향해 쉬지 않고 벽공장(劈空掌)을 터뜨렸다.

콰콰콰콰콰콰콰콰쾅!

절벽에 부딪친 벽공장력은 운청산의 신형을 절벽으로부터 일정한 거리를 유지하게 만들고 동시에 가속이 붙는 것을 막아주었다.

운청산은 몸을 동그랗게 말아 아래쪽 허공에 대고 연달아 격공장(隔空掌)을 터뜨렸다. 허공에 터진 격공장은 그의 신형을 잠시나마 위로 밀어붙였고 그 순간 동그랗게 말려 있던 그의 몸이 뒤집어지면서 두 다리가 위쪽으로 솟구쳤다가 절벽으로 뒤집어졌다.

두 발끝이 절벽에 닿으려는 순간 힘차게 허리를 제치니, 두 발끝은 아슬아슬하게 절벽을 훑었다가 아래로 내려가고 운청산의 몸은 어느새 절벽을 코앞에 두고 있었다.

운청산은 두 발과 두 손을 동시에 앞으로 내뻗었다. 그리고 정지하려고 애쓰는 대신 동시에 두 손과 두 발을 대어 부드럽게 미끄러졌다. 계속해서 십여 장을 다시 미끄러지다 보니 왼 발끝에 작은 돌출 부위가 닿았다. 그는 그 작은 디딤돌 하나에 전신에 깃든 긴장감을 실어 허공으로 튀어 올랐다.

운청산은 다시 절벽에 가 닿는 그 순간 두 손을 찔러 넣고 동시에 두 발끝으로 벽을 찍었다. 그리고 마침내 도마뱀처럼 벽에 달라붙어 멈춰 설 수 있었다.

"후우!"

운청산이 막 한숨을 내쉰 그때였다. 손과 발을 꽂아 넣었던 곳에서 돌 가루들이 흘러내리더니만 그 역시 밑으로 주르륵 흐르기 시작했다.

"크으으으!"

한순간 기운을 거두고 긴장을 늦춘 것치고는 너무나 큰 손실이었다. 다시 수십여 장을 미끄러져 내려간 운청산은 두 손을 파랗게 물들이고 계속해서 손에 닿는 돌출 부위를 잡아챘다. 그러나 그것들은 여지없이 부서져 버려 그의 낙하를 저지해 주지는 못했다.

그때 운청산의 왼쪽 머리에서 예의 그 느낌이 왔다. 그는 생각하지도 않고 바로 오른발로 절벽을 차고 동시에 오른손으로 절벽을 밀어 허공을 휘돌았다. 보였다. 왼쪽 십여 장 아래쪽에 작지만 튼튼하게 박혀 있는 바위 하나가 삐쭉 삐어져 나와 있었다.

운청산은 그 바위에 내려서자마자 왼손을 수도로 만들어 벽에 찔러 넣었다.

"하아아아! 죽는 줄 알았다."

겨우 안도의 한숨을 내쉬고 나니 그때서야 강정 등의 안위가 걱정되었다. 급히 고개를 들어 올려다보니 백여 장 이상 떨어진 상태였다. 조급증이 생겨 급하게 위쪽 이곳저곳을 살폈지만 마땅히 발을 디딜 만한 곳이 보이지 않았다.

'벽호공(壁虎功)만으로도 오를 수는 있으리라. 그러나 그리한다면 시간이……'

운청산이 암울한 눈빛을 드러내며 위를 바라보는 순간 운경산과 운추산이 눈앞에 나타났다가 멀어져서 위쪽은 물론 좌우를 두루 살폈다. 그러나 그들에게도 적당한 버팀돌들이 보이지 않는지 계속 헤매기만 하다가 급기야는 아래쪽으로 사라졌다. 잠시 후 그들이 다시 올라와 운청산의 얼굴 앞에서 부유했다.

운청산은 그들의 입을 살핀 즉시 눈을 감고 귀를 활짝 열어 공력을 돋우었다. 그리고 잠시 후 갈등에 휩싸인 눈으로 그가 떨어져 내린 창두봉의 정상을 올려다보았다.

현상자의 손 안에서 검파가 맹렬하게 휘도는 순간 그의 가슴을 노리고 날아오던 붉은 구슬이 파란 비단에 휘감겨 옆으로 비켜 나갔다.

현상지는 그 즉시 몸을 휘돌려 백무강의 우측 옆구리를 파고들었다.

푸른 장막이 물결처럼 흘러 백무강의 허리를 베어 나가는 순간, 백무강은 좌측으로 몸을 빼며 혈라도천(血羅渡天)의 기세를 일으켰다.

쾅콰콰콰쾅!

연속적으로 폭음이 이는 순간 비단 한 필을 다 풀어놓은 것 같던 두 사람의 검홍과 도홍이 부딪치며 서로의 빛을 죽여갔다. 바위가 부서지고 돌들이 사방으로 튕겨져 나갔다. 그리고 두 사람도 몸을 반대로 휘돌려 충격을 줄이며 서로에게서 멀어졌다.

바위를 찍어 박살을 내놓고서야 겨우 멈춰 선 현상자는 기도를 찢어놓을 듯 확장시키며 솟구쳐 오른 피를 억지로 입 안에 가두어두었다가 고개를 들기 전에 다시 삼켰다.

현상자는 바닥을 찌르고 있던 검을 위로 치켜 올리며 도포로 은근슬쩍 입 주변을 닦고 백무강의 상태를 살폈다. 백무강의 안색도 그리 밝지는 못했다. 탐스러운 흑염과는 대조적으로 창백해져 있었다.

현상자를 마주 본 백무강은 안색과는 달리 환한 미소를 지었다.

"역류된 피는 뱉어버리는 게 건강에 좋아."

"그대의 낯빛도 좋은 편은 아니군."

현상자의 차분한 대응에 백무강은 다시 미소를 지어 보이고서 주변을 둘러보았다. 백의인은 서른대여섯 남짓 움직이고 있었고 청성파 도사들은 스물가량 남아 있었다.

백무강은 입가에 차가운 미소를 드리우고 도를 앞으로 뻗으며 산을 힐끔 올려다보았다. 그리고 다시 차분히 숨을 고르고 있는 현상자를 바라보며 말했다.

"내 임무는 그대를 막는 것만으로도 달성된다. 그러나 현상자 그대의 임무는 산에 올라 배후에서 치는 것. 어떤가? 난 이룰 수 있을 것 같은데. 그대는?”

현상자로서는 눈을 감고 싶은 심정이었다. 마치 형평을 맞춰온 것처럼 도저히 밀어붙일 수 없는 형국이었다. 끝까지 싸운다면 결과는 양측 모두에게 죽음뿐이었다. 살아남는다 해도 한두 사람 오른다고 될 일이 아니니 결국 청성은 정예를 투입하고도 아무런 의미가 없는 주검만 늘리게 되리라.

그때 백무강이 빙긋 웃으며 도에 붉은 기운을 불어넣었다. 현상자도 당연히 기세를 일으켜야 하리라. 그러나 현상자는 오히려 뒤로 훌쩍 물러서며 소리쳤다.

“물러선다!”

순간 허공을 휘돌며 지친 검을 내뻗던 청성도사들이 일제히 뒤로 퉁겨 현상자의 주변으로 물러섰다. 백의인들은 반대로 백무강의 주변으로 모여 전열을 정비하고 기세를 일으키며 천천히 다가오고 있었다.

청성도사들이 죽어 널브러진 사형제들을 참괴한 눈빛으로 바라보다가 현상자에게 소리쳤다.

“장문인!”

사형제들을 그대로 놓고 갈 수는 없으리라. 그러나 현상자는 부릅뜬 눈으로 청성문인들의 시신을 바라보다가 단호하게 소리쳤다.

“물러선다! 신호전을 준비하라!”

현상자가 발을 구르자 청성도사들이 입술을 터져라 깨물고서 일제히 같은 동작으로 발을 굴러 그들이 올라왔던 그 방향으로 날아갔다.

백무강은 자신을 향해 검을 뻗은 채 노려보며 뒤로 날아가는 현상자 등을 묵묵히 바라보다가 그들이 시야에서 완전히 사라지자 도를 늘어뜨렸다. 그리고 그 즉시 허리를 접었다.

“우웩!”

한 사발의 붉은 피를 토하자 두 명의 백의인들이 그를 좌우에서 부축했다. 백무강은 그들을 부드럽게 뿌리치고 허리를 폈다.

“너희들도 편히 쉬어라.”

그 한마디가 떨어지자 지금껏 꼿꼿하게 서 있던 백의인들이 일제히 바닥에 털썩 주저앉았다. 그 가운데 몇몇은 아예 바닥에 엎드리고 누워버렸다.

백무강은 도갑에 도를 넣고 가부좌를 튼 채 앉았다. 그때 현상자 등이 내려간 그 방향에서 푸른색 신호전이 솟구쳐 올랐다가 이해호로 떨어졌다.

신호전이 사라져 가는 모습을 물끄러미 바라보던 백무강이 중얼거렸다.

“위험했어. 계속 싸웠다면 모두 같이 죽었으리라. 청성! 그 정도에 이르렀던가? 그동안 너무 과소평가하고 있었다. 하기야 그들에게도 우리만큼 뼈저린 고통의 시간이었을 테니, 어찌 보면 당연한 일일지도…….”

백무강은 지그시 눈을 감고 잠시 호흡을 정리한 후에 벌떡 일어섰다. 그리고 그가 일어설 때 같이 일어서지 못하고 힘겨워하던 백의인들 가운데 두 사람을 지목하여 남으라 하고 곧바로 산을 올랐다.

쾅!

아미금광장(峨眉金光掌)과 음양신마수(陰陽神魔手)가 부딪치면서 고막을 찢을 듯한 폭음이 터지고 잔도의 벽에서 돌 가루들이 일어 먼지가 되었다. 뒤로 주르륵 물러선 공명 선사가 재차 합장하여 앞으로 나

아가자 백함도와 그의 뒤에 있던 백우련 역시 어금니를 악다물고 마주
달려왔다.

"우합!"

백함도의 입에서 기합성이 터져 나오는 순간 공명 선사의 오른손과
백함도의 오른손이 맞부딪쳤다.

펵!

공명 선사의 손에서 금광이 흘러나오는 순간 백우련이 백함도의 명
문에 손을 얹고 눈을 감았다.

"하!"

백우련의 입에서 날카로운 기합성이 흘러나오는 순간 공명 선사의
금광에 눌려 일그러지던 백함도의 얼굴이 서서히 펴지기 시작했다.

왼손은 운녹산 등에게 뻗고 오른손은 백함도와 마주친 채 굳건한 마
보세를 유지하고 있던 공명 선사의 이마에서 땀방울이 비처럼 흘러내
렸다.

백함도의 손이 하얀 빛을 더해가면 갈수록 공명 선사의 금광은 줄어
들면서 그의 몸 역시 운녹산이 가부좌를 튼 채 앉아 있는 방향으로 조
금씩 밀리고 있었다.

아미파의 내력공부는 태산보다 두텁다 했다. 그러나 부부임을 확인
시키는 두 오행마문주의 합공에는 밀릴 수밖에 없는 모양이었다.

막 운공에서 깨어난 운녹산은 즉시 상황을 확인하고 눈을 부릅떴다.
입술이 바짝바짝 탈 수밖에 없었다. 그는 급히 고개를 돌려 아미파 승
려들을 보았다. 그들 역시 입술을 부르르 떨고 있었다.

"아니 되오?"

운녹산의 뜬금없는 질문에 아미파 사람들은 안타까운 표정을 지으

며 고개를 저었다.

"장문인의 내력은 호문지공(護門之功)인 금강수미신공(金剛須彌神功), 빈승들과는 공부가 다르오이다. 아미타불!"

운녹산은 다시 고개를 돌려 힘겨움을 드러내는 공명 선사를 보고 그 너머 뒷짐을 진 채 서 있는 금극현을 보았다. 순간 금극현이 희미한 미소를 지으며 두 손에서 금빛 안개를 뿜어냈다. 마치 다시 해보겠냐는 듯한 표정이었다.

운녹산은 눈을 부릅뜨고 소리쳤다.

"장문인! 벗어날 수 있겠소? 뒤는 운 모가 맡겠소이다!"

순간 공명 선사의 승포가 터질 듯 부풀어 올랐다. 곧 이어 전신에서 금광이 솟구쳐서 승포마저 가려 버렸다.

"하아! 금(金). 강(剛). 반(般). 야(若)!"

공명 선사는 기합을 내지르며 오른발로 바닥을 찍어 기울어진 몸을 바로 하고 연이어 왼발로 바닥을 찍었다.

쿠쿵!

산이 우는 듯한 굉음과 함께 공명 선사와 백함도 부부가 동시에 튕겨져서 자신들의 진영으로 나뒹굴었다. 아미파의 두 승려가 급히 나아가 벼랑으로 굴러 떨어지려는 공명 선사를 잡아 부축하니 그는 즉시 가부좌를 틀고 앉았다.

승려 가운데 한 사람이 공명 선사의 입술에 흘러내린 피를 닦아내는 동안 다른 승려는 품속에서 요상단을 꺼내 두 손가락 사이에 넣어 비비고 다른 손으로 받아 공명 선사의 입에 넣어주었다.

운녹산이 걱정스러운 눈으로 공명 선사를 보고 앞으로 나서니 금극현이 운공요상에 돌입한 백함도를 힐끔 보고서 천천히 앞으로 나왔다.

두 사람이 오 장의 간격을 두고 마주 선 그 순간, 금극현의 머리 위쪽에서 연이은 폭음 소리가 들려오면서 작은 바위와 흙더미들이 연이어 떨어졌다. 금극현은 힐끔 시선을 주었다가 웃으며 말했다.

"위쪽도 상당히 치열한가 보군."

운녹산은 대응하는 대신에 늘어뜨리고 있던 두 손을 들어 올렸다. 그의 검지들이 피가 뚝뚝 떨어질 것만 같이 붉게 물들어 있었다.

금극현이 마냥 즐겁다는 듯 미소를 지으며 두 손을 들었다. 순간 운녹산의 두 손에서 아지랑이가 피어오르는 듯싶더니만 어느새 그의 손가락 크기만한 두 개의 핏덩이가 금극현에게로 날아갔다.

금극현이 두 손을 뻗었다. 한 뼘 정도 되는 작은 원반이 만들어짐과 동시에 두 줄기 붉은 기운이 원반에 부딪쳤다.

프스스스스!

미약한 소음과 함께 연기가 피어올랐다가 사라지는 순간 고개를 저으며 미소 짓는 금극현의 얼굴이 드러났다.

"이런! 이것은 예전에도 시도했던 운가의 그 주작화홍지? 그동안 꽤 노력한 것 같군. 그러나 아무리 천하를 태울 듯한 병화(丙火)라도 신금(辛金)을 만나면 꼼짝을 못하는 법! 딴 방도를 찾게나."

운녹산으로서는 난감할 수밖에 없었다. 적어도 공간적 제약이 심한 동벽로에서는 금극현이야말로 금성철벽(金城鐵壁)이라 불러야 하는 존재였다. 만약 그가 적극적으로 싸우겠다고 나선다면 운녹산으로서는 견뎌내기 힘들리라.

'결국 그 한 수를 노릴 수밖에 없어.'

운녹산은 금빛 안개를 소용돌이처럼 휘돌리며 기다리겠다는 듯 여유를 부리고 있는 금극현에게서 시선을 떼고 공명 선사를 살폈다. 평온한 얼굴이었다. 전신에서 감돌던 금광이 콧속으로 스며드는 중이니 곧 깨어나리라.

운녹산은 고개를 돌려 금극현을 직시했다. 그가 무극정을 빼 들자 금극현은 두 손을 들어 올렸다.

"뒤를 받쳐 줄 사람이 생기니 해볼 마음이 들었는가? 미안하네. 다른 곳으로 옮겨줄 수 있으면 그리하겠네만⋯⋯. 어쨌든 기다려 준 것으로 미안함을 상쇄하겠네."

"그대, 예전과 달라진 것도 있구나. 말이 많아졌어."

쉐쉐쉐쉐쉑!

무극금정강기의 기운이 무극정을 통하여 연달아 사출되자 금극현도 질세라 왼손을 휘돌려 회오리 문양의 금빛 방패로 막아내고 오른손으로 장창을 만들어 운녹산의 가슴을 노렸다.

따다다다당!

운녹산이 뿜어낸 검기가 방패에 막히는 그 순간 그의 전신에서 실 같은 기운들이 뿜어져 나와 금극현의 장창에 반응했다. 이 장 앞에서 막힌 장창이 강압적으로 무극금정강기를 찌르고 또 뚫는 사이에 무극정이 또 다른 검강지기를 이루어 약해진 방패를 꿰뚫었다.

"하합!"

운녹산의 기합성이 터지는 순간 방패를 꿰뚫은 검강지기는 금극현의 어깨에 닿았다. 그 순간 금극현이 미소를 지으며 장창에 힘을 가했다.

두 사람의 기운이 서로의 어깨에 닿는 순간 운녹산은 제자리에서 반원을 그리듯 휘돌아 금극현의 장창을 흘리고 바로 허리를 접으며 왼손을 내뻗었다.

지금껏 단 한 번도 선보이지 않았던 운녹산의 애도 청룡이 도갑을 빠져나와 그의 왼손에 쥐어지는 순간 금빛 도강이 뿜어져 나와 금극현의 가슴으로 뻗어 나갔다.

금극현이 얼굴을 굳히며 오른손을 잡아당겼다. 순간 운녹산의 어깨를 비켜 나갔던 장창이 안개가 되어 그의 손 안으로 빨려 들어갔다.

운녹산의 입가에 미소가 감돌았다. 그가 뻗어낸 도강과 금극현이 빨아들이는 금빛 안개가 같은 속도로 금극현에게로 돌아가고 있으니 막아낼 방도가 없으리라.

땅!

도강이 결국 금극현의 가슴을 찌르며 금속성을 토하는 그 순간 그의 손아귀로 돌아간 금빛 안개가 비수가 되어 운녹산에게로 날아왔다.

운녹산의 얼굴이 새파랗게 질렸다. 무극금정강기를 거두고 그 기운으로 도강을 만들어낸 것인데 금극현은 방어를 염두에 두지 않고 오히려 공격을 한 것이었다. 운녹산을 더욱더 당황하게 만든 것은 당연히 뿜어져야 할 핏줄기 대신 금속성이 났다는 것이었다.

'아차! 금갑호체마공!'

이미 이십 수 년 전에 그의 난도질을 견뎌낸 육신이었다. 대비를 했다면 쉽게 뚫기가 어렵다는 것을 간과한 것이었다.

운녹산은 이미 내뻗은 검강과 도강을 동시에 거두고 제자리에서 휘돌았다. 그러나 이미 늦은 일이었다. 죽지 않는다 하더라도 어깨 하나쯤은 날릴 각오를 해야 하리라.

그때였다. 세찬 기운이 운녹산을 찌를 듯 앞을 가로막았다. 금비(金匕)가 그 기운에 막히는 순간 서로 대치해 있던 사람들이 모두 놀라 눈을 부릅떴다.

금비를 막은 검강은 다른 어느 곳도 아닌 텅 빈 허공에서 뿜어져 나온 것이었다. 더구나 그 푸른 검강은 단지 금비만을 막아낸 것이 아니었다. 금비를 퉁겨내자마자 금극현에게로 방향을 바꾸었고 다가갈수록 그 위력을 더해가며 끝내는 작은 환으로 집적되었다.

긴장을 풀었던 금극현은 즉시 두 손을 겹쳐 방패를 만들었으나 너무 느리게 반응한 탓에 푸른 구슬은 그것마저 깨고 금극현의 왼쪽 어깨를 꿰뚫었다. 왼쪽 어깨에서 피가 뿜어져 나오는 그 순간 그의 눈길이 검환의 주인공에게 닿았다.

운청산이었다. 왼손으로 밧줄을 쥔 채 삼 장의 거리에서 또다시 거리를 좁히고 있었다. 금극현은 순간적으로 알아차렸다. 그의 어깨를 꿰뚫은 검환은 적어도 사 장 밖에서부터 시작되었으리라.

'저 녀석, 땅을 밟게 할 수는 없다.'

금극현의 미간에 처음으로 노기가 어리는 순간 운청산은 다시 검을 내질렀다. 금극현의 왼쪽 어깨에서 핏줄기가 튀어 올랐고 그 즉시 그의 왼손에 차라리 몽둥이라 불러야 할 작고 단단한 방패가 형상화되어 있었다. 그리고 동시에 그의 오른손에서 금비가 튀어나왔다.

땅!

운청산의 검강이 금극현의 방패와 먼저 부딪치는 순간 금극현은 우그러진 방패를 여전히 내뻗은 채 벽에 부딪쳤고 운청산은 방패와 부딪친 충격 탓에 다시 허공으로 물러났다.

금극현이 뿜어냈던 비수가 운청산의 미간을 뚫을 듯 날아왔다. 밧줄을 놓지 않는 이상 이마에 구멍이 뚫리고 말리라. 예상처럼 운청산은 밧줄을 놓으며 몸을 뒤집었다. 비수가 밧줄과 허공에서 반원을 그린 운청산 사이의 그 작은 틈으로 날아가 사라져 버린 순간, 운청산은 두

발 사이에 밧줄을 끼운 채 거꾸로 뒤집어져 검을 내뻗으며 금극현에게
로 다가갔다.

단번에 사 장을 뻗어 나간 검강이 금극현의 가슴으로 다가가는 순간,
두 줄기 강력한 장력이 그의 전신을 노리고 날아왔다. 백함도 부부가
펼친 음양신마수였다.

운청산은 할 수 없이 금극현과 밧줄을 포기하고 허공에서 몸을 휘돌
렸다. 눈을 부릅뜨고 바라보고 있는 운녹산의 옆으로 내려서려 했던
것이었다.

그러나 거리는 삼 장. 아무리 운청산이라도 밧줄 하나에 의지한 채
거꾸로 매달려 있다가 삼 장을 움직일 수는 없는 노릇이었다.

신형을 뒤집으며 팽이처럼 휘돈 운청산이 이 장을 날아간 순간, 거
리가 모자란다는 것을 눈치 챈 운녹산이 급히 검을 내뻗었다. 손을 뻗
으면 검첨을 쥘 수 있을 것이고 운청산에게는 그것으로 충분했다.

그의 왼손 끝이 검첨에 닿았다. 바로 그 순간 뒷머리에서 운경산의
경고가 있었고 운청산은 어쩔 수 없이 몸을 비틀었다.

"큭!"

금비가 운청산의 어깨를 훑고 지나갔다. 운녹산의 검첨을 포기하지
않았더라면 어깨가 아니라 가슴이 뚫렸으리라.

운청산은 힘을 잃고 떨어져 내리면서 올려다보았다. 운녹산의 눈과
고통으로 찡그려진 그의 눈이 마주쳤다. 그리고 그의 신형은 속절없이
아래로 떨어졌다.

운녹산은 눈을 감았다.

'옷을 보면 우리 측 사람이다. 내 경지에 이른 청년. 검을 그 정도로
쓸 수 있는 사람이라면 청성밖에 없을 터. 그러나 젊은 나이에 그 정도

라면 내가 모를 리 없을 것이니, 결국 정명당에 용이 숨어 있었던 것. 아쉽구나. 그 정도 경지라면 장차 크게 쓸 수 있었을 것인데……'

운녹산은 혀를 내차고 눈을 뜸으로써 생각을 끊어버렸다. 거력이 될 만한 능력자를 잃은 것은 너무나 아쉬운 일이었지만, 지금은 할 일이 있었다.

청년은 자신의 생명을 구한 것뿐만이 아니라 난공불락이라고 여겼던 금극현의 위세를 반으로 줄여놓고 죽었다. 지금이라면 그를 죽이는 일이 어렵지는 않으리라.

금극현을 바라보았다. 창백한 얼굴에 실핏줄이 드러나 보여 조금 전과는 크게 다른 모습이었다. 무리하게 공력을 운기하여 피가 과도하게 새어 나오고 있었다.

금극현이 운녹산에게 빙긋 미소를 지었다.

"그 얼굴을 보니 그대도 몰랐던 것 같구나. 하하하! 자기 진영에 그만한 고수를 두고도 모르고 있었으니 나를 넘는다 해도 이 싸움에서 큰 이득을 취하지는 못하리라. 오너라!"

"극현! 물렀거라."

운녹산이 말하려는 순간 백함도가 먼저 입을 열었다. 금극현이 말했다.

"아직은 기력이 남았소. 내가 죽으면 운녹산 또한 온전하지는 못할 것. 약속은 지킬 수 있을 것이오."

운녹산이 청룡을 다시 도갑에 넣고 무극정에 기운을 불어넣었다.

바로 그 순간, 창두봉 남동쪽에서 푸른 신호전이 솟아올라 이해호로 떨어졌다.

"운 가주! 현상 진인께서 실패하셨소."

공명 선사가 말했다.

"아직은 기회가 있소이다, 선사. 우리가 뚫고 정상을 공략하는 사람들에게 길을 열어준다면 현상 진인의 실패가 문제 되지는 않을 것이오."

운녹산이 기세를 북돋우며 말했다. 그의 말이 사실이었다. 그의 뒤에는 아직 힘 한 번 쓰지 않은 군룡전의 고수들이 있었고, 백함도 부부를 제외한 상대의 기파는 군룡전 사람들에게서 크게 떨어졌다.

바로 그때 운녹산의 머리 위쪽에서 떨어졌을 것이 분명한 푸른 신호전이 또다시 이해호로 떨어졌다.

"위쪽도 물러서나 보오. 너무 지체하면 퇴로가 막힐 수도 있소이다."

운녹산은 창백한 금극현의 얼굴을 노려보다가 무극정의 기세를 거두어들였다.

"다음에는 보지 않았으면 좋겠군."

운녹산의 말에 금극현이 힘겹게 미소 지었다.

"어찌 될지는 두고 보세나. 잘 가게."

운녹산은 아쉬움을 잘라내고 뒷걸음질치기 시작했다. 그러나 백함도 측이 따라나설 기미를 보이지 않자 등을 지고 움직이기 시작했다.

왔던 길로 되돌아가는 동안 운녹산은 때때로 절벽 아래쪽을 살폈다. 단순한 아쉬움만은 아니었다. 그 눈빛이 이상하게 가슴속에 남아서 지워지지 않는 탓이었다.

'누굴까? 누구기에 그런 눈빛으로 나를 본단 말인가?'

그러나 아무리 생각해도 알 만한 청년이 아니었다. 운녹산은 무거운 마음을 이기지 못하고 고개를 저었다.

경험이란 사람을 침착하게 만든다. 다친 왼쪽 어깨가 부담스럽기는 했지만 운청산은 행동하기 전에 밑을 침착하게 살폈다. 다행이었다. 사람의 손이 닿은 곳은 동벽로로부터 아래쪽으로 이십여 장 정도뿐이었고 그 밑으로는 멀리서 볼 때 점창산을 절경으로 만드는 보잘것없는 소나무들이 제법 무성했다.

운청산은 검을 휘돌려 거꾸로 쥐고 먼저 벽에 대었다.

가가가가강!

검첨에서 불꽃이 일면서 낙하 속도가 줄어들었다. 좌우에서 소나무들이 휙휙 흘러갔다. 그리고 소나무 가지와 솔잎들이 얼굴을 계속해서 후려쳤다.

운청산은 화끈거리는 어깨의 통증을 이를 악다물어 참아내고 나무를 밟았다. 우지끈 소리가 나며 나무가 부러졌다. 그러나 그 잠시의 지체만으로도 속력은 현저하게 줄어들었다. 그리고 마침내 두 번째 나무를 밟는 순간, 그는 소나무의 몸통 아래쪽을 밟은 채 서 있을 수 있게 되었다.

운청산은 한숨을 내쉬며 좌우를 둘러보다가 튼튼해 보이는 오른쪽 소나무로 몸을 날렸다. 거기서 다시 주변을 둘러보니 이 장 정도 아래쪽에 앉을 만한 바위가 돌출되어 있었다.

그곳에 내려선 운청산은 가부좌를 틀고 앉아 옷을 찢어 구멍 뚫린 어깨를 단단히 묶은 후에야 겨우 안도의 한숨을 내쉬었다.

"후우! 하루에 두 번이나 떨어지다니……."

운청산은 멍한 눈빛으로 위를 올려다보았다. 운경산이 알린 것은 운녹산과 금극현이 막 다시 대치한 상황이었다. 운녹산과 맞닥뜨리고 싶은 생각이 없었지만 동벽로에 내려서서 돌아간다면 벽호공을 이용하는 것보다 훨씬 더 빨리 강정 등에게로 돌아갈 수 있으리란 판단을 했던 것이었다. 그러나 이제는 늦은 감이 있었다.

"다들 무사할까?"

그때였다. 창두봉 남동쪽에서 푸른 신호전이 솟아오른 것을 시작으로 위쪽은 물론 여기저기서 푸른 신호전이 이해호로 떨어져 내렸다.

"푸른 신호전? 퇴각 신호라 했었지. 이제 걱정해 봐야 소용없나?"

할 수 있는 일은 최선을 다한다. 그러나 결과가 나온 이상은 더 이상 집착하지 않는다. 그것이 바로 운청산의 성격이었다.

운청산은 지그시 눈을 감고 살아온 동안 가장 많은 일을 겪었던 오늘의 일들을 하나씩 반추해 보려 했다. 그러나 눈앞에 떠오르는 것은 단 두 가지뿐이었다.

그의 손으로 직접 죽인 사람의 웃는 얼굴, 그리고 아픔보다는 아쉬움이 더 크게 느껴진 운녹산의 눈.

운청산은 눈을 떴다. 지금 당장 살인에 대한 자신의 마음과 대면하고 싶지 않았다. 지금 당장 운녹산의 눈빛 하나로 그를 평가하고 싶지 않았다.

운청산은 멍한 눈으로 전경을 바라보았다. 그의 눈앞에 보이는 것은 너무나 푸르러 당장 몸을 날리고 싶은 이해호와 그 뒤로 이어지는 초원뿐이었다.

"넌 누구지? 누군데 내 자리에 앉아 있는 거지?"

꿈꾸는 듯한 느리고 혼탁한 음성이었다. 아이처럼 칭얼대는 어조였다.

있을 수 없는 일이었다. 절벽에 돌출된 작은 바위에 몸을 싣고 있었다. 등 뒤는 절벽, 누가 있을 수 있는 공간이 아니었다. 만약 그런 공간이 있다 해도 운청산이 못 알아차렸다면 운경산과 운추산이라도 눈치 챘으리라. 더구나 이제 겨우 오시 말에 이른 시간, 혼령이 나돌아 다닐 시간도 아니었다.

운청산은 너무나 놀라 뒤를 돌아보았다. 뒤로 넘어져 또다시 추락할 뻔했다. 사람이 아니었다. 보이는 것은 단지 흙으로 범벅된 여인의 얼굴뿐.

운청산은 정신을 차리고 여인의 얼굴을 차분히 살폈다. 한때는 예쁘다 소리를 들었을 이목구비가 뚜렷한 장년 여인의 얼굴이었다. 그러나 등장이 너무 신기했고 눈빛도 혼탁하여 사람 같지 않았다.

"신령이십니까?"

운청산이 조금 뒤로 물러나 앉으며 묻자 여인은 흙 묻은 어깨까지 드러내며 고개를 저었다.

"아닌 것 같은데? 사람도 아닌 것 같고 그렇다고 귀신도 아닌데. 그럼 난 뭐지? 난 산이다. 그래, 땅이면서 산이야. 그런데 왜 내 자리에 앉아 있어?"

운청산은 여인이 사람이라는 것을 확신한 후 그녀의 눈길을 받아 산 위를 쳐다보았다. 여인의 눈길도 따라왔다. 다시 고개를 숙인 운청산이 말했다.

"위에서 떨어졌습니다."

여인은 고개를 끄덕이고 졸린 듯한 목소리로 말했다.

"으응. 그렇구나. 그런데 여긴 내 자리야."

운청산은 조금 더 물러나서 바위 끝에 겨우 엉덩이를 걸쳐 앉았다. 여인은 몽롱한 눈가에 주름을 잡으며 조금 더 절벽 밖으로 빠져나와 상반신을 드러냈다. 봉긋한 가슴이 드러나고 배꼽이 드러났다. 흙이 옷을 대신하고 있다 해도 여인의 나신을 대한 것이었다. 그러나 그는 담담한 눈빛으로 여인을 대했다.

여인은 차분한 운청산의 눈빛을 보고 고개를 갸웃거렸다.

"으응? 너 왜 안 가? 내 자린데 왜 네 자리처럼 앉아 있어?"

운청산은 같은 말을 집요하게 해대는 여인에게 당황한 눈빛을 드러냈다.

"어깨를 다쳐서 잠시 쉬는 중입니다. 곧 가지요."

운청산은 이성적인 대응이 어렵다는 것을 확인하고 달래듯 말했다. 여인이 그를 빤히 쳐다보다가 다시 고개를 갸웃거렸다.

"다쳤어? 피 나겠네? 응! 나는구나. 그렇다면 가는 게 좋을 텐데? 피 나는 사람이 싫거든. 피나는 사람은 나를, 내 산을 더럽혀. 냄새도 싫어. 왜 나를 괴롭히지? 왜 내 정신을 산란하게 만드는 거지? 왜 그러는데?"

운청산은 빨리 자리를 옮겨야겠다고 생각했다. 이해호까지는 오십여 장 정도밖에 안 되니 나무 몇 그루 괴롭히면 충분히 내려갈 수 있을 것 같았다.

운청산이 막 가부좌 튼 두 발의 바깥 면에 힘주어 일어서려는 순간 여인이 몽롱한 눈을 그의 얼굴 앞으로 가져왔다. 그녀의 숨결이 느껴졌다. 그 순간 여인은 천천히 두 손을 들어 운청산의 어깨로 내뻗었다.

"여긴 내 자리야."

운청산은 고개를 끄덕이며 일어서려 했다. 그때 여인의 얼굴이 찌푸려졌고 운청산은 위협을 느끼며 두 손을 들었다. 그녀의 손바닥과 그의 손바닥이 부딪치는 순간 운청산은 또다시 아래로 추락하고 말았다.

어떻게 해볼 도리가 없었다. 무심결에 당한 것이었고 보기와 달리 여인의 손바닥에는 상상 이상의 강력한 힘이 담겨 있었다. 어깨는 부서진 것만 같은 격통이 일었고 운청산의 신형은 십여 장 이상이나 뒤로 밀렸다가 떨어져 내렸다.

운청산은 즉시 몸을 뒤집어 새가 활공하는 듯한 자세를 잡고 두 어깨를 움직여 보았다. 다행히 부러진 것 같지는 않았다. 그것을 확인한 순간 그의 두 손이 이해호의 물처럼 파랗게 물들었다.

사십여 장을 떨어진 운청산은 아래를 향해 계속해서 격공장을 내뻗어 하강 속도를 줄이려고 안간힘을 썼다. 허공에서 터진 격공장으로 인해 공기가 파동 치고 곧 전신에 와 닿았다. 그 순간 그는 손을 좌우로 뻗어 이해호 수면을 향해 항룡유회를 연달아 내쳤다.

반원을 그리며 날아간 항룡유회의 기력이 동시에 수면을 두드리는 순간 물기둥이 삼 장이나 치솟아올랐고, 운청산은 즉시 두 발로 물기둥을 밟아 함께 떨어졌다.

운청산은 물에 빠진 생쥐 꼴로 이해호를 바라보았다.

"휴! 물질도 배워두어야겠구나."

운방십계의 구계, 생사의 기로에서 태연자약할 것.

말은 간단하지만 세상에 그보다 어려운 일은 없으리라. 그는 오늘 두 번이나 그 말을 떠올렸었다. 최초로 절벽에서 떨어졌을 때가 처음이었고, 물에 빠졌을 때가 두 번째였다.

평생 수영을 해본 적이 없는 그였기에 수면으로 떠오르는 것조차 어려웠다. 만약 그가 흐르는 강물에 빠졌다면 쉽게 평정을 되찾지는 못했으리라.

몇 번을 허우적거린 운청산은 아예 수면에 떠오를 생각을 하지 않았다. 호흡을 하지 않으면 된다는 생각으로, 지면이 가깝다는 생각으로 차분히 잠수하고 또 물속을 걸었다.

물질을 할 줄 아는 이에게는 '겨우 십 장'이었지만 그에게는 만 리처럼 느껴지던 거리였다. 그러나 그는 결국 이해호를 벗어났다.

운청산은 이해호에서 시선을 떼고 상관 쪽을 바라보았다. 산 밑자락을 따라 사오백 장 움직이면 합류할 수 있으리라.

두 팔을 벌리고 차분히 눈을 감았다. 순간 그의 머리에서부터 피어오른 김이 곧 전신에서 피어올랐고 젖은 머리카락과 옷은 순식간에 말라 버렸다.

운청산은 대붕무영의 신법을 펼쳐 이해호를 따라 달리기 시작했다. 반 각도 못 되어 상관이 보이는 곳에 이르렀다. 그의 눈앞에서 어깨를 늘어뜨린 사람들이 꼬리에 꼬리를 문 채 이동하고 있었다.

운청산은 속도를 줄이고 사람들 사이로 스며들었다. 강정 일행을 찾기 위해 끝에서부터 거슬러 올라가던 운청산은 눈앞에서 계속 뒤처져 가는 사람들을 보면서 눈살을 찌푸리지 않을 수 없었다.

참혹한 결과였다. 다치고 지친 이들은 그들인데도, 얼굴이 화끈거리고 가슴이 벌렁거렸다.

고통을 참으려는 신음성과 참지 못하는 울부짖음과 아예 죽여달라는 비명이 합창으로 이어지고 있었다. 이마에서 피를 줄줄 흘리는 사람, 옷자락으로 잘린 팔을 감은 채 손으로 감싸 쥐고 힘겹게 걷는 사람, 다리를 잃고 업혀 가는 사람, 의식 불명이 되어 들것에 실려 가는 사람들이 지천이었다.

운청산은 그들을 애써 외면하며 앞으로 나아갔다. 앞쪽에서 검은 승

포를 입은 이들이 보였다. 산에서 같이 행동하던 관음사의 비구니들이
었다.

운청산은 급히 주변을 둘러보며 이정부터 찾았다. 체구가 큰 사람이
어서 쉽게 눈에 띌 것이라 생각했던 것이었다. 그때 운경산이 신호를
보냈다. 그 방향을 보니 이정이 보였다. 그가 보였다기보다는 그의 독
문병기 미첨도가 보였다. 그는 즉시 사람들을 헤치고 이정에게로 다가
갔다.

이정을 부르려던 운청산은 깜짝 놀라 눈을 치떴다. 이정과 강정이
종길을 가운데 두어 들고 있었고, 그 옆에서 문취옥이 쩔뚝거리며 걷고
있었다. 강정이 부상당한 문취옥을 내버려 둔 채 종길을 들고 있다는
것은 그가 작지 않은 부상을 입었다는 뜻이리라.

"이 대협! 어찌 된 것입니까?"

순간 종길을 제외한 나머지 사람들이 귀신을 본 듯한 눈으로 운청산
을 돌아보았다. 그는 그들의 반응을 외면한 채 앞으로 돌아가 종길부
터 살폈다.

종길은 흐릿한 눈으로 운청산을 확인하고 힘없이 미소를 지었다.

"청산, 살아 있었구나. 다행이다."

운청산은 대답하지 않고 종길의 몸을 살폈다. 어깨를 드러낸 채 상
의로 배를 둘둘 말고 있었다.

"많이 다쳤습니까?"

운청산이 강정에게 물었다. 그가 고개를 끄덕이며 대답했다.

"이놈, 베었다고 방심했다가 재수없이 눈먼 낭아도에 당했다. 도기
가 아닌 도에 베어지는 바람에 크게 벌어졌어. 너무 아파해서 우선 마
혈을 짚어두었어."

강정은 종길의 아랫배를 바라보며 손을 크게 벌렸다. 자상이 한 뼘 이상 된다는 뜻이리라.

운청산이 고개를 저었다.

"안 됩니다. 혈행이 순조롭지 못하면 상세가 악화됩니다. 아길, 아파도 참아라."

종길이 고개를 끄덕이자 운청산은 강정에게 짚은 마혈을 물어보고 바로 풀어버렸다. 종길의 얼굴이 대번에 고통으로 물들었다.

"금창약은?"

운청산의 물음에 강정이 고개를 저었다.

"이런 싸움에서 도에 직접 당할 줄 누가 알았겠는가? 지혈시킨 후에 그냥 감아만 두었네."

운청산은 고개를 끄덕인 후에 종길의 눈을 직시하고 웃었다.

"죽지는 않겠다. 먼저 가, 곧 따라갈 테니까. 아! 대형, 이 대협, 너무 흔들리지 않게 하세요."

운청산은 대답도 듣지 않고 왔던 길을 되돌아갔다.

누구도 온전하게 보이지 않았다. 그러나 누구도 위엄을 차리려 하지 않았다. 그들 다섯 사람은 서로를 바라보지도 않고 말을 나누지도 않았다. 오직 빈 탁자만을 뚫어지게 바라보고 있었다.

그때 청의무사가 조심스럽게 막사 안으로 들어와 운녹산에게 두루마리를 건넸다. 운녹산은 두루마리를 펴서 대강을 훑고 탁자의 중앙에 펼쳐 놓았다. 모두의 시선이 그 안의 숫자에 집중되었다.

"끙!"

모두의 입에서 침음성이 흘러나왔다. 현상자가 눈을 감았다 뜨고서 모두를 둘러보았다.

"전사자 일백구십오 명, 부상자 일백십구 명. 일단은 물러나서 전열을 정비하는 게 좋겠구려."

그들 가운데 가장 적극적이던 신수 사태마저 눈을 감고 고개를 끄덕였다.

운녹산이 입을 열었다.

"저들도 반 수 이상의 손실을 보았을 것으로 생각됩니다. 생각보다 수가 많았지만 예상에서 크게 벗어나지 않았으니 이번 실패를 병가의 상사로 여기고 한 번만 더 치면 끝낼 수 있을 겁니다."

당유연이 운녹산의 옆얼굴을 보며 물었다.

"허면 물러서지 말자는 뜻이오?"

모두가 운녹산을 주시하자 그는 고개를 저었다.

"멸청광자, 오행마문… 새로운 사실을 알았으니 대비할 시간이 필요하겠지요. 이대로는 안 된다는 생각입니다. 련주의 말씀대로 일단은 퇴각하여 전열을 정비해야겠지요. 보셨듯이 사방당은 무용지물. 쓸데없이 희생만 늘렸다는 비난을 받지 않으려면 용병들을 해체하는 것이 나을 것입니다. 전술 또한 재고가 필요합니다. 제가 안이했습니다. 숫자를 믿고 힘을 분산해서는 안 되는 일이었지요."

현상자가 고개를 끄덕이고 말했다.

"모두의 판단. 그게 어디 운 가주 잘못이겠소? 어쨌든 저들이 멸청광자의 추종자들인 것을 안 이상 본 파는 더 이상 힘을 아끼려 하지 않을 것이오."

운녹산이 말을 받았다.

"오행마문과 연계된 이들입니다. 본 가 또한 음양쌍대를 불러들일 생각입니다."

공명 선사와 신수 사태 또한 힘을 아끼지 않겠다는 말을 하자 당유연도 눈에 분노를 담아 거들었다.

"본 가 또한 시험해 보고 싶은 것이 있소이다. 반드시 큰 힘이 될 것이오이다."

현상자가 정리했다.

"허면 내일 아침 금강포구로 퇴각하도록 하지요. 신속하고도 무사히 퇴각하는 것 역시 쉽지 않은 일. 운 가주께서는 선단들과 손발이 어긋나지 않도록 만전을 기해주시오."

운녹산이 고개를 끄덕여 답하자 모두가 일어섰다. 그때 공명 선사가 물었다.

"운 가주, 용병들을 모두 정리할 생각이시오?"

아마도 이정을 떠올린 것이리라.

운녹산은 거두려던 두루마리를 다시 살피고 고개를 저었다.

"사방당을 해체하고 지급무사만 남겨 정명당과 하나로 합치는 게 어떨까 합니다. 그들만의 조직을 따로 만드는 것이지요. 그들 가운데에도 잠룡 같은 이들이 섞여 있지 않습니까?"

잠룡!

공명 선사는 즉시 운녹산의 말을 이해했다.

"정말 아까운 청년이었소이다. 신법으로 보아 곤륜의 청년 같았는데……."

운녹산이 다시 운청산의 그 눈빛을 떠올리는 순간 당유연이 눈을 치떴다.

"곤륜의 청년? 무슨 말씀이시오?"

공명 선사는 당유연이 놀라는 이유를 몰라 의아해하다가 동벽로에서 있었던 일의 대강을 알려주었다.

당유연이 눈을 지그시 감으며 의자에 다시 앉았다.

"죽었단 말인가? 일이 끝나면 만나보려 했건만, 죽었어?"

"무슨 말씀이시오?"

공명 선사가 묻자 당유연이 품속에서 책자를 꺼냈다. 얼마 전 운녹산이 보다 만 정명당 용병들의 인명록이었다.

"이 인명록에 따르면 정명당에 속한 곤륜속가는 단 한 청년뿐이오. 우리 딸애가 마음에 두고 있는 것 같아 멀리서 살펴보고 데릴사위로 들일까 고민 중이었소이다. 그런데 죽다니……."

당유연은 눈을 감았다. 눈물 그득한 당우리의 얼굴이 눈앞에 떠오르는 것만 같았다. 그때 운녹산이 말했다.

"가져가도 되겠소이까? 구명지은을 입었으니 개인적으로 보상을 해야 할 것 같습니다만."

운녹산이 책을 집으며 말하자 당유연은 고개를 끄덕였다.

반 시진 후 종길이 고통을 호소하다 못해 지쳐 버린 때, 운청산은 잡동사니처럼 보이는 것들을 한 아름 안고 막사로 돌아왔다.

운청산은 품에 안은 것을 내려놓으며 종길의 이마에 흐르는 땀을 닦아주던 강정에게 말했다.

"매듭을 푸세요."

강정은 운청산이 들고 온 것들 가운데 마포가 있는 것을 보고는 소도를 꺼내 피에 젖은 종길의 상의를 아예 잘라 버렸다. 옷자락을 좌우로 벌리니 한 뼘이 넘는 자상이 배를 가로지르고 있었고 그 틈도 흉측하다 할 만큼 벌어져 있었다.

운청산은 늘어져 있던 종길의 두 다리를 접었다. 순간 벌어져 있던 상처의 틈새가 줄어들었다.

"잡고 계세요."

두 다리를 강정에게 넘긴 운청산은 종길의 입에 나뭇조각을 물려주었다.

"아플 거야."

운청산은 마포 한 조각을 술에 적신 후 상처 주변을 닦아내기 시작했다.

"끄으으으으으!

종길이 전신을 뒤틀자 이정이 그의 어깨를 내리누르고 강정이 다리를 단단히 잡았다. 운청산은 차분한 눈빛으로 상처를 깨끗이 닦아내고 급조한 나무 상자의 뚜껑을 열었다.

강정이 넘겨다 보니 그 안에 허연 연고 같은 것이 들어 있었다.

"그게 뭔가?"

"쥐의 뇌숩니다. 돼지 기름이 있으면 좋겠으나 이것도 창상에는 효과가 있지요. 지혈에도 도움이 됩니다."

"허면 쥐 잡으러 다닌다고 이리 늦었어? 도대체 몇 마리나 잡으면 그만큼 되는 거야?"

운청산은 대답하지 않고 종길의 상처에 쥐의 뇌수를 두텁게 발랐다. 나무 상자를 내려놓고 반선 노인의 가르침을 떠올리면서 종길의 맥을 짚었다.

그가 감았던 눈을 뜨자 강정이 급히 물었다.

"어떤가?"

"도에 여기(餘氣)가 있었나 봅니다. 상처로 봐서는 직접적인 손상이 없지만 장부가 심하게 격탕되어 있는 듯하군요. 못 구하는가?"

마지막 말을 홀로 중얼거리면서 운청산은 막사의 출입구를 돌아보았다. 그때 나라연이 들어왔다.

"여기 있어요, 청산 소협!"

나라연이 건네준 것은 바늘과 실이었다.

"여러 모로 고맙습니다, 나 소저."

운청산이 말하자 나라연은 고개를 저었다.

"겨우 술이나 마포 정돕니다. 덕분에 폐사(弊寺)의 피해가 크게 줄었는데 이 정도밖에 해드리지 못하니 오히려 제가 죄송하지요."

운청산은 다시 고개를 끄덕여 보이고서 바늘에 실을 꿰고 오른손 엄지와 검지를 파랗게 물들인 후 바늘을 문질렀다. 바늘이 부드럽게 휘어졌다. 운청산은 바늘 끝을 다시 쓰다듬었다가 손을 뗀 후에 종길에게 말했다.

"혼혈을 짚을 거야. 죽는 거 아니다. 나, 그 약속 기억한다. 천혜원에 데려다 준다 했던. 믿어!"

종길은 힘없이 고개를 끄덕였다. 운청산은 그에게 희미한 미소를 지어 보이고 혼혈을 짚었다. 그가 눈을 감았다.

나라연은 자신도 모르게 문취옥의 옆에 이르러서 그녀의 손을 잡았다.

운청산은 땀을 삐질삐질 흘리면서 종길의 배를 봉합하기 시작했다. 아무리 세심하게 작업했다 해도 흘러내리는 피는 어찌할 수 없었다.

겨우 한숨을 내쉰 운청산은 다시 마포에 술을 적신 후 상처를 닦아내고 다시 쥐의 뇌수를 찍어 상처 위에 도포했다.

운청산은 두 손을 종길의 배에 얹고 눈을 감은 채 부드럽게 쓰다듬기 시작했다. 한참을 행한 후에 다시 한숨을 내쉬고 이마에 흐른 땀방울을 닦아냈다.

마지막으로 마포로 종길의 배를 꼼꼼하게 감싼 운청산이 뒤로 물러나 주저앉았다.

"괜찮겠는가?"

"선표후리(先表後裏)밖에는 취할 도리가 없군요. 일단은 표피를 치료하고 장부를 제자리로 돌려놓았습니다만, 책 몇 권 읽은 제 실력으로 속이 상한 것까지 다루기에는 무리가 있습니다. 어찌 될지는 저도 잘 모르겠으니 하루라도 빨리 경험있는 의원의 조치가 있어야겠군요. 지금 갈까 합니다."

강정이 놀라서 눈을 치떴다.

"어디를? 불일장 말인가?"

"약속했습니다. 다치면 반드시 천혜원에서 치료받게 해주겠다고."

운청산은 말을 끝내는 순간 바로 종길의 혼혈을 풀고서 그를 들쳐업으려 했다. 나라연이 급히 말렸다.

"안 됩니다. 용병이라 하나 지금은 군율에 구속받고 있습니다. 허락도 없이 진영을 떠나면 처벌받게 됩니다."

종길을 업은 운청산은 차분한 눈빛으로 나라연을 주시하고 말했다.

"처벌은 뒷일. 자신의 손해를 생각해서 타인의 피해를 방치하지 말라 배웠습니다. 사람의 목숨을 구하는 일에 인색해서는 안 된다고 배웠습니다. 저는 지금 당장 할 수 있는 일을 하려 합니다."

"하지만 지금 이 막사 주변만 해도 부상자들이 넘쳐 나고 있습니다. 그런데……."

운청산은 나라연의 말을 끊어버렸다.

"결과가 나쁜 쪽으로 형평을 맞추는 것이 의미가 있을까요? 내가 신이 아닌 이상 그들 모두를 돌볼 수는 없는 일입니다. 지금 내가 할 수 있는 것에 최선을 다할 뿐이지요. 나 소저도 이렇게 가만히 있어서는 안 됩니다. 전쟁의 승패가 어찌 되었든 간에 장수는 전쟁이 끝나면 우선적으로 부상자들을 돌보아야 합니다. 그렇지 않으면 누가 있어 추후에 그 장수를 위해 칼을 쓰려 하겠습니까? 나 소저는 우리와 달리 많은 것을 할 수 있는 사람. 할 수 있는 일을 하십시오."

나라연이 어쩔 수 없이 길을 트는 순간 운청산은 바로 막사를 벗어났다. 나라연은 병영을 가로질러 가는 그의 등을 바라보다가 급히 몸을 날렸다.

붉은 태양이 솟아오르는 이른 아침, 금사강의 물결은 금룡의 비늘이 일어나듯 금빛으로 반짝였다.

쾅!

난데없는 폭음이 일면서 잔잔한 금빛 물결들을 화나게 만들었다. 금사강은 분노의 힘으로 단번에 나룻배를 십여 장이나 떠밀어 버렸고 나룻배는 어느새 금사강의 포구 근동에 다다랐다.

"아길, 다 왔다. 조금만 참아."

운청산은 품속을 뒤져 열 냥짜리 전표를 꺼냈다. 그리고 그것을 나룻배 뒤에서 노를 잡은 채 부들부들 떨고 있는 삼십 대 초반의 사내에게 건넸다.

"고맙습니다. 조심해서 돌아가세요."

운청산은 연신 고개를 끄덕이는 뱃사공을 뒤로하고 배가 포구에 닿기도 전에 종길을 업은 채 허공으로 치솟았다. 그는 단번에 십 장을 움직여 포구에 닿았고 그 즉시 몸을 퉁겼다. 하얗게 질렸던 뱃사공은 한숨을 내쉬며 사지를 쭉 뻗어버렸다.

"푸아아아! 죽는 줄 알았다. 또다시 칼 찬 놈을 내 배에 태우면 내가 호룡이 아비가 아니다."

삼백 리 뱃길을 두 시진 만에 왔으니 그가 그렇게 말할 만도 하리라. 겨우 안색을 되찾은 뱃사공은 문득 생각난 듯 운청산이 건네준 전표를 확인했다.

"엉? 이, 이게 얼마야? 여, 열 냥! 마누라, 너 죽었어! 호룡이가 도대체 누구 자식이야? 으흐흐흐."

희열에 찬 뱃사공은 꼬깃꼬깃하던 전표를 쭉 펴서 뺨으로 가져가 비볐다.

천혜원에 들어서니 텅 빈 침상들밖에 없었다. 운청산은 조심스럽게 종길을 눕히고 마포를 벗겨 상처를 살폈다. 또다시 피가 새어 나오고 있었다.

"후우! 조심한다고 했는데……."

그랬다. 이백 리 길 정도는 한 시진이면 넉넉하리라. 그러나 종길을 업은 채로 달리며 최소한으로 흔들림을 줄이려다 보니 무려 세 시진 반이나 걸려 금강포구에 이르렀다.

우선 그의 상세가 걱정된 운청산은 마을의 의원을 찾아 종길을 안정시켰다. 그러나 마을 의원은 병장기로 인한 상처와 내상에는 경험이 없다면서 상처를 다시 씻기고 금창약을 바른 후에 침으로써 고통을 줄여주었을 따름이었다. 그래서 운청산은 급히 수소문하여 배를 찾고 밤을 도와 결국 삼백 리 뱃길을 내려왔던 것이었다.

운청산은 또다시 두 손으로 종길의 배를 쓰다듬어 장부를 안돈시켰다. 그리고 천혜원 사람을 찾으려고 일어섰다.

"으아함! 왜 내가 여기서도 말단인 거야? 왜 나만 남겨두고 다 가는 거야? 더 자고 싶단 말이야."

하품 소리가 들려오는 순간 운청산은 급히 고개를 돌렸다. 거기에 한 사람이 있었다. 자다 깨서 막 들어선 듯한 얼굴로 기지개를 켜고 있었다.

"당 소저!"

당우리가 눈을 부릅뜨고는 운청산을 바라보았다.

"앗!"

당우리는 급히 두 팔을 내리고 돌아서서 운청산을 외면했다. 그리고 두 손으로 엉클어져 있는 머리카락들을 정리하고 혹시 있을지도 모를 눈곱을 떼기 위해 두 손을 눈으로 가져갔다. 그 순간 운청산이 그녀의 팔을 잡아끌었다.

"안 돼요!"

당우리는 놀라 소리쳤다. 전혀 예상치 못한 운청산의 출현과 그 박력에도 놀랐지만 그에게만큼은 정돈된 모습을 보여주고 싶었기 때문이다.

"봐주시오."

운청산이 급히 말했다.

"당신이 왜 여기 있는 거예요? 안 돼요. 조금만 있다가요."

당우리가 고개를 숙이고 무조건 운청산을 외면했다. 그가 다시 다급하게 말했다.

“아길이 다쳤소. 봐주시오.”

순간 당우리가 고개를 번쩍 치켜들며 운청산의 손끝을 보았다. 그녀는 금세 진지한 얼굴이 되어 종길에게로 다가갔다.

운청산이 종길의 맥을 잡는 당우리의 뒤에 서서 말했다.

“도에 상처 입었소. 우선 상처를 돌보고 뒤틀린 장부를 돌려놓았으나 도기에 상한 장부는 따로 처치하지 못했소.”

당우리는 종길의 맥을 놓으며 차분한 어조로 말했다.

“선표후리라… 의술에 조예가 있나요?”

당우리가 오른손으로 엉클어진 머리카락을 쓸어 넘기면서 왼손으로 종길의 배를 눌러 상처를 살폈다.

“귀동냥 정도 했소이다. 어떻소?”

당우리가 일어섰다. 그리고 운청산을 외면한 채로 오른손을 뻗어 그의 얼굴을 옆으로 비틀어놓으며 말했다.

“보지 말고 듣기만 해야 돼요.”

“알았소.”

당우리는 그때서야 운청산의 옆얼굴을 보며 빙긋 미소 지었다.

“한 달 정도 고생이야 하겠지만 죽지는 않을 거예요. 지금 당장은 죽을 것 같겠지만, 적절한 조치가 있었던 탓에 상처 상태도 좋고 악화될 조짐도 안 보이네요. 상처를 계속 살피면서 내상만 다스리면 얼마 안 가서 예전처럼 팔딱팔딱 뛸 거예요.”

당우리는 손가락을 빗처럼 만들어 쉬지 않고 머리카락을 쓸어 넘겼다. 그때 운청산이 말했다.

“허락도 구하지 않고 먼저 왔으니 지금 당장 돌아가야겠소. 아길을 잘 부탁하오.”

당우리가 입술을 삐죽 내밀고 고개를 저으며 대답했다.

"안 가도 되는데… 엊저녁에 돌아온다고 전서가 왔어요. 아마 내일이나 모레면 모두들 돌아올걸요. 그때부터는 나도 눈코 뜰 새 없이 바빠질 거라구요."

당우리는 아랫입술을 깨물며 운청산을 흘겨보았다.

'그때면 얼굴 보기 힘들다구요, 바보!'

"그러나 내가 도울 일이 있을지 모르오. 부상자가 많소. 외상을 다루는 정도라면 어느 정도 도움이 될 것이오."

"걱정하지 않아도 돼요. 엊저녁에 전서를 받고 나서 우리 숙부님들이 약을 챙겨서 모두 강을 건넜다구요. 약만 있으면 당가 사람들은 모두 의원이에요. 당신이 할 수 있는 외상 처치 정도는 누구나 한다구요."

운청산은 문득 나라연의 얼굴을 떠올렸다.

'괜한 소리를 한 것 같군. 하기야 단체를 이끄는 사람들이 그 정도 생각을 못하려고.'

운청산이 알겠다고 대답하기 위해서 무의식적으로 고개를 돌리려 했다. 그때 당우리가 기다렸다는 듯이 오른손 검지를 뻗어 그의 턱에 대고 밀었다.

"아! 아아! 안 돼요, 안 돼."

운청산은 처음으로 입가에 희미한 미소를 지으며 말했다.

"알겠소. 그럼 난……."

당우리가 말을 끊었다.

"그래요. 종 소협은 내가 잘 돌볼 테니 우선은 가서 쉬어요. 피곤해 보인다구요."

운청산은 말없이 고개를 끄덕이고 종길에게 말했다.

"아길, 내가 괜히 호들갑 떨었나 보다. 괜찮다니 이제 마음 편히 쉬어라."

종길이 정신이 들었는지 힘없이 대답했다.

"청산, 고맙다."

운청산은 대답없이 미소 짓고서 문으로 걸음을 옮겼다. 당우리가 등을 뚫어지게 보고 있을 때 그가 걸음을 멈추며 물었다.

"얼굴 한 번 보고 가면……?"

"싫어요."

"알겠소. 아길을 잘 부탁하오."

운청산이 문밖으로 나가자 당우리는 코를 찡긋거리며 미소를 짓고서 종길을 향해 돌아섰다.

"어디 봅시다. 쓸데없이 다쳐서 말이야, 친구를 귀찮게 하는 사람이니 내가 혼을 내줄 거예요."

종길이 힘없이 웃으며 말했다.

"그러면 당 소저의 세수 안 한 얼굴이 이상하더라고 말할 거요. 으흑! 아파라!"

"흥! 다 큰 사람이 엄살이 심하네. 말하기만 해봐요. 장침을 쓸 테니까."

당우리가 짐짓 노려보는 표정을 짓자 종길이 고통스러운 얼굴에 억지 미소를 지으며 말했다.

"좀 봐주시오. 그리고 당 소저!"

"응?"

당우리가 두 눈을 살짝 올리며 말하라는 표정을 짓자 종길이 눈을 감으며 고통을 참아내고 말했다.

“청산은 좋은 놈이라오. 하지만 외로운 놈이기도 하오. 잘 돌봐주시오.”

당우리가 활짝 웃으며 말했다.

“우선은 당신이 먼저네요. 잠깐만요.”

당우리는 가벼운 마음으로 약장을 향해 몸을 날렸다.

*   *   *

운청산이 진영을 벗어난 그날, 하늘은 점창산의 주검들을 외면이라도 하듯 별빛 하나 밝혀주지 않았다. 바로 그날 밤 점창의 대연무장에는 오십여 개의 청동 관들이 지면을 차지했다.

“사부님, 꼭 이래야 합니까?”

백영담은 간절한 눈빛으로 백무강에게 말했다. 백무강은 제자의 눈빛을 외면하며 그의 앞에서 움직이고 있는 사람들을 바라보았다.

천기신사의 지시에 따라 사람들은 청동 관에 약물을 부어넣고 있었다. 그런데 백영담의 애절한 목소리가 들리자 천기신사는 오십여 개의 관들 가운데 바로 앞에 위치한 관에 약물을 부으려는 사람을 제지했다.

“사부님! 사부님 말씀이라면 물불을 가리지 않던 제자입니다. 제게는 하나밖에 없는 사형이구요. 꼭 이렇게 죽어서도 편히 쉬지 못하는 괴물로 만드셔야 하겠습니까?”

백영담이 참지 못하고 소리치자 백무강은 착잡한 눈빛으로 그를 바라보며 말했다.

“우리는 모두 그분의 도구. 생사를 불문한다. 네가 복수를 하여 넋을 위로해 주었다 하니 환도도 이해하리라. 아니, 죽어서도 그분의 대업에 동참할 수 있다고 기뻐하리라."

백영담은 눈을 감았다. 그의 두 눈에서 물기가 반짝였다.

"그럴까요? 과연 그리 생각할까요?"

형식은 질문이었지만 어조는 분명한 부정이었다. 백무강도 그것을 분명히 느꼈지만 애써 무시했다. 그는 대신 지시를 기다리는 천기신사에게 고개를 끄덕여 보였다.

천기신사가 다시 고개를 끄덕이자 작업자는 내려두었던 청동 병을 들어 약물을 쏟아 부었다. 두 팔로 그득 안아야 하는 청동 병 세 개에 가득 든 약물들이 채워지자 백환도의 시신은 약물 속에 잠겨들었다.

천기신사는 품속에서 미리 준비해 두었던 부적들을 꺼내 들었다. 그리고 그것을 방금 전 백환도의 시신에 약물을 채웠던 그 백의인에게 건넸다.

"봉인하라!"

백의인이 부적들을 사람들에게 나누어 주자 그들은 일제히 자신이 맡은 관으로 돌아가 청동 관의 뚜껑을 닫고 뚜껑과 관의 이음새 부분에 부적을 붙였다.

백의인들이 관만 놓아둔 채 좌우로 물러서자 천기신사는 등을 돌려 미리 마련한 제단 앞에 섰다. 그가 두 팔을 벌리자 두 명의 장년 도사가 달려와 백포를 벗기고 도포를 입혔다.

천기신사는 두 눈을 지그시 감고 시간을 가늠했다. 반 각이 조금 넘는 시간이 흐르자 천기신사는 갑자기 제단을 향해 두 중지를 퉁겼다. 순간 제단의 양 끝에 있던 촛불에 불꽃이 튀어 타올랐다.

천기신사는 제단으로 다가가 두 손으로 향을 받쳐 들고 촛불에 대었다. 향이 타오르자 그것을 들고 제단을 향해 연신 허리를 접어 보이던 천기신사는 향을 향로에 꽂고 소리쳤다.

"홀(笏)!"

장년 도사가 다가와 북두성의 문양이 유독 큰 칠성 조각 상아홀을 바쳤다. 천기신사는 상아홀을 두 손에 그러쥐고 다시 제단을 향해 허리를 접기 시작했다. 그의 입에서 계속 웅얼거리는 주문 소리가 들리다가 어느 한순간 사라졌다.

천기신사가 마지막으로 허리를 접고서 제단을 바라보며 중얼거렸다.

"알겠나이다, 알겠나이다, 성군께서 하신 말씀 알겠나이다, 미천한 신하 백진궁이 성군의 뜻을 받잡겠나이다, 성군께서는 미신에게 뜻을 받들 수 있도록 힘을 주소서."

천기신사는 상아홀을 두 손으로 받든 채 한참 동안 허리를 접고 있었다. 그리고 갑자기 어깨를 부르르 떨더니만 허리를 펴고 떨리는 목소리로 말했다.

"오오오오오! 오셨도다. 오셨도다. 하늘이 내린 수명을 거부하고 외람되이 목숨을 잃은 이들을 불쌍히 여겨 북두성군(北斗星君)께서 강림하셨도다."

천기신사는 부릅뜬 눈으로 돌아서서 관들을 내려다보았다.

"제 명을 살지 못한 불쌍한 혼들은 들으라. 하늘이 내린 명을 거역하였으니 그 죄가 크고도 크도다. 내 그대들이 제 명에 이르도록 구천을 떠돌게 하려 했으나 충성스런 신하 백진궁의 염원을 받아들여 염마장(閻魔帳)의 장부를 고치고 그대들의 죄를 사하노라. 그대 혼들이여! 망령되이 구천을 떠돌지 말고 그만 생사의 강을 건너 내생을 기약하라."

천기신사의 기이한 목소리가 잦아드는 순간 난데없이 선풍이 몰아치더니 촛불을 꺼버리고 관들 사이사이를 휘돌았다. 사람들이 일제히 소매를 들어 눈을 가리니 선풍은 한풍이 되어 등골을 서늘하게 만들었다가 순식간에 허공으로 말려 올라가 버렸다.

쉴 새 없이 땀을 흘리던 천기신사가 상아홀을 떨어뜨리고 바닥에 털퍼덕 주저앉았다. 중년 도사들이 급히 달려가 그의 얼굴에 범벅된 땀방울을 닦아내자 천기신사는 겨우 한숨을 내쉬고 가부좌를 튼 채 눈을 감았다.

잠시 후 천기신사가 말짱한 모습으로 일어섰다. 그는 관들을 노려보면서 서서히 두 손을 모아 결인을 짓기 시작했다. 천기신사의 입에서 아기가 칭얼대는 듯한 소리가 흘러나왔다.

천기신사는 관들을 스쳐 지나가며 부적들을 향해 계속해서 오른손 중지를 퉁겼다. 순간 그의 손끝이 지적한 부적에서는 어김없이 붉은 기운이 반짝였다가 문자들이 입체적으로 튀어 올랐다. 허공에 뜬 문자들이 뱀이 똬리를 풀 듯 풀리며 관의 이음새를 따라 흐르기 시작했다.

오십여 개의 관들에서 모두 이변이 생겼다가 사라지는 순간 관의 이음새 부분은 전에 없던 붉은 기운이 감돌고 있었다.

"후우우우우!"

천기신사가 한숨을 내쉬자 백무강이 다가와 그의 어깨를 두드렸다.

"수고했네. 그럼 저들은 모두 쓸 만한 도구가 되는 것인가?"

천기신사가 고개를 끄덕였다.

"저들보다 못한 것들로 실험한 결과, 성공 확률이 십 중 삼 정도 되었습니다. 하지만 그동안 보완한 것들이 적지 않으니 이들 정도의 상품(上品)이면 열 중 여덟은 대업에 보탬이 될 것을 확신합니다."

"음, 팔 할이라? 좋군. 얼마나 걸리겠나?"

"시간이 제법 걸릴 겁니다. 이 년 정도 걸릴 테니, 사천 공략에는 사용하기 어렵겠습니다. 하지만…….”

백무강이 말을 다 듣기도 전에 고개를 끄덕이고 다시 천기신사의 어깨를 두드렸다.

“무슨 뜻인지 알겠네. 사천을 얻는 데 있어 신사 자네가 할 일은 없어. 그 일에만 매진하시게.”

천기신사가 허리를 접었다.

백무강은 천기신사에게서 시선을 떼고 몸을 돌렸다. 그러나 곧 한숨을 내쉬며 고개를 비틀고 말았다. 백영담이 백환도가 들어 있는 관을 멍하게 바라보고 있기 때문이었다.

백무강은 말없이 대전으로 돌아갔다. 천기신사는 그의 등에 대고 허리를 접어 보인 후 백영담을 힐끔 보았다.

“옮겨라.”

천기신사는 백의인들이 관으로 다가가는 것을 보다가 문득 소매를 걷어 팔을 살폈다.

“벌써 여기까지?”

부스럼이었다. 툭툭 털면 부스스 떨어져 내릴 것만 같은 흉측한 부스럼들이 팔꿈치 아래까지 번져 있었다. 천기신사는 소매를 내리고 하늘을 올려다보았다.

“이는 천군께서 역천(逆天)인 까닭이 아니다. 내가 천군을 받드는 방법이 역천인 탓에 당하는 신벌일 따름이다. 천군께서는 순천자(順天子)! 곧 천하를 얻으시리라. 내가 반드시 그리 만들고 말리라!”

천기신사는 두 눈에 강한 불복의 뜻을 담아 하늘을 노려보았다.

제7장

푸른 산이 묻거들랑 사랑한다 답하리라

푸른 산이 묻거들랑 *사랑한다* 답하리라

운청산은 우물을 독차지하고 앉아 몸을 씻었다. 왠지 찜찜해서 손톱 틈새는 물론 전신 구석구석을 손금이 사라질 정도로 비비고 또 비볐다. 씻다 보니 왼쪽 어깨의 상처가 심하게 욱신거렸다. 긴장이 풀린 탓이리라.

운청산은 크게 걱정하지 않았다. 최근 몇 년 동안은 흔치 않은 일이었지만, 태악 도인과 함께 지냈을 때는 다치는 일쯤이야 당연한 듯 여기고 살았다. 근육이 끊기고 뼈가 부러져 어긋난 것이 아닌 이상 오래 갈 상처는 아니었다.

아마도 반선 노인의 태청구전금액고가 가져다 준 공능이리라. 다쳐도 다른 이들보다 몇 배나 쉽게 아물었다. 지금의 상처도 벌써 크게 호전되어 새살이 돋고 있었다.

운청산은 아릿한 통증을 잊고 당우리의 막 깨어 부스스한 얼굴을 떠올리며 미소를 지었다.

"자세히 좀 봐주지. 쉽게 알아봤을 텐데……."

상처를 감싼 후 옷을 갈아입고 귀신 나올 것 같은 병사(病舍)를 둘러본 운청산은 발이 이끄는 대로 그가 늘 신세를 졌던 동산에 올라 벌렁 드러누워 버렸다.

누워서 보는 풍광은 변함이 없었다. 없는 것이 있다면 사람들뿐. 그토록 꺼려하던 것이 바로 사람이었는데 이상하게도 안 보이니 허전했다.

"거참! 기분 참 묘하군. 나도 이제 세상 사람 다 된 모양이네?"

청인자와 헤어진 것이야 아쉬움과 아픔으로 남아 있지만, 산 밖에서 사는 것은 그의 생각과는 달리 대체로 기분 좋은 일이 더 많았다. 평생 처음으로 친구라는 것이 생겼고 형제 같은 사람들도 생겼다. 그리고 당우리를 만났다.

"만약 어제라는 시간만 없었다면……."

생각해 보니 단 하루였다. 아주 짧은 시간임에도 불구하고 너무나 많은, 그리고 편치 않은 일을 겪은 하루였다. 또다시 웃음 짓는 한 사람의 얼굴이 떠올랐다.

고개를 저었다. 그리고 두 손을 들어 손바닥을 찬찬히 살펴보았다. 손바닥을 가로지르는 굵고 엷은 손금들만큼 그의 마음은 복잡했다.

"몸을 씻은 게 아니라 손을 씻었던 것인가? 하! 이 손으로 결국 사람을 죽였구나. 그런데 이상하군. 심란하긴 한데 그렇다고 크게 죄책감은 느껴지지 않아. 그가 웃어서일까? 아니면 내가 본래 나쁜 놈인가? 어쨌든 정말 이상하군. 지금도 그렇지만 그 순간에도 별다른 느낌이 없었어. 내 검이 직접 닿지 않은 까닭일까? 그의 가슴에서 피가 솟구치는 것을 보고서야 사람을 죽였음을 알았어. 무공이 강해지면 살인에도 강해지는 건가? 나는 곤륜에서 나오면 안 되는 놈이었나?"

운청산의 머리 속이 의문으로 뒤엉킨 그때 운경산과 운추산이 눈앞으로 다가왔다. 운경산의 입을 읽었다.

'살인에 대한 죄책감보다는 동료들이 살아 있어서 느끼는 기쁨이 더 큰 까닭이 아닐까?'

운청산은 쓴웃음을 짓고 말았다. 그의 생각은 이미 그 한 사람의 생각이 아니라는 것을 잠시 잊고 있었던 것이다.

'청산, 삶을 살아간다는 것은 순간순간의 선택을 이어가는 것이리라. 지금의 싸움은 태풍, 너는 거기에 휘말린 낙엽일 따름이다. 신이 아닌 이상 태풍을 잠재울 순 없는 일이 아니냐? 그 상태에서 넌 사람이라면 누구나 그리했을 선택을 했다. 그래, 네가 지금 곤륜에 있다면 안 볼 수는 있었으리라. 그러나 결과는 크게 달라지지 않을 것이다. 오히려 네가 죽인 이가 살아서 네 친한 이들을 죽였을지도 모르지. 고민하지 마라. 네가 말한 대로 당장 할 수 있는 것을 하는 것이 바른 선택이라 할 것이다.'

운청산이 고개를 끄덕이는 순간 운추산이 입을 열었다.

'퇴각한다 하니 우리는 더 이상 필요없을 터. 이제 들어갈 것이다. 우리를 의식하지 마라. 가끔은 바깥 동정을 살피기도 하겠지만 대체로 눈도 귀도 닫고 있단다. 네 생각을 읽지 않는다. 특히 그 당가의 아가씨와 함께 있을 때는 절대로 네 생각과 세상 동정을 살피지 않으마.'

운청산은 두 영혼의 환한 웃음에 미소로 답했다.

'그럼!'

두 영혼이 사라지려 했다.

'잠깐만요, 숙부님들!'

두 영혼이 다시 돌아왔다. 운청산은 잠시 망설이는 듯하다가 생각했다.

'어머니는?'

두 영혼이 동시에 고개를 끄덕였다. 운경산이 입을 벌렸다.

'네 어머니 역시 네 몸 안에 계신다. 그러나 귀곡에서 우리가 네 앞에 모습을 드러내지 못하던 그때처럼 네 척수 속에 계시지. 그것은 네 어머니의 바람이셨다. 네게 혼란을 주지 않았으면 하셨고 그래서 귀곡 어르신께 부탁드렸다. 우리와 함께 계셨더라면 지금이라도 당장 만날 수 있을 것을……'

아쉬웠다. 꿈속에 나타나 아비 만나기를 갈망해 놓고 앞에 나설 수 있는데도 나서지 않는 것이 야속했다. 운경산이 그 마음을 읽고 입을 열었다.

'그것은 다만 우리의 염원. 지금처럼 의사를 소통하는 것과는 다르다. 강한 염원이 네게 전달된 것뿐이다. 늘 네게 미안했구나. 죽어서도 항상 신세만 졌다. 세상에 대한 우리의 미련이 네게 세상 나서기를 강요했다. 그렇지 않았다면 너는 아직도 귀곡 어르신과 함께 있었으리라. 네 운명을 변화시킨 것이 바로 우리의 미련이요 염원이었다. 미안하구나.'

'아닙니다. 그것이 제 운명이었을 테지요. 세상 속에 사는 것이 생각만큼 나쁘지는 않습니다. 그 인연들이 저를 기쁘게 합니다.'

'그래, 그 당가의 아가씨는 참으로 어여쁘더구나. 마음도 얼굴처럼 밝았다. 마치 신명처럼 밝고 맑았다. 네 어머니도 느꼈으리라. 그리고 기뻐했으리라.'

운청산은 쑥스러운 미소를 지었다가 문득 생각을 떠올렸다.

'숙부님들에게 아버지는 어떤 사람이었습니까?

순간 운경산과 운추산이 서로를 마주 보았다. 운추산이 입을 열었다.

'잘 모르겠구나. 네 아비는 뭐랄까, 외로운 사람이었다. 무언가에 늘 쫓기는 사람 같았다. 그는 언제나 사람들과 떨어져 지냈다. 우리가 빙혼귀라 부를 만큼 차갑고 무서웠지. 속마음을 내비치지 않는, 그래서 쉽게 다가갈 수 없는 사람이었어. 최근 들어 우리가 본 네 아비는 불을 품은 사람이었다. 활활 타오르면서도 동시에 차가운 사람이었다. 해본 적이 없어서 할 수 있을지 모르겠다만, 네가 원한다면 다음번에 만났을 때 생각을 읽어보마.'

운청산은 천천히 고개를 저었다.

'그러지 마세요. 제가 직접 겪어보고 싶습니다.'

두 영혼이 동시에 웃다가 운경산이 문득 정색하여 말했다.

'그래, 그러는 게 좋겠지. 다만 네게 한 가지 말해 주고 싶구나. 네 아버지는 쉽게 속을 드러내는 사람이 아니다. 네가 정녕 네 아비가 어떤 사람인지 알고 싶다면 그의 아들임을 밝히지 않는 게 좋으리라. 사실 나도 살아생전에 네 아비가 어떤 사람인지 무척이나 알고 싶었다.'

운청산이 고개를 끄덕이는 순간 두 영혼이 눈앞에서 사라졌다. 그러나 곧 운경산이 다시 나타나 입을 열었다.

'그리고 한 가지 더. 네 아비와 싸우던 사람과 너를 이해호에 빠뜨린 여인이 바로 우리를 죽음에 이르게 만든 이들이다. 그 능력, 그 얼굴을 잊지 않고 있었지만 그때는 정신이 나간 것 같아 미처 경고할 틈이 없었다. 장차 만나거든 방심하지 말아야 할 것이다.'

운경산이 다시 사라졌다.

"결국 이렇게 되어버렸군요."

운추산과 함께 하얀 빛의 방으로 돌아온 운경산은 방의 한가운데 새롭게 자리한 유백색의 작은 구멍을 확인하고 침중한 낯빛으로 생각했다.

그들이 팔방의 두 위치를 차지하고 정좌하는 순간 운명산이 눈을 감으며 생각을 퍼뜨렸다.

"미안하다. 내 이기적인 생각이 이러한 결과를 낳았다. 노력은 했지만 너희 둘의 공백을 메울 수가 없더구나. 다시는 부탁하지 않으마."

그때 운현산이 모두를 둘러보았다.

"귀곡 어르신께서도 말씀하지 않으셨더냐? 지연시킬 수 있을 뿐이라고. 청산의 기운을 훔칠 수 있는 우리의 그릇은 거의 포화 상태에 달했다고 보아야 옳을 것이다. 결국 둘의 공백으로 생겼다는 것도 맞는 말이지만, 어차피 벌어질 일이 조금 일찍 벌어진 것 또한 사실이다. 일단은 최대한 버텨보되 한계에 이르면 청산이 마경에 빠지지 않도록 돌보는 쪽으로 생각을 바꾸도록 하자."

운경산이 운현산을 바라보았다.

"구체적으로 말해 보시오."

"앞으로도 너희들은 필요할 때 나가서 청산을 도와라. 단지 도우는 것뿐이 아니라 청산이 감정적인 충격을 받지 않도록 최소한 다독여라. 너희 둘뿐이 아니다. 그 일을 위해서라면 여기 있는 모든 이들이 동원되더라도 해야 할 것이다. 다만 나와 명산만큼은 나가지 않고 변화를 주시하는 일에만 신경 쓰겠다."

모두가 고개를 끄덕였다. 어차피 돌이킬 수 없는 상황이라면 좋은 방향으로 가꾸어 나가는 것이 최선이라는 것에 합의한 것이었다.

운추산이 신기한 듯 빛의 구멍을 바라보며 싱긋 웃었다.

"이걸 정확히 무엇이라고 해야 할까요? 보세요. 밑으로 무한정의 기운이 흐르고 있습니다. 결국 양신이 생성되려는 징조가 되겠지요."

운추산이 운현산을 바라보자 그도 미소 지었다.

"겪어보지 못했는데 무슨 수로 알 수 있겠느냐? 지켜볼 따름이지."

모두가 미소를 지었지만 상호 교환되는 그들의 심정은 웃음보다도 무거움이 더 크게 느껴졌다.

육체적 피로에 정신적인 피로까지 겹친 탓에, 잠깐 존다는 것이 그만 해가 서산에 이를 때까지 자버렸다. 종길이 원망하겠다 싶어 급하게 달려갔더니, 그는 당우리가 붙여준 소년을 붙잡고 자신의 무용담을 떠벌리느라 정신이 없었다.

그러나 운청산을 보는 순간 종길은 안면을 바꾸어 금방이라도 죽을 것 같은 표정을 짓고서 그를 곁에 붙잡아두었다. 처음에는 당우리에 대한 이야기를 나누다가 종국에는 믿을 수 없는 그의 연애담과 연애론을 한참이나 들어야 했다.

운청산은 고개를 젓고 실소했다. 그토록 처연한 목소리와 불쌍한 표정으로 쉴 새 없이 지껄여 댈 수 있는 종길의 능력을 이해할 수가 없었던 것이다. 만약 운청산의 배에서 꼬르륵 소리가 나지 않았다면 종길은 한정없이 그를 붙잡아두었으리라.

당우리를 보지 못하고 가는 것이 아쉬웠지만, 다섯 끼를 내리 굶은 터라 운청산은 결국 마을로 내려가지 않을 수 없었다.

마을에서 식사를 한 운청산은 바로 그의 자리로 돌아왔다. 그가 즐겨 보던 달빛에 물든 금사강의 풍광을 볼 수 없었다. 황혼녘부터 회색

빛 구름이 깔리더니 결국은 하늘을 뒤덮었는지 달은커녕 별 하나 없는 깜깜한 밤이 되어버렸다.

"후유!"

마음속에서 난마처럼 뒤엉켜 있던 생각들이 또다시 두서없이 튀어나왔다. 운청산은 고개를 저어 생각들을 잘라 버렸다. 그리고 의도적으로 기억을 먼 과거로 돌려 모든 즐거운 일들을 떠올렸다.

운청산의 입가에 미소가 감돌았다.

"이렇게 즐거운 추억들이 많았다니……. 그렇구나. 난 내가 생각하던 것보다 훨씬 더 행복한 놈이었구나."

경의상의 자애로운 눈빛을 생각하니 눈물이 나도록 가슴이 따뜻해졌다. 청인자의 푸근한 미소를 떠올리니 똑같은 미소가 입가에 드리워졌다. 귀곡산인과 반선 노인, 그리고 무뚝뚝한 태악 도인마저도 그를 행복하게 만들었다.

호연이 질겁을 하고 달아날 정도로 혹독했던 귀곡산인의 질책과 멍이 들고 뼈가 부러졌던 태악 도인과의 수련 과정마저도 세월이 흐르니 즐거운 추억으로 남아 있을 뿐이었다. 머리 속의 기억들을 하나하나 흘려보내다 보니 운청산의 마음은 어느새 누구보다도 가까울 수 있었으나 그리하지 못했던 노인의 얼굴에 이르렀다.

노인의 속죄와 후회, 그리고 누구도 보지 못했을 눈물이 운청산의 마음을 후끈 달아오르게 만들었다. 만약 경의상의 묘소에서 친조부 되는 운검정을 만나지 못했다면, 그는 지금처럼 세상을 향해 마음을 활짝 열지는 못했으리라.

그날 운검정은 운가의 전 가주가 아닌 소탈한 할아버지가 되어 운청산과 많은 말들을 나누었다. 운청산이 곤륜검을 익혔음을 알게 되자

기꺼운 듯 논검을 즐겼고 그가 말년에 체득한 검로를 보여주기도 했다.

운청산은 운검정의 검을 떠올리며 호기롭게 일어나 검을 빼 들었다.

"유능제강! 알 만한 사람은 다 아는 말이다만, 세상 누구도 쉽사리 실천할 수 없는 말이기도 하다. 이 할아비 또한 가문의 책임을 떠맡고 있을 때는 머리로만 알고 있었을 뿐 능히 그 진체를 알지 못했다. 청봉, 보아라! 내 공부가 젊었을 때 보았던 곤륜의 선학(仙學) 태허도룡검에는 미치지 못하겠지만 그것에 이르는 징검다리는 될 수 있으리라."

'그날 조부님의 검은 단 한 번도 당신의 손을 떠나지 않았다. 단 한 줄기 검기조차 흘리지 않았다. 그럼에도 불구하고 난 꼼짝도 할 수 없었다. 태악 할아버지의 무공이 우뢰라 하면 할아버지의 무공은 바람과 같았다. 천지자연의 기운이 한 자루 검에 휘둘려 바람이 되고 이내 그분의 전신을 휘감았다. 태악 할아버지의 검력이라면 뚫을 수 있을지 몰라도 내 검으로는 도저히 넘보지 못할 경지였다. 뚫으려 해도 비켜 나갈 것이고 결국 몸조차 가누지 못했으리라. 동화라 하셨던가. 감응이라 하셨던가.'

운청산은 눈을 지그시 감고 세차게 검을 내뻗었다. 검첨이 아니라 검 전체에서 바람이 일었다. 운청산은 조부 운검정의 몸놀림을 떠올리며 전신을 휘돌리기 시작했다. 검이 돌고 몸이 돌아 주위의 바람들을 갈라 버렸다.

"감응하려는 기운을 내치려 하지 마라. 네가 부르고 먼저 따르며 네가 앞지르고 또 그것이 따르면 그 즉시 포용하여라. 발(發)한 것을 거두고 수(收)

한 것을 다시 내뻗어 천지자연마저 같이 발하고 수할 때까지 휘돌려라. 오호라! 이러한 느낌이다. 검아가 따로 없이 돌고 도니 바람도 돌고 천지자연도 함께 도는구나. 내가 노니 천지자연도 같이 놀려 하는구나. 즐겁구나, 청봉! 이 할아비, 이제야 검이 무엇인지 알겠구나. 허허허허!"

운청산의 검이 점차 그 세찬 기세를 잃어가고 있었다. 부드럽게 휘돌아 갈라 버렸던 바람들을 검신으로 휘감았다. 검과 함께 운청산의 주변을 휘돌던 바람들이 주변의 공기마저 빨아들였다.

선풍이 운청산을 휘감아 돌렸다. 저절로 허공으로 솟구치게 된 운청산은 바람의 이끌림을 따라 허공을 유영했다. 그것은 운룡대팔식과는 하등 상관이 없는 움직임이었다. 그저 바람을 따르는 것뿐이었다.

'아! 포용한다는 것이 이런 것일까?

그러던 어느 순간 운청산이 허공에서 휘돌면서 눈을 치떴다. 검을 더 이상 놀릴 수가 없었던 것이다. 운청산은 땅에 발이 닿기 전에 다시 한 번 세차게 검을 내뻗었다. 그러나 그 검력은 바람을 갈라서 흩어버릴 뿐이었다.

운청산은 조부 운검정마냥 허공을 떠돌며 한없이 너털웃음을 터뜨릴 수 없는 그 아쉬움에 쓴웃음을 지었다.

"알 수 없는 노릇이군. 그토록 경험해 보려 했는데 안 되더니만, 오늘은 무슨 까닭으로 바람을 느끼게 된 것일까? 무엇이 달라진 것인가? 천지자연이 나와 놀자고 하지는 않았지만 조금만 더 나아갔다면 무언가 심득을 얻을 수 있었을 텐데, 아쉽군."

그러나 운청산은 이내 쓴웃음을 미소로 바꾸었다.

운청산이 숨을 들이마실 때마다 조금씩 흘러 들어오는 천지자연의 기운을 아무런 부담 없이 빨아들이던 운현산 등이 눈을 치뜨고 서로를 응시했다. 샘물처럼 스며들던 기운이 갑자기 계곡물처럼 거세어진 것이었다.

그들은 일제히 주의를 바깥으로 돌렸다. 운청산의 움직임이 느껴졌다. 전례가 없는 일이었다. 무공을 펼치면 기는 자연히 발산될 수밖에 없으리라. 이렇게 반대로 흘러 들어오는 일은 전무했다. 더군다나 운현산 등이 훔치는 기는 운청산의 운공에 따라 불어나는 내공이 아니었다. 운청산이 가진 본연의 기운에 뿌리내려 양신의 생성을 도우려는 천지자연의 기운뿐이었다.

'청산이 또다시 아버지의 시무를 재현하려 하고 있다. 아니, 다른 때와는 달리 느끼는 것 같구나. 천지의 기가 청산의 기에 감응하려 하니 정신들 바짝 차려라.'

운현산이 생각을 퍼뜨리는 순간 모두가 빛의 구멍을 주시했다.

세상으로 내보내면 티끌만도 못한 작은 빛. 그러나 운청산의 백회를 방으로 삼고 있는 그들이니 그들조차도 티끌만도 못한 크기였다. 그 구멍만한 구슬을 그들의 손바닥에 올려놓으면 두 바퀴는 구를 수 있을 만큼 컸다.

운청산이 휘도는 순간 구멍 역시 숨을 쉬듯 벌렁거리며 휘돌고 있었다. 외부로부터 흘러 들어온 기가 하얀 연기가 되어 계속해서 구멍 속으로 빨려 들어갔다. 시간이 흐름에 따라 빨아들이는 속도가 점점 빨라지면서 맹렬하게 소용돌이쳤다.

'정신들 차려라.'

운현산이 생각을 흘리고 눈을 감는 순간 모두가 눈을 감아 기운을 흡수하기 시작했다. 구멍 속으로 빨려 들어가던 연기 같은 기운이 흩어지고 여덟 줄기로 갈라져 운현산 등에게로 빨려 들어갔다. 그러자 곧 구멍은 벌렁거리는 움직임을 멈췄고 연기 같던 기운들도 사라져 버렸다.

모두가 눈을 뜨고 빛의 구멍을 확인했다. 운추산이 주변을 둘러보았다.

'조금 넓어진 것 같지요?'

'그렇구나. 보아라. 밑에서 흐르는 기운들도 점차 속도를 늦추고 있다.'

운경산이 신기한 듯 바라보며 대답했다.

운현산이 모두에게 전했다.

'안 되던 것이 이 구멍이 생기는 순간 갑자기 된다는 것은 서로 연관이 있다는 뜻이리라. 혼란스럽구나. 당황하여 청산의 기를 또 빨아들였지만 매번 이렇게 억누르는 것도 한계가 있는 법! 조금 전보다 조금만 더 거세지면 우리 능력으로는 막아낸다는 것이 어려우리라. 어찌해야 할까?'

모두가 고개를 내저었다. 그때 운명산이 생각을 전했다.

'굳이 생각할 필요가 있을까? 어차피 우리의 능력이 한계에 부딪쳤다. 오늘 같은 거센 기를 과연 앞으로 몇 번이나 훔칠 수 있겠어? 다섯 번? 여섯 번? 고작 그 정도다. 견딜 수 없는 지경에 이르면 그건 우리 손을 떠난 것 아닌가? 버티다가 못하겠으면 현산 말대로 청산이 마경에 빠지지 않게 직접 나서서 돕는 쪽으로 전환하자.'

모두가 고개를 끄덕일 수밖에 없었다. 그러나 사실은 그들의 짐작과 많이 달랐다.

운청산은 자신의 변화를 감지하지 못하고 있었다. 결국 빛의 방에서 생기는 변화로 인하여 그가 갑자기 운검정의 깨달음을 일부 느꼈다고 생각하는 것은 운현산 등의 착각이었다.

그것은 오로지 마음에서 기인한 것이었다. 스스로를 행복한 사람이라고 생각한 운청산의 밝고 맑은 마음. 그러나 한 가지는 분명했다. 변화가 양신의 잉태와 십 할 관련이 있다는 것은 틀림없는 짐작이었다.

운청산이 검을 거두고 다시 앉는 순간 멀리서 기척이 느껴졌다. 그의 두 눈이 어둠 속을 꿰뚫어 기척을 내는 인영을 확인했다.

'당우리!'

운청산은 기쁘면서도 한편으로는 당황했다. 셋이 있을 때는 아무렇지도 않은데 둘만 있으면 왜 그렇게 가슴이 벌렁대는지 알 수 없었다.

'아길은 당당해지라고 했다. 하지만 그건 도저히 할 수가 없다. 심장이 두근대고 얼굴이 붉어지는데 어떻게 당당하란 말인가? 모르겠다.'

운청산은 엉겁결에 모르는 척하고 두 손으로 베개를 만들어 드러누워 버렸다.

그가 당우리라고 짐작한 가냘픈 인영이 일 보에 사 장씩 뛰어올라오다가 그의 칠 장 앞에서 갑자기 허공으로 치솟았다. 그 순간 그 인영의 오른손에서 반짝이는 기운이 느껴졌다.

운청산도 실눈을 뜨고 보았다. 그러나 거기에는 살기가 담기지 않은 탓에 그냥 가만히 보고만 있었다. 그 순간 반짝이던 것이 빛살이 되어 날아왔다.

왼쪽 옆구리에서 예기가 느껴졌다. 운청산은 그래도 가만히 있었다.

미약한 소리와 함께 그 빛살은 그의 겨드랑이 바로 아래쪽에 꽂혔다. 눈동자를 슬쩍 돌려보니 비수라 생각되는 두 치가량의 손잡이가 보였다.

당우리가 삼 장 앞에서부터 천천히 걸어왔다.

"안 잔다는 거 다 알아요. 하루 종일 잤으면서……."

운청산은 더 이상 모른 체할 수 없어 비수를 뽑아 들고 일어나 앉았다. 그리고 당우리를 보는 대신 다섯 치가량의 예쁜 비수를 자세히 살폈다. 어둠 속에서도 광채를 잃지 않는 섬세하고 예쁜 비수였는데 손잡이에 하얀 나비가 정교하게 조각되어 있었다.

당우리가 운청산의 발 아래 서서 두 손을 허리에 대고 그를 내려다보았다. 그는 비수의 끝을 잡아 당우리에게 내밀면서 물었다.

"왜 그랬소? 장난이면 위험한데?"

눈과 눈이 마주쳤다. 운청산은 내심 '이크!' 할 수밖에 없었다. 당우리의 기색이 화난 것 같았기 때문이다.

"왜 안 피했어요?"

목소리에서도 화난 기색이 느껴졌다. 운청산은 그녀를 빤히 바라보며 대답했다.

"믿으니까."

당우리의 노한 기색이 단번에 사라졌다. 그녀는 입가에 억지로 참다가 남은 미소를 지으며 비수를 받지 않고 바로 운청산의 오른쪽에 붙어 앉았다.

"믿으니까. 믿으니까. 믿으니까."

당우리는 노래하듯 같은 말을 반복하면서 어깨로 운청산의 어깨를 툭툭 쳤다. 그리고는 갑자기 조금 물러나면서 그의 얼굴을 바라보며 말했다.

"살기를 못 느꼈다고 대답했으면 나 많이 화냈을 거예요."

운청산은 내심 안도의 한숨을 내쉬지 않을 수 없었다. 그리 말했을 가능성도 없지 않았기 때문이다.

운청산은 대답 대신 비수를 다시 건네면서 물었다.

"그런데 왜 화가 났소?"

당우리는 비수를 받아 들고 만지작거리다가 입술을 비쭉 내밀고 말했다.

"그럼 화가 안 나요? 곧 다시 올 것 같더니만 종일 안 오다가 배고프겠다 싶어 도시락 싸러 간 사이에 슬쩍 왔다가 또 안 오는데."

운청산이 종길에게 잡혀 있던 것이 근 한 시진이었다. 그 말은 두 가지 가능성을 내포한 것이리라. 당우리의 음식 솜씨가 무척이나 서툴거나, 음식에 무척이나 공을 들였다는 것. 어느 쪽이라도 상관없었다. 오로지 미안할 따름이었다.

운청산은 겸연쩍은 미소를 지으면서 뒤통수를 긁적였다.

"그 밥 어딨소? 지금 먹겠소."

당우리가 흘겨보면서 대답했다.

"다 식은 밥을 지금까지 남겨뒀겠어요?"

운청산이 어색하게 웃자 당우리는 가볍게 코웃음을 치고 품속을 뒤져 녹피로 만든 갑과 가슴 시리도록 하얀 목련이 조각된 비수, 그리고 한 쌍의 하얀 장갑을 꺼냈다.

당우리는 만지작거리던 비수를 빈 녹피갑에 꽂아 건넸다.

"이것을 왜?"

운청산은 엉겁결에 비수를 다시 받아 들고 물었다. 당우리가 또 다른 비수를 들어 보이며 빙긋 웃었다.

"당신은 백접비(白蝶匕), 나는 목련비(木蓮匕)! 자, 그리고 이것두 받아요."

운청산은 서늘한 느낌이 드는 장갑을 받아 들고 어리둥절한 표정을 지어 보였다.

"그건 한령수(寒靈手)라고 해요. 아버지가 열다섯 번째 생일 날 선물로 주셨지요. 끼고 있으면 늘 머리를 맑게 해줄 뿐더러 손에 땀이 안 차서 좋아요. 실제로 사용해 본 적은 없지만 아버지 말로는 외문기공은 물론 호신강기도 뚫을 수 있다고 하시더라구요. 작아 보이지만 끼면 늘어나고 또 가벼워서 안 낀 것 같아요."

운청산은 비수와 한령수를 무릎 위에 놓고 바라보다가 한령수를 들어 다시 당우리에게 건넸다.

"백접비는 항상 품 안에 지니겠소. 그러나 이건 받을 수 없소."

당우리가 목소리를 높여 물었다.

"왜요? 이건 백독불침에 칼날을 잡아도 베어지지 않는 신기라구요. 호신에 유용할 텐데?"

운청산은 대답하지 않고 웃어 보이며 오른손을 앞으로 내밀었다. 순간 그의 손 전체가 파랗게 물들었다. 그는 그 손을 당우리에게 보이며 몸을 앞으로 숙여 손바닥을 바닥에 댔다. 순간 그의 손이 물처럼 땅속에 스며들어 팔목 아래가 통째로 사라져 버렸다.

당우리가 눈을 치뜨는 순간 운청산은 손을 회수하여 그녀에게 보였다. 흙 한 점 묻어 있지 않은 손을 확인한 당우리는 새삼스럽게 그를 바라보았다.

운청산이 말했다.

“있으나 없으나 내겐 마찬가지라오. 더구나 부친께서 생일 선물로 주신 것. 남 주었다는 걸 아신다면 섭섭하다 하실 게요.”

운청산은 당우리의 섭섭한 눈빛과 비쭉 튀어나오는 입술을 바라보며 문득 종길의 말을 떠올렸다.

“청산, 솔직히 말해 봐. 뽀뽀 네가 한 게 아니지? 당한 거지? 얼레? 진짠가 보네? 우헤헤헤. 아야! 아파라. 임마! 사나이가 그렇게 질질 끌려 다니면 안 돼. 암! 안 되지. 박력이 없으면 매력도 없다구. 전신이 타버릴 것 같은 이글거리는 눈빛으로 노려보다가 목을 확 잡아당겨서 내 사람이라고 도장을 찍듯이 거칠게 입술을 빼앗는 거야. 아야! 배야. 그, 그게 바로 사나이의 입맞춤이란 거야. 뽀뽀가 아니고. 알았어? 그 다음부터는 일사천리지, 흐흐흐흐. 에구구! 아파라.”

운청산은 무의식적으로 두 입술을 오므려 부딪쳤다. 그리고 당우리의 입술을 바라보았다. 목울대가 덜컥 내려앉았다가 올라가는 듯하더니 귀청이 울릴 듯 침 넘어가는 소리가 들렸다.

당우리가 의아한 눈빛으로 바라보았다. 운청산은 에라 모르겠다 하는 심정으로 그녀의 눈을 노려보면서 서서히 손을 뻗어 그녀의 목과 뒷머리를 동시에 잡아당겨 입 맞추었다.

중간까지는 종길의 말처럼 잘 진행되었다. 그러나 입술을 맞추는 순간 정신이 아득해져서 종길의 말대로 할 수가 없었다.

당우리가 놀라서 눈을 치떴다가 그 부드러운 감촉에 지그시 눈을 감았다. 입술이 떨어지고 그녀의 입에서 가벼운 한숨이 새어 나오면서 입가에 미소가 감돌았다.

잠시 후 눈을 뜬 당우리가 어쩔 줄 몰라 자신을 외면하고 있는 운청산에게 꿈꾸는 듯한 목소리로 물었다.

"이게 뭔가요?"

운청산은 눈을 마주쳤다 외면하기를 반복하다가 낮은 목소리로 대답했다.

"보, 복수요."

당우리는 복사꽃 같은 뺨에 보조개를 만들었다.

"풋! 이렇게 무른 복수가 어딨어요? 이런 복수라면 좀 더 당당하게 해도 돼요."

운청산은 화끈거림이 잦아드는 순간 천천히 당우리의 얼굴을 직시했다.

가슴이 철렁 내려앉았다. 당우리는 활짝 핀 모란처럼 환하게 웃고 있건만, 너무나 밝고 환하게 웃고 있어서 일순간 얼굴이 보이지 않았다. 불안했다. 행복감으로 충만해도 모자랄 이 순간 왜 불안감이 엄습하는지 알 도리가 없었다.

'왜? 이렇게 기쁜 적이 없는데, 왜?'

당우리가 그의 표정에서 이상함을 느끼고 물었다.

"왜 그래요?"

운청산은 고개를 저으며 솔직히 말했다.

"모르겠소. 이렇게 기쁜 적은 없었다오. 그런데 왜 이렇게 가슴이 서늘한지 모르겠소. 내겐 자격이 없는 것일까? 불안하오. 꿈만 같아서, 우리 당신이 연기처럼 사라져 버릴 것 같아서 불안해 죽겠소. 아마도 내가 처음으로 사랑을 꿈꾸어서 이럴 거요. 꿈이 현실이 된 적이 없어서 이럴 것이오. 그래서 이렇게 불안할 거요."

당우리는 따뜻한 미소를 지으며 두 손을 뻗었다. 그리고 운청산의 두 뺨을 감싸 안아 가슴으로 당겼다. 그녀는 반짝이는 눈으로 아무것도 보이지 않는 하늘을 바라보며 시를 낭송하듯 차분히 말했다.

"기뻐요. 당신이 나를 사랑으로 꿈꿨다니 정말 기뻐요. 꿈은 미래를 상상하게 하지요. 꿈이 현실이 되는 그때를. 하지만 사람은 미래를 알 수 없어요. 아마 그래서 불안할 거예요. 불확실하니까. 안 이루어질 수도 있으니까. 하지만 때로는 불확실한 미래가 더 좋을 수도 있잖아요? 노력 여하에 따라서 꿈꾸는 미래보다 훨씬 더 아름다운 미래가 펼쳐질지도 모르잖아요. 불안해하지 마세요. 나는 당신을 떠나지 않을 거예요. 지금처럼 항상 이렇게 함께 있을 거예요."

아늑했다. 정수리에서 느껴지는 그녀의 품은 마치 경의상에게 안겨 있던 그때처럼 포근했다. 그녀의 왼손이 그의 볼을 쓰다듬었다. 경의상이 늘 그랬던 것처럼.

운청산은 쉬지 않고 볼을 쓰다듬는 당우리의 손길에 이끌려 경의상이 그를 안은 채 심심하면 독백처럼 중얼거렸던 말들을 떠올렸다.

"청봉, 우리 가여운 청봉! 너 같은 아이가 어찌 이 험난한 세상을 살아갈꼬? 청봉, 혹시라도 세상에 나가 살게 되거들랑 사람을 조심해야 하느니라. 네가 강한 아이라면 아무런 걱정이 없을 테지만, 몸도 마음도 여리기만 하니 너를 해코지하고 이용하려는 사람들도 있으리라. 사람을 사귈 때 늘 조심하여라. 아는 척 친한 척하더라도 마음을 모두 열어 보여서는 안 되느니라. 반의 반만 보여주거라. 하지만 말이다. 네 어미처럼 따뜻하고 사랑스러운 여인을 만나게 되거들랑 먼저 가슴을 열고 모든 것을 다 보여주어라. 아파할까 참지 말고 위한다고 숨기지 마라. 그것을 두고 사랑이라 하지 않느니라. 사

랑이란 이름으로 속을 감추고 애를 태우는 것만큼 잔인한 일은 없단다. 청봉,
알아듣겠느냐? 이 말만은 네가 반드시 알아들어야 할 텐데, 어쩌누? 이렇게
말이 없어서……."

　너무 자주 들어서 외우다시피 한 말이었지만 그때는 무슨 뜻인지 몰
랐다.
　'할머니, 이제는 알 것 같습니다. 할머니가 말씀하신 그런 사람을 찾
은 것 같습니다.'
　운청산은 뒷머리에 뺨을 대고 비비는 당우리에게 슬며시 손을 뻗어
그녀를 떼어냈다. 그리고 반대로 그녀의 두 뺨을 잡아 얼굴을 뚫어지
게 바라보다가 천천히 가슴으로 끌어당겼다.
　"우리! 내 말을 들어보오."
　당우리는 운청산이 너무나 자연스럽게 자신의 이름을 불러주자 놀
랐지만 내색하지 않고 안긴 채로 고개를 끄덕였다. 그때부터 운청산은
자신의 출생에서 시작해서 지금 그녀 앞에 있는 순간까지를 차분한 어
조로 털어놓았다.
　말을 마친 운청산의 두 눈에서 눈물이 흘러내렸다. 그것은 아픈 과
거를 더듬은 탓이 아니었다. 자신을 위해 어깨를 들썩이며 옷이 흥건
해질 때까지 울어주는 사람을 만난 탓이었다.
　운청산은 기쁨의 눈물을 끓어내고 왼손으로 당우리의 얼굴을 쓰다
듬어 그녀의 눈물을 닦아주었다.
　"울지 마오. 나를 위해 울지 마오. 이해를 구한 것이지 동정을 구한
것이 아니었소. 난 강하다오. 과거를 외면하지 않을 만큼 강하다오. 이
제 우리 두 사람, 기쁠 때만 웁시다. 행복에 겨울 때만 웁시다."

운청산은 연신 고개를 끄덕이는 당우리의 두 뺨을 잡아 품속에서 그녀를 떼어냈다. 그리고 눈물과 콧물이 범벅된 얼굴을 지그시 바라보다가 천천히 당겨 이마에 입술을 가져갔다.

운청산의 입맞춤은 멈추지 않았다. 당우리의 눈물 그득한 두 눈에 입술을 댔고 코끝에 입술을 붙였으며 입술에 입 맞추었다.

눈물이 입술에 닿고 콧물이 입술에 닿는 것은 아무런 상관이 없었다. 욕구가 아닌 탓이었다. 그의 입맞춤은 자신을 위해 울어준 것에 대한 감사의 의식이었고 아프게 한 그녀의 가슴을 위한 위로의 몸짓이었다.

운청산은 옷소매로 그녀의 얼굴을 닦아내고 다시 그녀를 품 안에 안았다. 시간이 멈춘 것만 같았다. 그들은 그렇게 한참이나 앉아 있었다. 당우리가 그 품 안에서 잠들 때까지.

종길은 바늘로 찌르는 듯한 고통을 견디지 못하고 결국 잠에서 깨고 말았다. 고개를 비틀어 밖을 바라보니 벌써 아침이었다. 반대 편으로 고개를 돌려보니 소변 수발을 들라고 당우리가 붙여준 마을 소년이 코를 골며 자고 있었다.

종길은 천장을 바라보며 얼굴을 찡그렸다.

"쳇! 곧 돌아와서 약 발라준다고? 쳇! 쳇! 쳇이다. 아야! 배야. 왜 이렇게 찌르니? 날 좀 가만히 내버려 둬."

그때 당우리가 돌아왔다.

"랄랄라! 종 소협, 잘 잤어요?"

종길이 눈을 부릅뜨며 당우리를 노려봤다. 그러나 그녀는 천혜원의 문기둥에 기대어 서서 얼굴에 함박웃음을 지어 보였다.

"도대체 뭐 하는 거요? 곧 돌아와서 상처 봐준다며?"

종길이 소리치고 나서 우거지상을 하자 당우리가 입술을 삐죽 내밀었다가 갑자기 생각난 듯 품속에 손을 넣었다. 다시 나온 그녀의 손에는 번쩍이는 목련비가 들려 있었다.

"뭐? 뭐 하려는 거요?"

종길이 눈을 둥그렇게 뜨는 순간 당우리가 눈을 가늘게 뜨고 과장되게 비수를 날리려는 시늉을 하며 말했다.

"종 소협, 움직이지 마세요. 상처 터져요."

"악! 안 돼! 미안해! 미안해요, 당 소저!"

그러나 목련비는 이미 병실의 공기를 가르며 종길의 머리로 날아갔다. 종길은 피해도 이미 늦었다는 것을 깨닫고 눈을 질끈 감았다.

죽어도 열 번은 죽었을 시간이 흐르자 종길은 실눈을 떴다. 옆으로 고개를 돌려보니 바로 머리맡 위쪽 침상의 기둥에 차가운 한광을 내뿜는 목련 한 송이가 바르르 떨고 있었다.

종길은 생긋 웃으며 다가오는 당우리를 노려보며 소리쳤다.

"도대체 뭐 하는 짓이야? 의원이 환자를 죽이려고 해?"

당우리는 그래도 미소를 잃지 않고 오히려 콧노래를 흥얼거렸다. 비수를 뽑아 녹피갑에 꽂은 후 품속에 넣은 그녀가 종길을 힐끔 내려다보며 중얼거렸다.

"흥! 살기가 없다는 것도 알아채지 못하고 사람을 믿지도 못하는군. 내 님이 최고야. 랄랄라!"

당우리는 종길에게 환한 미소를 보이며 약장으로 걸어갔다. 종길은 놀란 눈으로 당우리의 뒷모습을 보면서 중얼거렸다.

"뭐야? 그렇군. 청산, 이놈이 계집아이같이 다 꼰지른 거야. 그래서 지금 이 시간까지 얼굴도 내밀지 않는 거야. 방긋방긋 웃고 있지만 당 소저는 내심 날 말려 죽이려는 거야. 으허허허! 이걸 어떻게 해?”

종길이 몸을 부르르 떠는 순간 당우리가 마포와 약 상자를 들고 돌아왔다.

“미친 사람처럼 뭘 그렇게 혼자 중얼거리는 거예요?”

“용서하시오, 당 소저! 내가 무조건 잘못했소.”

종길은 아픔을 참고 두 손을 들어 싹싹 비볐다. 당우리는 무슨 뜻인지 모르겠다는 듯 의아한 표정을 지었다. 그러나 종길에게는 그 표정이 더 무서웠다.

“청산이 좀 거칠게 대했지요? 맞소. 개뿔도 모르면서 내가 그렇게 하라고 시켰소. 불쾌했다면 정말 미안하오. 제발 용서해 주시오.”

당우리가 환하게 미소 지었다.

“아하! 운 가가에게 그렇게 멋진 입맞춤을 알려준 사람이 바로 종 소협이었어요? 상을 줘야겠네.”

종길은 당우리가 운청산을 운 가가라고 부르는 커다란 변화도 눈치채지 못하고 사색이 되어 고개를 저었다.

“사, 상은 필요없소. 살려만 주시오.”

당우리는 빙긋 웃으며 종길의 배에 감긴 마포를 풀었다. 그가 눈을 치뜨며 물었다.

“뭐, 뭐 하시려고?”

당우리가 드디어 눈살을 찌푸렸다.

“상처 소독해야지요? 그냥 곪게 놔둘까요?”

종길이 어쩔 수 없이 눈을 감았다.

“어제는 의연한 척하더니 오늘은 되게 겁 많네? 그렇지 않니, 현아?”

종길이 하도 떠들어서 잠을 깨고 만 소년이 눈을 비비며 고개를 끄덕였다.

당우리는 다른 때보다 훨씬 세심하게 상처를 소독하고 금창약을 바른 후에 다시 마포를 감았다. 그럼에도 불구하고 종길은 다른 때보다 훨씬 더 아프게 느낄 수밖에 없었다.

"자아! 다 됐어요."

종길은 그때서야 실눈을 떴다. 당우리가 환한 미소를 머금고 내려다보고 있었다. 종길은 갈피를 잡을 수가 없었다. 분명히 악의가 있는 것 같았는데 지금 보니 아닌 것 같기도 했다.

'여자는 무서워. 형수님도 그렇고, 착하게만 보이던 당 소저도 마찬가지야. 나 소저도 그럴까?'

종길이 상상만으로도 무섭다는 듯 몸을 떠는 순간 당우리가 조금 더 다가와 말했다.

"장난친 건 미안해요. 대신 내가 비밀 하나 가르쳐 줄게요."

종길이 어리둥절한 눈빛으로 당우리를 바라보자 그녀는 의미심장한 미소를 지어 보이며 소곤거렸다.

"전 주위에 토끼가 없으면 사람에게 암기를 못 던져요."

"토끼?"

종길은 더 더욱 이해할 수 없어서 고개를 갸웃거리자 당우리가 이어 말했다.

"우리 아버지가 말씀하시길, 암기 다루는 자질은 내가 우리 오빠들보다 훨씬 낫대요. 자랑이 아니라 우리 오빠들도 인정한다구요. 나이 열다섯에 은침유성우를 거의 완성한 사람은 나밖에 없거든요."

종길은 이미 당우리의 이야기에 몰입되어 조금 전의 일을 까맣게 잊은 듯한 표정으로 물었다.

"거의?"

무기 자체를 날리는 암기술은 세 가지 정도로 대별(大別)할 수 있다. 그 첫 번째는 비황석(飛蝗石)이나 유엽비도(柳葉飛刀)와 같이 순수하게 사람의 능력으로 날려 보내는 것이고, 두 번째는 수전(袖箭)처럼 기계적인 장치로 쏘아 보내는 것이며, 세 번째는 회선표와 같이 손으로 날리되 암기 자체에 기능을 가미하는 중간적 형태이다.

날리는 암기를 사용하는 사람들은 대개 두 번째와 세 번째를 선호하지만, 고수일수록 단순한 첫 번째 유형의 암기를 다루는 것을 자랑으로 여긴다.

은침유성우(隱針流星雨)는 타의 추종을 불허하는 당가의 무수한 암기술 가운데서도 다섯 손가락 안에 꼽히는 절기이며, 첫 번째 유형에 속하는 암기술이었다. 오로지 두 손놀림에 의지하여 단 한 번에 극독이 묻은 작은 침 여든한 개를 한꺼번에 날리는 수법이라서 구구탈혼비침술(九九奪魂飛針術)이라고도 불린다.

여든한 개의 침이 그 기세와 속도를 달리하여 전신 구석구석을 노리기 때문에 다 막았다고 방심하다가는 한참 후에 맞을 수도 있고, 또 극독이 발라져 있어 한 대만 맞아도 목숨이 위태로운 지경에 빠지게 된다.

당우리는 자신이 당시의 공력으로는 한계를 넘어선 육성의 경지에 이르렀었다고 말했다.

"육성이면 첫 번째 침이 닿은 순간부터 천천히 셋을 센 후에야 마지막 침이 도달하는 경지지요. 그 이상의 경지는 공력이 늘어남에 따라 어렵지 않게 이를 수 있기 때문에 거의 완성했다는 말은 틀리지 않다구요."

"그러니까 열다섯 나이에 육성을 성취한 사람은 당 소저뿐이다? 그런데 뭐가 문제요? 토끼는 또 뭐고?"

당우리는 콧등에 주름을 잡으며 심각한 어조로 대답했다.

"육성에 이른 그날이 마침 내 생일이어서 아버지가 움직이는 것에 시험해 보자고 하셨고 나도 인형을 두고 연습했던 게 아쉬워서 기꺼이 그러마 했지요. 그날 연공실에 내 성취를 보기 위해 제법 많은 사람들이 왔어요. 아버지와 숙부님들, 그리고 오빠들도 모두 참석했지요. 근데 문제는 그 살아 있는 것이 하얀 토끼였던 거예요. 처음에는 나도 잘해보려고 했는데 내가 던지려는 순간 달아나다가 막다른 골목에 몰린 그것이 불쌍하게도 빨갛게 충혈된 눈으로 나를 보는 거예요. 그 순간 침들이 사방으로 날아가 버렸지요. 아버지와 숙부님들이야 제가 던진 침에 맞을 리가 없었지만 세 오빠들은 미처 막지 못하고 많게는 일곱 개나 되는 침에 맞아버렸지요."

종길이 실망했다는 듯 피식 웃어버렸다.

"난 또 무슨 대단한 사연이 있는 줄 알았지. 겨우 그런 거였소? 혹시 말이오? 그 토끼, 원래 눈이 벌건 놈 아니었소?"

"어? 어떻게 알았어요?"

당우리는 놀라서 반문해 놓고 종길의 말속에 조롱기가 있다는 것을 깨닫고는 발끈하여 말했다.

"만약에 극독이 묻어 있었거나 요혈에 제대로 맞았다면 큰일 났을 거 아니에요? 그래서 그날 이후로 저는 움직이지 않는 표적에만 암기술을 연마해 왔어요. 움직이지 않는 표적!"

당우리는 말끝에 종길의 전신을 훑어보았다. 순간 종길은 실패가 아쉬워서 부르르 떨던 목련비를 떠올리고서 두려운 눈빛으로 그녀의 눈치를 살폈다.

이번에는 당우리가 피식 실소했다. 그리고 종길의 눈을 바라보며 속삭였다.

"못 움직여도 숨 쉬는 것에는 안 던져요."

당우리는 여전히 불안한 기색을 드러내는 종길을 뒤로하고 약통을 든 채 콧노래를 부르며 걸어갔다.

눈을 감고 있어도 보였다.

제비 두 마리가 날개를 적실 듯 금사강 위를 낮게 날았다. 수놈이 암놈을 쫓으니 암놈은 희롱하며 도망친다. 삐친 수놈이 홀로 나니 암놈이 다시 다가온다. 암놈이 날개를 스치며 지나치자 수놈은 또 지조없이 따라간다. 수놈이 따라가다 쫏쫏 쮸르르르 애타게 불러대자 암놈은 물 튀기며 쮸르쮸르 웃음소리로 애태운다.

놀다 지친 암놈 제비 날개를 파드득거리며 수놈을 부른다. 수놈 제비 암놈을 뒤세우고 강변 나루 부서진 배 위에 내려선다. 수놈은 암놈의 날개 깃 고르고 암놈 또한 수놈의 날개 깃 고르자 하늘은 잘 자라고 별빛마저 감춰준다.

당우리는 입가에 부드러운 미소를 드리우며 눈을 떴다. 하늘이 감춰둔 별들이 당우리의 두 눈에서 반짝였다.

"운 가가, 내일은 비가 오겠죠?"

막 쌍연유희(雙燕遊戲)를 끝내고 옥소를 거둔 운청산이 미소 지으며 자신의 무릎을 베개로 쓰고 있는 당우리를 내려다보았다.

"제비들이 낮게 날았소?"

"응! 강물을 튀기며 놀았어요."

운청산은 손을 뻗어 허공을 매만지며 하늘을 올려다보았다.

"정말 비가 내릴지도 모르겠소. 공기가 습기를 많이 머금고 있는 데다가 별 하나 안 보이는구려."

당우리가 벌떡 일어나 가부좌를 틀고 앉으며 미간을 찌푸렸다.

"오면 안 되는데."

운청산이 눈짓으로 이유를 묻자 당우리가 대답했다.

"내일 아침에 도강한다고 연락 왔어요. 환자들도 많을 텐데 비 오면 상처에 안 좋을 거예요."

운청산은 아무런 대답도 하지 않았다. 비가 오고 안 오고는 하늘의 뜻, 그가 무어라 할 성질의 것이 아닌 탓이었다. 그는 대신 손을 뻗어 당우리의 머리를 쓰다듬었다.

눈을 지그시 감고 운청산의 손길을 즐기고 있던 당우리가 갑자기 콧등과 눈가에 주름을 잡으며 그를 바라보았다.

"운 가가, 비 안 오게 해주세요."

운청산은 놀라서 당우리를 빤히 보았다.

"우신께 비 안 오게 해달라고 설득해 보세요. 따뜻하고 포근한 곡을 들려 드리면 우신께서도 감격하여 내일은 쉬실 거예요."

운청산은 너무나 진지한 당우리의 표정을 보고는 한동안 멍하게 바라만 보다가 결국에는 실소했다.

"내 연주로 신께서 감동하실 것 같소? 결국 호풍환우하라는 것과 같은 말이오."

"될 것 같은데. 난 언제나 혼이 빠지는데. 안 될까요?"

당우리는 풀 죽은 목소리로 말하고 어깨를 늘어뜨렸다. 운청산은 힘없는 그녀를 바라보며 고개를 저었다. 어떤 모습을 보인다 해도 사랑스러운 건 변함이 없었다. 그러나 순식간에 변하는 기분에는 쉽게 적응할 수가 없었다.

문득 진지할수록 우스운 종길의 얼굴이 떠올랐다. 당우리가 자기를 말려 죽이려 한다는, 여자는 무섭다는, 우스갯소리를 이해할 수도 있을 것 같았다.

운청산은 다시 한 번 당우리의 머리를 쓰다듬고 일어섰다.

"어디 가요?"

당우리가 일어나 앉으며 물었다. 운청산은 검을 풀어 옥소와 함께 그녀에게 건네고 웃으며 어둠 속으로 스며들었다. 십여 장 정도 멀어지니 당우리가 흐릿한 그림자로만 보였다.

"운 가가, 어딨어요? 왜 그래요?"

당우리의 떨리는 목소리가 동산에 울려 퍼졌다. 무서웠다. 깜깜한 밤인들 그녀를 무섭게 할 수 있으랴. 그러나 곁에 있던 운청산이 멀어졌다가 사라져 버리자 웬일인지 무섭게 느껴졌다.

당우리는 운청산의 검과 옥소를 꼭 쥐고 그를 찾아 어둠 속을 휘돌았다. 바로 그때 그의 목소리가 들렸다. 바로 귓가에서 소곤대는 듯한 목소리였다.

"푸른 제비 두 마리가 보이오?"

당우리는 운청산이 사라진 공간을 향해 시선을 고정시켰다. 거기에 있었다. 파르스름한 두 개의 빛이 파드득거리며 허공에 떠있었다.

'푸른 제비 두 마리.'

놀란 듯하던 당우리의 얼굴에 미소가 감돌았다. 그녀도 그 푸른 빛 두 줄기가 무엇인지 알고 있었다. 어제처럼 공력을 일으킨 운청산의

두 손이리라. 그러나 그가 푸른 제비라 했으니 그녀에게 있어서 그것
은 당연히 푸른 제비였다.

그때부터가 시작이었다.

두 마리 푸른 제비들은 만났다가 헤어지고 다시 만나 서로를 희롱하
며 허공을 날고 있었다. 당우리로부터 십 장 바깥을 휘돌며 때로는 낮
게 날고 때로는 허공을 치솟기도 했다.

당우리는 미소를 지으며 푸른 제비들의 움직임을 따라 제자리에서
빙빙 돌았다. 두 마리 제비는 쌍연유희에서 그녀가 보았던 그대로 맘
껏 하늘을 노닐었다. 그리고 어느 순간 나선형으로 휘돌며 허공으로
높게 치솟아올랐다가 갑자기 자취를 감추었다.

당우리의 두 눈에 이채가 드리워지는 순간, 어둠을 뚫고 운청산이
모습을 드러냈다. 삼 장 앞까지 다가온 그가 미소를 지으며 말했다.

"제비 두 마리를 하늘 높이 날려 보냈으니 내일은 비가 오지 않을 것
이오."

당우리는 검과 옥소를 조심스럽게 바닥에 내려놓고 운청산에게 뛰
어갔다. 그리고 그 품 안으로 뛰어들었다.

천공의 별을 따달라는 청이나 마찬가지였으리라. 그런데도 웃는 것
으로 끝내지 않았다. 말 몇 마디로 끝내지 않았다. 별을 따는 방법을
생각했고 또 따주었다. 내일 당장 폭우가 쏟아져도 좋았다. 당우리에
게는 지금 안고 있는 별이 소중할 따름이었다.

'청산! 내게 물어요. 사랑한다 외쳐 줄게요. 푸른 산 메아리 되어 외
쳐 줄게요. 사랑해요. 사랑해요. 사랑해요.'

당우리를 엉겁결에 안아 든 운청산은 어깨의 찡한 통증을 참아내고
쓴웃음을 지었다. 그리고 통증이 묵직함으로 바뀌는 순간 그는 또 다

른 느낌에 당황할 수밖에 없었다.

　같은 것을 대하면서도 많이 다른 느낌. 어릴 때는 그가 매달렸는데 이제 당우리가 매달려서 그런 것일까. 가슴을 부딪쳐 오는 그 뭉클한 감촉이 싫지는 않았지만 어색하게 느껴졌다.

＊　　　　＊　　　　＊

　"흠, 흠흠. 어떤가? 단정한가?"

　백무극이 옷매무새를 정돈하며 물었다. 그러나 대답은 들려오지 않았다. 고개를 들어보니 소불과 혈웅이 잔뜩 얼어가지고 전신을 훑고 있었다.

　"에휴! 물은 내가 바보지."

　소불이 먼저 고개를 들고 의아한 눈빛으로 물었다.

　"소군, 뭐라 하셨습니까?"

　백무극이 실소하는 순간 혈웅이 겨우 고개를 들고 소불에게 물었다.

　"어때? 흐트러진 데 없나?"

　소불이 혈웅의 전신을 훑어보고서 고개를 끄덕였다.

　"난 어때?"

　두 사람이 하는 짓을 보며 백무극은 고개를 젓고서 먼저 돌아섰다.

　"안 갈 건가?"

　두 사람이 서로를 바라보며 침을 꿀꺽 삼키고 동시에 대답했다.

　"따르겠습니다."

　백무극이 문의 좌우에 서 있는 장한들에게 고개를 끄덕이자 두 사람이 고개를 숙이고 문을 열었다.

그르릉, 소리와 함께 대리석 문이 열리자 백무극은 거침없이 안으로 들어갔고 소불과 혈응은 평소와는 달리 종종걸음으로 따라갔다.

육여 장을 지나 대리석 단 앞에 이른 백무극은 창가에 서서 등을 돌린 채 뒷짐을 지고 있는 백발장년인에게 깊숙이 허리를 접었다.

"사부님을 뵈옵니다."

백발장년인이 뒷짐 진 손을 까닥거리자 백무극은 그 자리에 정좌하여 앉았다. 그때 허리를 접고 있던 소불과 혈응이 백무극의 바로 뒤에 오체투지하며 말했다.

"부르심을 받자와 비직들이 삼가 천군을 뵈옵니다."

백발장년인이 돌아섰다. 그는 여전히 이마를 땅에 대고 있는 두 사람의 정수리를 응시하면서 희미한 미소를 지으며 단으로 내려섰다. 그 순간 대리석 침상 아래쪽에 누워 있던 백호가 일어서 단으로 움직였다.

백발장년인은 자신의 옆으로 다가와 다시 누운 백호의 목덜미를 쓰다듬으며 말했다.

"소불, 혈응, 오랜만이지?"

불렸다는 것만으로도 몸 둘 바를 모르겠다는 듯 두 사람은 다시 한 번 바닥에 이마를 찧었다.

"편히 앉으라."

백발장년인이 명하자 두 사람은 두 손을 바닥에 붙인 그대로 머리만 살짝 뗐다. 백발장년인이 다시 미소를 지으며 말을 이었다.

"무극이 용무있다 하기에 이왕이면 너희들 얼굴도 한 번 볼까 하여 불렀다. 너희들이 무극 곁을 지킨 것이 한 칠팔 년 되든가?"

두 사람이 다시 머리를 찧으며 대답했다.

"십일 년째 되옵니다."

"호! 벌써? 늦었군. 그동안 노고가 많았겠구나. 너희들은 오늘부터 백가 성을 사용하라."

순간 두 사람의 어깨가 바르르 떨렸다. 백가 성을 가진다는 것, 백라천궁의 사람이라면 누구나 바라 마지않는 일이었다. 만금을 주고도 얻을 수 없는 명예였다. 평생토록 천군을 모셔왔던 몇 사람들과 그 제자들만이 백가 성을 쓸 수 있었고, 그것이 아니라면 오직 천군을 위해 죽은 자만이 가질 수 있는 영광이었다. 그래서 수뇌급으로 분류되는 파불과 음도마저도 아직 백가 성을 받지 못했다.

두 사람은 다시 한 번 이마로 바닥을 찧으며 바르르 떨리는 목소리로 외쳤다.

"망극하옵니다! 비직들, 충심을 다하겠사옵니다!"

백발장년인은 화사한 미소를 드리우며 백무극에게로 시선을 돌렸다.

"할 말이 무엇이냐?"

백무극이 말 꺼내기가 쉽지 않다는 듯 망설이다가 백발장년인을 직시했다.

"제자, 점창산에 갔으면 합니다만."

"쯧! 진득하니 수련하라 했더니만, 잠시도 가만히 있지 못하는구나."

백무극이 미간을 살짝 찌푸리며 말했다.

"제자, 부족하오나 대업의 선봉에 서서 제 손으로 사부님께 새 세상을 바치고 싶습니다."

백발장년인은 한동안 말없이 백무극을 주시하다가 자리에서 일어나 창가로 걸어갔다. 그는 다시 뒷짐을 지고 창밖을 내다보며 말했다.

"새 세상이 열린다면 그 주인은 내가 아니라 바로 너. 이 사부는 네가 가급적이면 두 손에 피를 묻히지 않았으면 했다. 그러나 네 가벼운 천성은 아무리 바꾸어보려 해도 어찌해 볼 도리가 없구나. 알았다. 앞으로는 네가 하고 싶은 대로 하여라."

백무극이 앉은 채로 고개를 숙였다.

백발장년인은 등 돌린 그대로 물러가라고 손짓했다. 백무극이 일어서서 다시 허리를 접었다.

"다녀오겠습니다."

백발장년인은 돌아서지 않았다. 백무극은 조용히 돌아서서 아직도 엎드려 있는 소불과 혈웅의 사이를 지나쳐 문으로 향했다. 그때 소불과 혈웅이 바닥에 머리를 찧었다.

"천군께 영광을!"

두 사람이 즉시 종종걸음 쳐서 백무극의 뒤를 좇아 문밖으로 나갔다.

"새 세상이라… 새 세상! 하하하, 아하하하하하하!"

홀로 남은 탓일까? 아니면 그가 차지하고 있는 공간이 너무 넓은 탓일까? 방 안을 울리는 낮은 웃음소리가 묘하게도 공허하게 들렸다.

제8장

두 부자, 마주 보는, 그리고 외면하는

두 부자, 마주 보는, 그리고 외면하는

같은 강(江)이건만 반대쪽 포구에 가까워질수록 바람이 후텁지근하게 느껴졌다. 그런데도 나라연은 한기를 느꼈다.

"나 소저는 우리와는 달리 많은 것을 할 수 있는 사람. 할 수 있는 일을 하십시오."

낮은 목소리였지만 단호했다. 꾸짖는 것 같았다. 누가 누구를 꾸짖는단 말인가.

철든 이후로 누군가에게 야단맞아 본 적이 없는 그녀였다. 심지어는 스승 신수 사태마저도 그녀의 언행에 눈살을 찌푸린 적이 없었다. 오히려 책임감이 지나치다는 말을 들었다, 마음에 여유 한 자락 지니고 살라는 소리를 들었다.

분명히 주제 넘은 짓이었다. 그럼에도 불구하고 그녀는 반박하지 못했다. 오히려 사부에게 달려가 조속한 조치를 취할 것을 촉구했다. 그 결과로 천혜원의 노련한 의원들이 급히 도강했고 당가의 사람들은 부상들을 처치했으며 그녀와 관음사 비구니들은 동분서주하며 부상자들의 수발을 들었다.

그녀는 잊을 수가 없었다. 한 점 흔들림없는 눈으로 그녀를 바라보며 주저없이 말하는 그 얼굴을 지울 수가 없었다. 차라리 당명인이나 운강인처럼 눈길을 외면하고 안절부절못했다면 다시는 떠올리지 않았으리라.

나라연은 고개를 세차게 흔들었다.

'도대체 지금 무슨 생각을……'

나라연은 몸을 돌려 관음사의 비구니들이 있는 배의 중앙부를 바라보았다. 다른 사람에게 몸을 의지하고 있는 부상자들이 적지 않았다.

'저 여린 이들만으로도 난 이미 힘들어. 나라연! 정신 차려.'

그때 도르래 돌아가는 소리와 함께 돛이 접히기 시작했다. 나라연은 무의식적으로 몸을 돌려 포구를 바라보았다. 거기에는 혹시 했던 사람들이 아무도 없었다. 당우리도 없고 그도 없었다.

나라연은 안도했다. 그러나 한편으로는 가슴 한 구석이 아릿해지는 통증을 느꼈다. 그녀는 다시 세차게 고개를 젓고 입술을 깨물었다.

운녹산은 차를 내려놓고 차 뚜껑을 닫았다. 그리고 탁자 위에 두루마리 지도를 펼쳐 놓고 물끄러미 내려다보았다. 운남의 지도였다.

"후!"

운녹산은 지도에서 눈을 떼고 오른손으로 미간을 주물렀다. 그리고 다시 지도를 짚어가며 중얼거렸다.

"천북상가련(川北商家聯)이 우리에게 요구하는 석탄과 주석, 그리고 대리석은 본 가에서 직접 손대 볼 만하지. 그러나 그것을 다 얻으려면 난창강(瀾滄江)을 따라 운남의 남쪽 깊숙한 곳까지 길을 뚫어놓아야 돼. 이해가 비슷할 테니 공조에는 문제가 없어. 당가가 문제가 되기는 하겠지만 홍하(紅河) 근역의 애뢰산(哀牢山)까지는 같이 움직여야 할 것이고 하지만 오래 끌면 안 되지. 소탐대실의 형국이 될 수도 있을 테니까. 후! 정말 답답하군. 그곳에 이를 때까지 눌러놓아야 하는 중소문파만 해도 일곱이야. 아니지, 파불당을 포함하면 여덟이 되는가? 갈 길은 먼데 점창산에서 막혔으니……."

그때 방문 밖에 인기척이 들렸다.

"아버님, 소자들이옵니다."

"들어오너라."

운교인이 들어서고 뒤이어 운강인이 쩔뚝이며 따라 들어섰다. 아주 짧은 순간이었지만 운강인을 향한 운녹산의 얼굴이 살짝 찌푸려졌다. 그리고 공교롭게도 운강인 역시 그 얼굴을 보고 말았다.

두 사람이 허리를 접었다.

"앉아라."

두 사람이 조심스럽게 앉는 순간 운녹산의 눈살이 다시 한 번 찌푸려졌다. 운교인이 어깨를 쭉 펴고 자신을 직시하는 반면 운강인은 어깨를 늘어뜨린 탓이었다. 그러나 운녹산은 그에 대해 언급하지 않고 운교인을 직시했다.

"본 가에 전서는 띄웠느냐?"

"지시하신 대로 보냈으니 닷새 안에 당도할 것입니다."

운녹산이 고개를 끄덕인 후에 운강인을 힐끔 보고 나서 다시 말했다.

"곤륜으로 보낼 사람은?"

"아직 못 구했습니다. 이곳에서 그곳으로 내왕하는 사람을 찾기가 쉽지 않습니다. 아무래도 본 가에 연락하여 천북표국 사람 가운데 청해 출입을 하는 사람을 보내야 할 것 같습니다."

"음. 그렇기도 하겠구나. 알겠다. 일단 전서를 띄우고 적당한 사람을 찾으면 나를 보고 가라 하여라. 그 외에 달리 할 말이 있느냐?"

운교인이 없다고 말하자 운녹산은 운강인을 힐끔 보고서 말했다.

"알겠다. 그럼 넌 가서 일 보거라. 강인이와 할 말이 있구나."

운교인이 운강인의 창백한 옆얼굴을 살피고서 일어났다. 방문이 닫히는 순간 운녹산은 고개를 들지 못하는 운강인의 이마를 차갑게 노려보았다. 침묵까지 어깨를 내리누르니 운강인은 더욱더 작게 움츠러들었다. 그 순간 운녹산이 노성을 내질렀다.

"못난 놈! 한낱 계집에게 정신이 팔려 공사 구분도 못해?"

운강인은 천천히 고개를 들어 운녹산을 직시했다. 그리고 차분한 목소리를 흘려냈다.

"소자가 혼이 빠져 공사를 구분하지 못한 것은 변명의 여지가 없는 일입니다. 죄송합니다. 그러나 나 소저는 계집이라 불러서는 안 되는 사람입니다."

운녹산의 얼굴에 조롱기가 감돌았다.

"흥! 계집이 아니다? 어째서, 예뻐서? 예쁜 계집은 계집이 아니라더냐? 정신 빠진 놈! 미모란 해골 위에 가죽을 잘 씌운 것에 불과하다. 겨우 그깟 것에 홀려서 아비의 얼굴에 먹칠을 해?"

운강인은 속을 뒤집고 튀어나올 것만 같은 절망감을 억눌렀다. 그리고 심호흡한 후에 다시 입을 열었다.

"외모만큼 마음도 예쁜 사람입니다. 책임감도 강한 사람입니다. 소자가 평생의 반려로 삼고 싶은 사람입니다."

"시끄럽다, 이놈! 내 진즉에 사람을 시켜 다 알아보았다. 나라연이라 하며, 신수 사태의 고제라 하더구나. 서로에게 마음만 있다면 내가 직접 나서서 신수 사태에게 며느리로 달라고 청을 넣었을 것이다. 가문이 흥망을 걸고 전력투구하려는 이 마당에 쓸데없는 짓거리에 시간 낭비할 수 없기 때문이다. 허나 그 아이, 네게는 얼음장같이 구는 아가씨라 하더구나. 어디 심력을 소모할 데가 없어서… 이놈! 더 이상 바보짓거리 하지 마라! 한 번만 더 일의 경중을 망각하고 이런 일이 벌어진다면 내 너라도 용서치 않으리라. 둘째라고 오냐오냐 키웠더니… 에잉!"

운강인은 자신을 외면해 버리는 운녹산을 멍한 눈으로 바라보다가 고개를 숙였다. 이해할 수가 없었다. 그와 아비 사이에 벽이 있음을 왜 지금껏 모르고 살았는지 알 수 없었다. 하지만 이제 한 가지는 확실히 알아차렸다.

그 벽! 그것은 어머니 목추경에게서 비롯된 것이리라. 그와 형 운교인이 아니면 누구에게도 의지할 수 없는 불쌍한 목추경과 아버지 운녹산 사이에 평생토록 쌓인 감정의 찌꺼기가 그 벽을 쌓고 있으리라.

그것은 너무나 두터워서 부술 수도 없고 너무나 높아서 넘을 엄두도 내지 못할 벽이었다. 그래서 운강인은 아예 고개를 숙여 버린 것이었다.

운강인은 겨우 힘을 내어 운녹산을 바라보았다. 그러나 그는 이미 탁자 앞에 놓인 지도에 시선을 주고 있었다.

"두 번 다시 공사를 망각하는 실수는 없을 겁니다. 소자, 나가보겠습니다."

운녹산은 대답하지 않았다. 바라보지도 않았다. 운강인은 지그시 눈을 감고 일어섰다. 그리고 허리를 접어 보이고 방을 나섰다.

힘없이 마루를 내려서는데 부드러운 손길이 그의 어깨에 닿았다. 운강인은 고개를 돌려 손의 주인을 찾았다.

운교인은 축 늘어진 동생의 어깨를 두드리며 빙긋 미소를 지었다.

"네가 잘못했다. 알지? 맹목적인 것은 좋지 않아. 좌우를 두루 살펴서 장애물을 제거하고 덥석 목줄을 움켜쥐었어야지. 그래야 꼼짝하지 못하는 거다, 목표도 장애물도. 중심을 잡아라. 모두가 너를 인정하게 되면 주위에서 알아서 네 원한 바를 이루어주는 법이다. 그리고……."

운교인은 잠시 말을 끊고 운강인의 어깨를 감싸 안으며 얼굴을 가까이 가져왔다.

"지금까지는 알고도 모르는 척했다. 배가 아팠거든. 나 소저가 네 형수보다 예쁘니까. 하지만 오늘부터는 이 형이 적극적으로 응원해 주마. 힘내!"

운강인은 얼굴을 찌푸렸다가 씁쓸한 미소를 지었다.

"맹목적인 것은 좋지 않다고? 형은 중매 결혼을 했으니 뭘 모르는 거야. 한 번 혼이 빠지면 헤쳐 나올 수 없어. 눈길을 받고 말 한마디 나누는 것만으로도 세상을 날 것 같은 감정, 그 얼굴만 떠올리면 가슴이 터질 것 같은 감정을 형이 알아? 눈앞에 두고도 입조차 떼지 못하는 그 떨림을 알아? 마음을 얻을 수만 있다면 바보라 불려도 좋고 죽어도 좋다는 그 뜨거움을 알아? 모를 거야. 도대체 통제가 안 돼. 어쩔 수 없

어. 아무것도 안 보여. 한동안이라도 못 보게 되면 혼이 녹아버리니
까."

운교인은 운강인의 머리를 쓰다듬었다.

"그렇게 아프냐?"

"죽고 싶을 만큼. 그리고 그만큼 기분 좋지."

"어렵구나."

"음, 어렵지."

운교인은 어렵다면서도 기분 좋게 웃는 운강인의 얼굴을 바라보며
어깨를 툭툭 두드렸다.

"난 잘 모르겠다. 어쨌든 이 형은 가슴속으로 응원하고 있다. 그러
니 힘을 내고 이왕 마음먹었으니 되든 안 되든 밀어붙여. 그것도 못하
고 놓치면 평생 후회를 안고 살 것 아니냐?"

"안 그래도 그럴 생각이야. 그동안 거절을 당할까 두려워서 차마 입
을 떼지 못했어. 하지만 이왕 체면 구긴 것, 이제부턴 터놓고 도전해
볼 생각이야. 고마워, 형. 근데 조금 피곤하거든. 가서 쉴게."

운교인은 동생의 창백한 얼굴을 바라보며 고개를 끄덕였다. 운강인
이 희미하게 웃어 보이고 절뚝거리며 걸어갔다.

운교인이 안쓰럽다는 눈빛으로 동생의 등을 바라보고 있을 때, 그가
돌아섰다.

"형!"

"응?"

"잊고 있었는데, 곤륜으로 보낼 사람, 찾을 필요 없어."

운교인이 의아함을 드러내자 운강인이 이어 말했다.

"나 소저 말로는 살아 있다더군. 곤륜의 젊은 친구 말이야."

운교인이 눈을 치뜨자 운강인이 자신의 발을 내려다보며 다시 말했다.

"나도 곧 찾아가 볼 생각이야. 그 친구 아니었으면 나도 죽었을 거야. 인사는 해야지."

운강인은 힘없이 돌아서서 절뚝거리며 걸음을 옮겼다. 운교인은 그가 사라질 때까지 바라보고 있다가 운녹산의 방으로 다시 들어갔다.

당유연은 두 손으로 이마를 잡고 고개를 숙인 채 앉아 있었다. 그때 방문 앞에서 인기척이 들렸다.

"아버지, 명인입니다."

당유연은 움츠러든 어깨를 의식적으로 활짝 폈다. 그리고 어두웠던 얼굴을 움직여 표정을 지웠다.

"들어오너라."

당명인이 들어섰다. 달랐다. 평소와는 다르게 무언가 허전하게 느껴졌다. 당유연은 의식적으로 아들의 텅 빈 왼쪽 소매를 보지 않으려고 노력했다. 오직 그의 창백한 얼굴만을 주시하며 따뜻한 미소를 지으려고 노력했다.

당명인이 아비의 미소에 미소로써 화답하고 허리를 접었다.

당유연은 눈짓으로 그의 오른쪽 자리를 가리켰다. 당명인이 앉았다. 불렀으니 무어라 말을 해야 했다. 그러나 입이 떨어지지 않았다. 당유연은 의연하게 앉은 채로 자신을 바라보고 있는 자식을 가만히 바라만 보았다.

한참 동안 침묵이 흘렀다. 당명인은 참지 못하고 결국 먼저 입을 열었다.

"저 괜찮습니다."

당유연은 의식적으로 미소 지으려는 아들의 입술을 바라보다가 자리에서 일어났다. 당명인이 그의 움직임을 따라가려 했으나 당유연은 이미 그의 등 뒤로 돌아가 있었다.

일어서려 했다. 그 순간 묵직한 손이 그의 왼쪽 어깨를 지그시 내리눌렀다. 그 따스함에 눈물이 흘러내릴 것만 같았지만 당명인은 애써 참았다.

그때 당유연이 말했다.

"미안하다, 아들아!"

당명인은 고개를 숙였다. 결국 참았던 눈물을 흘려보냈다.

미안하다.

전투가 있었다. 수백 명의 목숨이 사라졌고 그 가운데는 당가의 사람도 적지 않았는데, 팔 하나 떨어진 것이 무슨 대수랴.

당명인은 아버지가 도대체 무엇 때문에 미안하다고 하는지 알 수 없었다. 그리고 그 의미조차 알고 싶지 않았다. 말 자체는 아무런 의미가 없었다. 그 떨리는 목소리만으로도 그는 아버지로부터 받을 수 있는 모든 위로를 다 받았다.

당명인은 부끄럽다는 생각도 하지 않고 소매를 들어 얼굴을 닦았다. 그리고 그냥 내뱉으면 떨릴 게 분명한 목소리를 가다듬어 말했다.

"아버지, 저 당가의 자식입니다. 다행으로 생각하고 있습니다. 더 튼튼한 팔을 얻게 될 테니까요. 그래서 다녀올까 합니다."

당유연이 모를까. 독은 차치하고라도 암기의 명가. 명품이라 불러도 부족할 수십 종의 암기를 만들어내는 당가이니, 의수 또한 단순히 모양만 낸 것이 아니라 신기를 얻게 되리라. 그러나 아무리 대단한 의수라 해도 원래 붙어 있던 팔만 할까. 무의식적으로라도 맨살에 닿는 순간이면 차가운 한기를 느끼리라. 그 불쾌한 기분과 이질적인 느낌을 평생토록 느끼며 살아야 하리라.

당유연은 아무런 말도 하지 않고 그의 어깨를 쓰다듬었다. 마지막으로 굳세게 쥐어보고 손을 뗀 당유연은 원래 앉아 있던 의자 뒤에서 등을 돌린 채 섰다.

당명인은 아버지의 등을 바라보며 웃었다. 그것이 포옹보다 더 뜨거운 외면이라는 것을 알기에 환히 웃을 수 있었다.

당명인은 의자 밀리는 소리를 내며 자리에서 일어났다. 순간 당유연의 오른손이 슬그머니 그의 얼굴로 올라갔다.

당명인은 허리를 접으며 말했다.

"다녀오겠습니다."

당유연이 고개를 끄덕였다. 당명인은 다시 한 번 아버지의 등을 바라보고 걸음을 옮겼다.

"명인아!"

돌아서 보니 당유연이 돌아서 있었다. 당명인은 그토록 우스꽝스러우면서도 따뜻하게 웃는 아버지의 얼굴을 본 적이 없었다. 붉게 충혈된 눈을 한 채, 법령을 따라 부드럽게 늘어져 있던 코밑수염이 역팔자로 변해 있었다.

"가서 편히 쉬어라."

당명인은 그 붉은 눈을 바라보며 고개를 끄덕였다.

"다녀오겠습니다."

당명인은 다시 한 번 허리를 접고 밖으로 나갔다. 입술 끝에 억지 미소를 달고 나왔지만 가슴속에서 흘러나오는 한없는 비애를 주체할 수 없었다.

아버지를 울게 만든 자신이 못나 보여 울었고, 한 번에 닫을 수 없는 문을 닫고서 또 울었다. 그리고 한 사람을 떠올리면서 가슴으로 울고 또 울었다.

"나 소저, 차라리 당신의 팔이 끊어졌으면 좋겠소. 세상 사람들이 다 외면할 때 내가 그대의 팔이 되어주고 내가 그대를 안아줄 수 있을 테니까."

당명인은 마루를 내려서자마자 털썩 주저앉아 오른손으로 머리카락을 쥐고 고개를 숙였다.

"크크크! 당명인, 너 도대체 무슨 생각을 하는 거냐? 그래, 인물도 모자란데 팔까지 떨어졌으니 자신감이 사라진 건 이해해. 그렇다면 깨끗이 물러서야지. 불행을 빌미로 사랑을 구걸하는 망상을 해? 흐흐흐흐흐. 미친놈!"

두 무릎 사이로 낮은 비웃음 소리가 스며들자 그의 어깨도 공명하여 흔들렸다. 그리고 동시에 그의 두 신발 위로 눈물이 뚝뚝 떨어졌다.

운청산은 우호적인 미소를 지으며 따라오기를 종용하는 사내를 빤히 바라보았다.

'인간이란 참으로 이상한 존재로구나. 배다른 형제라는 이유만으로 그토록 강한 적의를 내뿜더니만, 남이라고 여기고 있으니 같은 사람을 앞에 두고서 이렇게 따뜻한 미소를 짓는다.'

운청산의 내심을 알지 못하는 사내 운교인은 다시 한 번 미소를 지으며 말했다.

"어서 가세. 군사께서 기다리시네."

운청산의 얼굴에서 그늘을 발견한 강정은 묘한 표정으로 운교인과 운청산을 번갈아 바라보았다. 그때 운청산이 방 밖으로 나서서 강정 부부와 이정에게 미소 지었다.

운교인이 앞장서고 운청산이 뒤따랐다.

병사를 벗어나 정문에 들어서는 순간부터 운청산의 가슴은 쿵쾅거리기 시작했다. 그는 한 발 앞서 가는 운교인의 등을 바라보았다.

'내가 인명록에 기록한 대로 이청산이라 불렀다. 결국 나를 알고 부른 것은 아니라는 뜻. 침착해라, 청산! 그냥 그날의 일로 장수가 병졸을 만나려는 것뿐이다. 침착해.'

화사한 정원을 지나고 몇 개의 작은 문을 지나고 아름다운 전각을 지나서 운녹산의 거처에 이르렀다. 그러나 그동안 운청산은 아무것도 보지 못했고 느끼지 못했다. 오직 운교인의 등만 좇아 왔을 따름이었다.

아무런 생각도 없이 텅 비어 있는 탓일까? 두근대는 가슴 때문에 몸이 떨릴 지경이었다.

"아버님!"

운교인의 목소리에 정신을 차리는 순간 방문 안에서 의자 끌리는 소리가 나면서 운녹산의 급한 목소리가 들려왔다.

"오냐. 어서 들어오너라."

운교인이 문을 열었다. 그의 어깨 너머로 방문 앞까지 마중 나온 운녹산의 얼굴이 보였다. 환한 미소를 짓고 있는 얼굴이.

운청산은 오히려 낯설게 보이는 운녹산에게 고개를 숙였다. 운녹산이 그의 손을 덥석 잡으며 방 안으로 당겼다.

"어서, 어서 오시게."

보통의 용병이었다면 형용할 수 없는 환대를 받는다고 설레었으리라. 그러나 운청산에게는 오히려 잡힌 손이 차갑게 느껴졌다.

"자! 이리로 앉으시게."

운녹산이 자신이 앉아 있던 자리의 오른편 의자를 가리켰다. 그가 앉자 운청산도 다시 고개를 숙여 보이고 앉았다.

운녹산은 운교인에게 미소를 지어 보이고 나가 있으라 눈짓했다. 그가 나갔다.

운녹산은 조금 전의 환대와는 달리 한동안 운청산의 얼굴을 탐색하듯 바라보았다.

운청산은 간만에 예전의 얼굴로 돌아가 무표정으로 일관하여 가슴속 떨림을 숨겼다.

운녹산은 빤히 바라보던 시선을 거두고 미소를 지으며 말했다.

"그때는 정말 고마웠네. 자네가 아니었다면 목숨을 잃었을지도 몰라."

운청산은 무표정한 얼굴로 살짝 목례해 보이고 말했다.

"우연이었습니다. 떨어졌다가 위로 올라가기가 쉽지 않아 내려가다 보니 그렇게 되었지요. 그뿐입니다."

"겸손하기는, 이 사람! 아무리 우연이라 하나 무공이 경지에 이르지 않았다면 아무런 보탬도 안 될 일이었네. 자넨 나 한 사람을 살린 게 아니네. 사천무림련 안에서의 내 위치는 많은 사람들의 운명을 좌우하는 무거운 자리. 어쩌면 무림련의 운명이 바뀌었을지도 몰라. 내 언젠가는 이 은혜를 꼭 갚음세."

운청산은 말을 끝냄과 동시에 다시 탐색하는 눈으로 바라보는 운녹산의 시선을 차분한 눈으로 마주하고 가벼운 목례로 대답을 대신했다.

운녹산이 미소와 함께 시선을 거두며 탁자 한구석에 있는 책자를 앞으로 옮겨와 접힌 곳을 펼쳤다. 운청산이 슬쩍 보니 그가 직접 적은 인명록이었다.

운녹산은 인명록과 운청산의 얼굴을 번갈아 보다가 오른손 검지로 이청산이라는 이름을 톡톡 두들겼다.

표정을 일관하는 것은 어렵지 않았다. 그러나 가슴이 덜컥 내려앉는 것만은 어쩔 수 없었다. 운청산은 혹시라도 심장 벌렁대는 소리가 운녹산의 귀에까지 들리지 않을까 걱정하지 않을 수 없었다.

반면 운녹산은 계속해서 이름과 운청산의 얼굴을 번갈아 보며 무언가를 망설이는 듯한 표정을 드러냈다.

운청산은 끝내 모른 척하고 가만히 앉아 있었다.

결국 먼저 입을 연 사람은 운녹산이었다. 그는 어렵게 입을 연다는 의미가 분명히 드러난 표정으로 물었다.

"이청산! 본명인가?"

"무슨 말씀이신지?"

운청산의 무표정한 얼굴을 확인한 운녹산은 겸연쩍은 표정을 짓고서 다시 물었다.

"아! 무공만으로도 자네가 곤륜의 본산속가임을 의심하지는 않네. 그냥 호기심에서 묻는 것이네. 혹시라도 아명이 다르다든지, 그럴 리 없겠지만 혹시라도 도호와 관련이 있다든지 하는 것 말일세."

운청산은 내심 심호흡하여 마음을 가다듬었다. 운경산의 충고를 듣고 난 후에 혹시나 하여 이런 상황에 대비해 두었던 것이 얼마나 다행인지 몰랐다.

"그걸 물으십니까? 제 본명은 경산입니다. 나이 여덟에 고아가 되었습니다만, 다행스럽게도 스승이신 태악 진인께 발탁되어 지금껏 곤륜에서 자랐지요. 따지고 보면 지금 곤륜의 장문인이신 운상 진인의 사제가 됩니다만, 스승께서는 나이와 배분이 어울리지 않아 외톨이가 될 것 같다시며 제게 청산이란 이름을 지어주셨습니다. 어차피 속가라 항렬과는 상관이 없습니다만, 이름만이라도 청 자 항렬에 두어 본산제자들이 어렵게 대하지 않도록 배려하신 게지요.”

신경이 곤두설 정도로 빤히 바라보던 운녹산이 의자에 등을 기대며 활짝 웃었다.

“아! 그런가? 한데 사승께서 태악 진인이시라? 과거 풍파투도로 불리시던 바로 그 태악 진인?”

혹시라도 표정에 변화가 생겼을까 봐 걱정하던 운청산은 운녹산의 표정 변화에 맞추어 겨우 한숨을 내쉬었다. 그는 운녹산의 질문에 자랑스럽다는 듯 입가에 엷은 미소를 지으며 고개를 끄덕였다.

운녹산은 몇 차례나 고개를 끄덕이다가 말했다.

“그럼 그렇지. 아무리 영웅이 젊은 사람들 중에 난다 하지만, 태악 진인 정도 되시는 분을 사승으로 모시지 않았다면 그 나이에 그토록 강한 무공을 쌓을 수는 없었겠지. 허! 그리고 보니 배분으로 따지자면 이 소협이 나보다 한 배 높으시구먼. 이거 어떻게 불러야 될지 모르겠소, 이 소협!”

“곤륜 안의 사람들도 별 신경 쓰지 않습니다. 바깥 사람이 신경 쓸 일이 아니지요.”

운청산의 무표정한 얼굴을 보며 운녹산은 다시 미소를 지으며 고개를 끄덕였다.

“알겠네. 그럼 편하게 부르겠네. 어쨌든 곧 무림련의 조직 개편이 있을 것이네. 그때가 되면 자네 같은 젊은 사람들이 우리 늙은이들을 도와주어야 하네. 잘 부탁하네."

"돈 받고 칼 쓰는 용부 주제에 무슨 도움이 되겠습니까? 편히 쓰시면 되겠습니다."

운녹산이 처음으로 눈살을 찌푸리며 고개를 저었다.

"어! 어! 그런 말 하지 마시게. 신비지문 곤륜의 젊은 용이 그런 말을 하면 그 자체로 곧 사문에 폐가 되는 일일세. 그리고 겨우 푼돈으로 불러서 쓸 수 있는 사람인가, 자네가? 대의를 좇다 보니 나와 함께 있는 것이지. 부탁하네."

운녹산이 운청산의 손을 덥석 잡았다. 운청산은 다시 한 번 차가운 한기를 느끼며 슬며시 손을 뺐다.

"할 수 있는 일은 최선을 다하지요."

운녹산은 탁자에 올려두고 있던 두 손을 거두며 흐뭇한 미소를 지었다. 운청산이 자리에서 슬며시 일어섰다.

"그럼 소생은 이만 물러가겠습니다."

운녹산이 손을 들어 운청산을 저지했다.

"아! 내가 이 내가에 방을 마련해 두었네. 오늘부터는 안에서 머무시게."

운청산은 즉시 포권을 취하며 고개를 저었다.

"배려해 주시니 고맙습니다만 정이 든 일행들이 있어서 바깥이 편합니다."

"어허! 안에 있으면 여러모로 편할 텐데… 역시 마음 편한 게 더 좋은가? 하기야 안에는 아는 사람이 없으니 불편할 수도 있겠구먼. 그럼 편한 대로 하시게."

운청산은 다시 포권을 취해 보이고 방문으로 다가갔다. 그가 막 방문 고리에 손을 대는 순간 운녹산이 급히 불렀다.

"이보게. 잠깐만!"

운청산은 문고리에서 힘겹게 손을 떼고 무표정한 얼굴로 돌아섰다.

운녹산이 그를 보면서 머뭇거리다가 물었다.

"자네 혹시 청봉, 운청봉이라고 아시는가?"

묻지 않아서 섭섭한 질문이며, 동시에 물어서 당황할 수밖에 없는 질문이었다. 운청산은 일그러지려는 얼굴을 억지로 의혹으로 물들이고 고개를 갸웃했다.

"청봉?"

운녹산이 예리한 눈빛으로 운청산의 얼굴 표정을 살피며 다시 말했다.

"청인 진인께서 가끔 말씀하시지 않던가?"

"아! 그 청봉! 잘 있다 들었습니다. 그러나 본산에 머물지는 않고 귀곡이라는 심처에서 지낸다 하더군요. 그곳에서 신선과 같은 이인 분들의 사랑을 받으며 마음 편히 지낸다 했습니다. 그렇군요. 운가 사람이라 했지요?"

운청산이 되물은 그때 운녹산은 이미 의자에 기대어 한숨을 내쉬고 있었다. 운청산은 운녹산의 안심한 듯한 모습을 물끄러미 바라보다가 그가 다시 고개를 드는 순간 재빨리 말했다.

"그럼! 소생은 이만 물러가 보겠습니다."

운청산은 대답도 듣지 않고 가볍게 목례한 후에 방을 나섰다.

당장 주저앉고 싶었다. 죄어놓았던 가슴과 목줄기를 풀어놓고 싶었다. 그러나 그는 한 발 한 발에 힘을 주어 걷고 또 걸었다.

또다시 아름다운 전각들과 정원들을 지났건만 이번에도 역시 아무것도 보지 못했고 느끼지 못했다. 그리고 결국 불일장 정문을 나섰다.

"후우우우우우우!"

긴 한숨을 내쉰 운청산은 천천히 돌아서서 불일장 내부를 한참이나 들여다보며 서 있었다.

어둠이 깊어져 감에 따라 가슴속에 쌓아두고 풀지 못한 시름 또한 깊어져 갔다. 당유연은 한숨만 내쉬다가 결국은 불일장을 빠져나오고 말았다.

그를 알아본 사람들이 분분히 인사를 했다. 당유연은 힘없이 고개를 끄덕였다. 그가 스쳐 지나가자 사람들은 그의 등을 바라보며 고개를 갸웃거렸다. 아무리 봐도 사람은 당유연이 맞건만, 걸음걸이는 그의 지위와 어울리지 않게 너무나 힘이 없어 초라하게까지 느껴진 탓이었다.

그러나 당유연은 사람들의 시선을 개의치 않았다. 심사가 너무 복잡하여 다른 이들의 눈을 의식할 여유가 없었다.

'사망 스물아홉에 명인이를 포함해서 중상자가 열셋. 나는 도대체 무엇인가? 협객이며 가장이며 가문의 책임자라고 생각해 왔다. 그러나 난 그 어느 것에도 충실하지 못했다. 혼란스럽구나. 이번 싸움 한 번으로 모든 것이 다 혼란스럽게 변해 버렸다. 그렇게 명료했건만……'

당유연은 고개를 설레설레 흔들었다.

세상 사람들은 그의 사람 됨됨이와는 상관없이 그를 천수독군이라 부르며 존경과 두려움이 섞인 시선으로 바라보았다. 두려움을 느낀다는 것에는 불만이었지만 그것은 독과 암기로 대변되는 당가의 가주가 갖는 권위와도 같은 것, 때로는 필요할 때도 있다 자위하며 익숙해져 있었다.

중요한 것은 언제나 그의 마음가짐이었다. 당유연은 늘 의와 협을 마음에 담아두고자 했고, 충실한 가장이고 싶었고, 또 선조에게 누가 되지 않는 가주가 되고자 하였다. 그리고 지금껏 잘해왔다고 자평하고 있었다.

그러나 착각이었다. 선대에서 이미 누구도 넘보지 못할 기반을 마련해 두었기에 편하게 지내왔던 것뿐이었다.

당가는 저절로 움직이는 마차와 같았다. 말들은 익숙한 길들을 알아서 달렸고 마부라 할 수 있는 당유연은 그저 고삐만 쥐고 있을 따름이었다.

강호인이라면 맞닥뜨릴 만하다고 생각만 해왔던, 그러나 가문이 너무나 거대해 지금껏 피할 수 있었던 그런 한 번의 싸움을 겪는 순간, 식솔들을 잃고 자식의 팔이 떨어져 나간 순간 당유연은 자신이 얼마나 우유부단한 인간인지를 깨닫게 되었다.

'명분이 아닌 감정에 따라 독을 쓰고 싶었다. 다른 평범한 아비들처럼 아들의 불행에 목 놓아 울고 싶었다. 세간의 눈이 아닌 가문의 안녕을 위해 판단하고 싶었다. 그러나 난 그 어느 것도 하지 못했다. 형편에 따라 의미가 달라지는 협과 의 두 글자에 눌리고, 권위라는 허울에 눌리고, 한 푼 가치도 없는 평판에 눌렸다. 그 모든 것은 결국 체면치레에 불과한 것을, 그것을 위해 가장 중요한 것을 외면했다. 달라지리라. 이제부터 내가 내릴 결정은 내 가정과 내 가문을 우선시하는 결정이 되리라. 세상 모두가 비난하더라도 상관치 않으리라.'

잠깐이나마 두 눈에 힘을 주었던 당유연은 잠시 후에 다시 고개를 흔들었다. 암기와 독을 쓰는 어두운 가문에서 당당한 정도의 명가로

인정받기 위하여 그동안 선조들이 쏟은 공력이 얼마나 컸던가. 지금의 심정으로는 명예 따위는 개에게나 던져 주고 싶었지만, 그리하면 조상들이 쌓아 올린 업적을 모조리 부인하는 것이 되리라.

"하아!"

심사 복잡함이 그대로 한숨 되어 터져 나왔다. 그때 당유연의 코로 은은한 약향이 흘러 들어왔다. 문득 정신을 차리고 앞을 보니 어느새 천혜원에 이르러 있었다.

"천혜원을 세운 뜻이 무엇이던가? 이젠 모르겠다. 내 그릇이 이렇게 작았던가? 천 인의 목숨보다도 내 아들의 팔 하나가 더 무겁게 느껴진다. 천만 인의 안녕보다는 당가의 이익이 앞서 보인다. 모르겠다. 모르겠다. 머리가 아는 것과 가슴이 느끼는 것이 어찌 이리도 다른가? 후우! 그런데 내가 왜 여길?"

당가의 가주가 천혜원에 온 것이 문제 될 것은 없으리라. 그러나 왜 왔는지가 선뜻 생각나지 않았다. 한참을 생각해 보니 당우리의 얼굴이 저절로 떠올랐다. 위로가 필요했던 것이리라.

상처한 지 벌써 팔 년. 당유연은 당우리에게서 때때로 죽은 아내의 모습을 발견했다. 당우리의 미소와 행동거지는 물론 그림자에서도 아내를 떠올릴 때가 있었다. 늘 조용히 지켜보다가 함께 기뻐해 주고 함께 슬퍼해 주며 힘과 용기를 불어넣어 주던.

당유연은 걸음을 재촉했다. 약향이 짙어지면서 어둠 속에서 사람들의 형상이 보였다.

당유연의 얼굴이 찡그려졌다.

"이보게들! 약향이 짙구먼. 너무 졸이는 것 아닌가? 다 타겠네."

순간 탕불에 부채질을 하고 있던 사람들이 화들짝 놀라 일어섰다.

"탕약은 정성인데, 어디다 정신을 쏟고 있는 게야?"

사람들은 아무런 말도 못하고 고개만 조아렸다. 그때 가만히 귀를 기울여 보니 신음 소리가 흘러나와야 할 병사(病舍)에서 부드럽고 편안한 옥소 소리가 들려오고 있었다.

당유연은 그가 들어가는 순간 옥소 소리가 끊어질 것을 걱정하여 입구에 서서 가만히 기다렸다. 문기둥에 기대어 지그시 눈을 감고 옥소 소리를 듣고 있다 보니 어느새 아내의 품 안에서 지친 심신을 달래는 것만 같았다. 그녀가 들려주는 낮은 금음 소리가 곁들여 들리는 것만 같았다.

옥소 소리가 마침내 끊어졌다. 꾸벅 하려던 당유연이 정신을 차리고 안으로 들어가려 했다. 그때 문득 생각난 것이 바로 운청산의 죽음이었다.

당유연은 망설였다. 그에게 달려와 울지 않았으니 모르고 있을 수도 있으리라. 그러나 사람들이 돌아온 지도 벌써 이틀째. 사랑하는 사람의 생사를 확인해 보기에는 충분히 긴 시간이었다.

"어허! 위로받는 게 아니라 다독이고 가야 하겠구나."

당유연은 얼굴을 움직여 딱딱한 기운을 모두 버리고 두 입술 끝을 치켜 올렸다.

병사로 들어가니 신음 소리를 내야 할 사람들 대부분이 잠들어 있었다. 오직 서너 명만이 낮게 신음성을 흘리고 있었다. 그들뿐만이 아니었다. 당가의 의원들마저도 조그만 의자에 앉은 채 벽에 기대어 졸고 있었다.

당유연은 당우리를 쉽게 찾았다. 병사 안에 여인은 단 한 명. 병사 중앙에 위치한 침상 앞에서 한 사내의 어깨에 기대어 있었다.

당유연은 다시 눈살을 찌푸렸다. 그러다가 문득 당우리의 말을 떠올렸다.

'옥소? 이청산 그 녀석이 옥소를 잘 분다 하지 않았던가? 살아 있었나?'

그때 청년이 얼굴을 돌려 미소를 짓고 왼손을 뻗어 그녀의 머리를 쓰다듬었다.

'저, 저놈이…….'

당유연은 운청산의 옆얼굴을 노려보며 주먹을 불끈 쥐었다. 며칠 전까지만 해도 운청산을 거의 인정하고 있었다. 직접 만나 이야기해 보지는 않았지만 다른 부모 같으면 꺼려할 그의 처지가 오히려 맘에 들었고, 주변의 평판을 통해 수긍할 만한 사람이라는 판단을 했던 것이었다. 일이 끝나면 마주 앉혀놓고 진지하게 이야기해 본 연후에 마지막 결정을 할 생각이었다. 그래서 그가 죽었다는 소식을 들었을 때는 아깝다고도 생각했었다. 그러나 막상 당우리와 다정하게 앉아 있는 것을 보는 순간 그 모든 생각들이 다 사라져 버렸다.

당유연은 시뻘겋게 달아오른 얼굴로 당우리와 운청산을 노려보며 소리치려 했다. 그때 운청산이 먼저 입을 열었다.

"우리, 환자들보다 먼저 잠들면 어찌하오?"

당유연의 두 주먹이 부르르 떨렸다. 귓구멍에서 연기가 치솟을 것만 같았다.

'뭐어? 우리?'

그때 당우리가 운청산의 어깨에서 머리를 떼어냈다. 그의 손이 내려오는 순간 당우리가 '쓰읍!' 소리를 내고 오른손을 입으로 가져갔다.

당유연은 부르르 떨리던 손에서 힘을 빼버리고 눈살을 찌푸렸다.

'저, 저, 저것이 남자 앞에서 부끄럼도 모르고……'

당유연의 시선은 즉시 운청산의 얼굴로 옮겨갔다. 그는 운청산의 따뜻한 눈빛과 부드러운 미소를 보며 지그시 눈을 감았다. 다시 눈을 뜬 그의 얼굴에 씁쓸한 미소가 감돌았다.

'그런가? 벌써 다 컸나?'

당유연은 고개를 젓고서 뒤돌아 걸었다. 그러나 세 발짝 뗀 후에 다시 돌아서서 당우리와 운청산을 노려보았다.

'아직은 아니야, 시집보내기 전에는! 두고 보자.'

당유연은 또다시 실소했다. 기분이 하도 묘해서, 두고 보자라는 말이 도대체 누구를 향해 한 것인지 스스로도 알 수가 없었다.

당유연은 다정한 두 사람을 보면서 어깨를 으쓱한 후에 자신도 모르게 움츠러들었던 전신을 활짝 펴고 천혜원을 나섰다.

회군한 지 닷새째가 되는 날 아침이었다.

운청산이 별달리 늦잠을 잔 것도 아닌데 밖은 다른 때보다 훨씬 소란스러웠다. 그는 두 손을 부딪쳐 따뜻해질 때까지 비빈 후에 얼굴을 문지르기 시작했다. 눈과 코는 물론 입 주변과 이마, 그리고 정수리까지 문지르고 두드렸다. 어깨를 풀고 팔을 풀고 손목과 손끝까지 털고 풀었다.

전신을 모두 풀어헤친 후에 밖으로 나와보니 강정과 문취옥이 마루에 앉아 있고 이정이 기둥에 기대어 서 있었다.

"쯧, 안됐군."

강정이 근처에 모여서 웅성거리고 있는 사람들을 보며 말하자 문취옥이 콧방귀를 뀌었다.

"안 될 것도 많네. 저 사람들한테는 다행이라구. 채 두 달도 안 됐지? 위로금으로 삼십 냥 준다고 했던가? 거기에 월삯까지 치면 근 오십 냥을 손에 쥐는 거야. 그동안 한 일이 뭐야? 그 써먹지도 못한 병진 연습한다고 땀 쬐끔 흘린 것 말고는 없잖아? 덕분에 건강해졌지. 삼시 세 끼 얻어먹었지. 돈 쥐었지. 생각해 봐. 저 인간들이 저 실력으로 할 수 있는 게 뭐야? 보표는 턱도 없고, 표사? 그래 봐야 손에 쥐는 건 한 달에 네 냥 정도야. 실컷 놀다가 봉 잡은 거라고. 내 생각에는 저 사람들이 오히려 우리를 불쌍하게 여길걸? 곧 죽을 목숨이라고."

문취옥의 입가에 차가운 미소가 맺히는 순간에야 운청산은 그들이 무엇을 화제로 삼고 있는지 깨달았다.

어제 오후, 련주의 명으로 방이 붙었다. 인급무사를 대상으로 련을 떠날 것을 권고하는 내용의 방이었다. 강제 해체가 아니라 권고였기에 큰 반발은 없었고, 거기에 후한 보상금이 언급되어 있어서 혹하는 사람이 많아 보였다.

'꿈에서 깨어난 것이다.'

순순히 받아들인 사람들에 대한 문취옥의 표현이었다. 한 번의 싸움으로 안 그래도 동요하는 모습을 보이던 사람들이 하루도 생각해 보지 않고 권고안에 따랐기 때문이다.

엊저녁까지 인급무사들의 팔 할이 련을 떠났다. 그리고 남은 이들은 부상자들을 포함한 이 할. 그들은 오늘 안에 결정을 내려야 했다. 잔류하여 천지급 무사들을 중심으로 새로 만들어질 정명단의 말단으로 들어가거나 떠나야 했다. 그들이 지금 그동안 친분을 쌓아왔던 동료들과 함께 의논하고 있는 것이었다.

“꼭 그렇다고만 말할 수 없는 분위기였소.”

이정이 끼어들자 문취옥과 강정이 돌아보며 의아한 표정을 지었다. 이정이 다시 말을 이었다.

“엊저녁에 밥 먹으면서 유심히 듣다 보니, 도움이 되지 못하는 무인의 비애를 이야기하고 있더이다. 나처럼 온전히 돈을 바라고 온 사람들도 있지만, 강호를 동경하여 이 길에 들어섰고 평생 수련했건만 좋은 인연을 만나지 못한 것만으로 평생 동경했던 것들로부터 거부당한다고 생각하니 슬프다 하는 이들도 제법 되더이다. 바로 저들이오.”

운청산과 강정 부부는 새삼스럽게 사람들을 바라보았다.

“허! 나는 용부라 생각했는데 저들은 아닌가 보네.”

강정의 말에 문취옥이 다시 콧방귀를 뀌었다.

“흥! 하급 무사에게는 다툴 만한 명예가 없다는 걸 모르나 보군. 남아봐야 결과는 개죽음인데 도대체 무슨 생각들을 하는 거야?”

이정이 걸어와 운청산의 옆에 걸터앉았다. 그리고 웃으며 말했다.

“저들도 자신들과 명예는 아무런 상관이 없음을 잘 알 것이오. 남들은 덧없다 할지라도, 그냥 운명이라 생각하는 것을 따르고 꿈을 좇는 것이지. 저들이 원하는 건 별것 아닐 것이오. 성취와는 상관없이 포기하지 않았다는 자부심과 가능하면 살아남아 여생토록 할 수 있는 이야깃거리를 얻겠다는 정도 아니겠소?”

“하지만 이게 꿈꿀 만한 생활은 아니잖아요?”

문취옥이 반박하자 이정이 되물었다.

“그럼 문 여협은 왜 남아 있는 것이오? 대상이 아니라도 원한다면 보내준다는데.”

문취옥이 난감한 표정을 지으며 강정을 돌아봤다. 강정이 웃으며 고개를 저었다. 그녀가 다시 이정을 보며 더듬거렸다.

"그, 그건 그냥, 이것 말고는 별다른 재주가 없어서지요. 예, 다른 게 할 것이 없어요."

이정이 웃으며 고개를 저었다.

"먹고 살자고 하면 할 일은 있을 것이오. 문 여협은 이것이 운명이라 여길 뿐이오."

문취옥은 뭐라 반박하지 못하고 계속 고개를 갸웃거렸다. 그때 강정이 웃으며 말했다.

"기분도 꿀꿀한데 오늘 저녁에는 마을로 내려가 거하게 한잔해 볼까?"

문취옥이 고개를 끄덕이자 강정은 이정을 응시했다. 이정도 고개를 끄덕였다.

"곡차를 많이는 못하지만 생각은 나는구려."

"허허허! 이 대협, 아직도 곡차라 하시는구려."

강정과 이정은 서로를 향해 푸근한 미소를 지었다.

"자넨 어쩔 텐가?"

강정이 운청산을 보며 물었다. 운청산은 아무런 생각도 하지 않고 대답했다.

"한번 물어보지요."

모두가 눈을 둥그렇게 뜨고 운청산을 보았다. 강정이 물었다.

"엉? 누구한테? 당 소저? 허허허! 이것 봐라? 술 한잔하자는데 그걸 물어봐? 미래가 훤히 보인다, 이 친구야."

이정이 빙그레 웃고 문취옥이 깔깔대는 순간 무사 한 사람이 다가와 물었다.

“이정 대협이 어느 분이시오?”

이정이 무사를 바라보며 의아함을 드러내자 그가 고개를 끄덕인 후에 다시 물었다.

“허면 이청산 소협은?”

“접니다만.”

운청산 역시 의아함을 드러내는 순간 무사가 말했다.

“군사께서 두 분을 모시고 오라 하셨소. 갑시다.”

이정이 눈을 치뜨며 되물었다.

“나와 청산을?”

무사가 다시 확인해 주자 두 사람은 서로를 바라보며 전혀 모르겠다는 뜻을 비치고 강정 부부를 응시했다. 당연히 두 사람도 고개를 저었다.

“무슨 일일까?”

영문도 모르고 무사를 따라 불일장으로 들어간 두 사람은 채 반 시진도 못 채우고 돌아왔다. 강정 부부가 호기심 가득한 눈빛으로 이유를 물었다.

이정이 씁쓸한 미소를 지으며 차분히 대답했다.

“인급무사가 빠진 사방당은 새로 충원될 각 파의 사람들만으로 재편되고 남은 용부들은 전원 새로이 단으로 승격된 정명단에 포함시킨다 하지 않았소? 나와 청산에게 그 정명단의 단주와 부단주를 맡으라 하는구려.”

강정과 문취옥이 마주 보며 눈을 치뜨고 입가에 미소를 지었다. 군룡전 예하의 당이 아니라 독자적인 조직이 되는 것이었다. 그것도 사파의 인물이 수장을 맡는 것이 아니라 자체적인 명령권을 가지는 조직이 되는 것이었다.

　과연 들러리에서 벗어날 수 있을지는 모르지만 어쨌든 용부의 의미를 넘어서 정식으로 사천무림련의 조직 안에 들어선다는 의미가 강했다. 더군다나 이정과 운청산이 송월자와 버금가는 수뇌급이 된다니 기쁘지 않을 수 없으리라.

　강정이 말했다.

　"이거 축하해야 하겠습니다?"

　이정이 씁쓸하게 웃으며 고개를 저었다.

　"실례하겠소."

　이정이 사람들을 뒤로하고 멀어져 갔다. 강정이 영문을 모르겠다는 표정으로 운청산을 응시했다.

　운청산도 이정처럼 쓰게 웃었다.

　"명령에 따르는 일은 쉽고 싸움에서 살고 죽는 것은 운명이니 상관없지만, 다른 사람들의 생사를 좌우하는 자리는 싫다 하시더군요. 무겁다고. 저도 마찬가지 심정입니다."

　문취옥이 말했다.

　"그럼 거절하지 그랬어?"

　"처음에는 거절했지요. 그러나 나중에는 거절할 분위기가 아니었습니다. 그래서 저도 덩달아……."

　강정이 물었다.

　"그럴 곡절이 있었나 보군. 들었나?"

　운청산은 천천히 고개를 끄덕였다.

　"함구해 달라 하셨습니다."

　강정 부부는 더 이상 묻지 않고 고개를 끄덕였다. 대신 강정의 호기심은 운청산에게로 돌아왔다.

"자넨 괜찮은가?"

운청산이 의아함을 드러내며 되물었다.

"무슨 말씀이신지?"

"운 가주를 다시 만났지 않은가? 이청산!"

운청산은 쓰게 웃으며 강정의 눈을 외면했다.

"별건 아니지만 지금은… 언젠가는 말씀드리지요."

강정은 알겠다며 운청산의 어깨를 툭툭 두들겼다.

*　　　*　　　*

콰콰콰콰콰콰!

성난 강이란 이름처럼, 폭포도 아니건만 노강(怒江)의 물 흐르는 소리가 귀청을 떨어뜨릴 것만 같았다.

백무극은 눈살을 찌푸리며 오른발 아래쪽 계곡을 내려다보았다. 계곡은 소리로 짐작해 본 것보다 훨씬 깊었다. 노강까지의 거리는 이백여 장. 백무극의 시력으로도 강은 실뱀 기어가는 것만 같았다.

"노강이 아니라 노룡계(怒龍溪)가 더 어울리겠구먼."

강 옆을 따라 산을 오를수록 노강과의 거리는 멀어져만 갔다. 그때 선두에서 걷던 세 사람이 걸음을 멈추었다. 느긋하게 따라가던 백무극도 발을 멈춰 세웠다.

"소불, 무슨 일인가?"

소불이 되돌아와서 말했다.

"안내인이 지쳤습니다."

백무극은 눈살을 찌푸렸지만 그로서도 어쩔 수 없는 일이었다. 아무리 노련한 안내인이라고는 하지만 백무극 일행과 같은 절정무인들의 체력을 따라가지는 못하리라.

소불이 웃으며 말했다.

"소군, 하루 반나절이면 평탄한 길이 나올 것이랍니다. 그때부터는 우리끼리 움직여도 랏싸까지 별 무리가 없을 것입니다."

백무극이 고개를 끄덕이고서 뒤돌아보았다.

"잠시 쉬어가지. 요기나 하며 한숨들 돌리시게."

백무극의 뒤를 따르던 소불 연배의 백의장년인들 삼십여 명이 일제히 허리를 접고 근처의 앉을 만한 곳으로 흩어졌다.

백무극도 절애 옆 너른 바위에 엉덩이를 걸쳤다.

"이게 무슨 꼴이야? 지금쯤 무강 아저씨하고 차나 마시고 있어야 정상인데, 느닷없이 랏싸[拉薩]라니……. 이게 다 소불 자네 탓이야."

맞은편에 앉아 수통의 뚜껑을 열려던 소불이 눈을 치뜨고 바라보았다.

"예? 이게 어떻게 비직 탓입니까?"

백무극이 눈을 가늘게 뜨고서 소불을 응시하며 말했다.

"내가 그 답답한 연무장에 처박혀 있는 동안 자넨 뭐 하고 있었나? 일이 벌어진 다음에 수습을 하려면 노력은 배로 들고 효과는 반으로 주는 법일세. 혈응이야 그렇다 치고 오지랖 넓은 자네는 홍라교 쪽 동정을 예의 주시하고 있어야 하지 않았나?"

소불은 어처구니가 없다는 표정으로 백무극을 마주 봤다.

"어허! 억지십니다. 저는 다만 소군의 비위일 뿐이지요, 제가 오사

장(烏思藏)에 연줄이 있습니까, 아니면 정보통이 있습니까? 제가 무슨 수로 그 변화를 감지한단 말입니까? 그리고 말입니다, 미리 알고 소군 께 알렸다 해도 문상 어르신의 말씀처럼 결자해지. 결국 소군께서 가 서서 해결을 보셔야 합니다. 어차피 가야 하는데 그게 어떻게 제 탓입 니까? 너무하십니다.”

사실 두 사람은 농을 하고 있었다. 이번 서장행이 불가피한 일이라 는 것은 두 사람이 모두 알고 있는 사실이었다.

서장의 현 상황은 심각했다. 홍라교주의 독단이 심해짐에 따라 그 반발 세력들이 표면으로 드러날 정도에 이른 것이었다. 만약 내분이 심각해지면 청해성에 나와 있는 홍라교도들은 어쩔 수 없이 철수해야 할 것이고, 그 결과 화산이 중심이 되는 북부무림은 느긋해진 눈길을 사천으로 돌리게 되리라.

점창산으로 향하려던 백무극은 어쩔 수 없이 발길을 서장으로 돌리 지 않을 수 없었다. 당장 그가 무엇을 할 수는 없는 일이었지만 적어도 상황을 파악하여 시간이 얼마나 있는지 정도는 확인해야 했고, 할 수만 있으면 홍라교가 권력에서 밀려나는 일이 생기지 않도록 도움을 주어 야 했다. 그런 까닭으로 백무극은 우상 백무강의 직속 백영무단(白影武 團)과 함께 백라천궁의 최정예라 할 수 있는 천응신전(天鷹神殿)의 고 수 서른하나를 대동하고 있는 것이었다.

그러나 두 사람이 농담을 하고 있다는 사실을 눈치 채지 못한 혈응 이 소불에게 눈을 부라리며 꾸짖었다.

“소불! 무엄하다! 네가 감히 소군의 말씀에 토를 다느냐?”

소불이 혈응을 올려다보고 혀를 차며 고개를 설레설레 내저었다.

“에휴! 자네는 상관 말고 그 얼굴이나 돌보게. 벌써 누렇게 떴어. 저

번처럼 짐이나 되지 않았으면 좋겠구먼. 생긴 건 하늘을 날아도 시원
찮은데 속은 어찌 그리 약골인지. 쯧쯧쯔."

순간 혈웅이 얼굴을 붉히며 소불과 백무극을 동시에 외면했다. 그로
서도 원인을 알 수 없었다. 서장이 다른 지역보다 훨씬 높은 고원 지대
라 해도 그 역시 고원 지대인 운남에서 어렵지 않게 살고 있었다. 그럼
에도 불구하고 산취를 일으켜 혈웅이라는 별호가 무색하게 병든 닭처
럼 비실거렸다.

백무극이 빙긋 웃으며 말했다.

"이제 겨우 운남과 오사장의 경계를 넘었네. 여기까지 오는 데만도
나흘 걸렸어. 점창산까지 돌아가는 데는 또 얼마나 걸릴까?"

소불이 답했다.

"하루 반나절에 랏싸까지 다시 닷새는 잡아야 할 테니까 앞으로 족
히 보름은 잡아야 할 것 같습니다, 소군."

백무극이 다시 얼굴을 찡그리며 고개를 저었다.

"모두 스무날이라? 안 좋은데? 도착하기도 전에 다시 붙으면 곤란하
잖아. 서둘러야겠군."

"소군, 이 이상은 무립니다. 저희야 그렇다 치고 저 친구가 견디지
못합니다."

소불의 눈이 늘어져 있는 안내인에게로 돌아갔다. 백무극도 그를 보
며 바위에서 엉덩이를 뗐다.

"소불, 자네가 업게."

"예?"

소불이 눈이 찢어져라 치뜨고 백무극을 응시했으나 그는 담담한 표
정으로 말했다.

"비실거릴 게 분명한 혈웅에게 업으랄 수는 없는 일 아닌가? 업게. 명령일세."

소불은 절망적인 눈빛으로 백무극을 바라보다가 결국 한숨을 쉬고 눈을 감았다. 눈을 다시 뜨고 혈웅을 바라보니 그의 입가에 가는 미소가 걸려 있었다.

"쳇!"

소불은 혈웅마저 외면하고서 안내인에게로 걸어갔다. 그러나 몇 걸음 못 떼고 돌아서서 백무극을 향해 말했다.

"소군! 다 좋은데요, 소불 대신에 백염창으로 불러주시면 안 되겠습니까?"

유달리 성을 강조하는 소불의 말에 백무극은 찡그린다는 말이 차라리 어울릴 만한 미소를 지었다. 그러나 혈웅은 보기 드물게 고개를 끄덕여 소불의 의견을 존중해 주었다.

백무극이 말했다.

"하여튼 엉뚱하다니까. 이보게, 소불. 내가 자네들 부르는 데 일일이 성까지 붙여서 불러야겠나? 백염창, 백기종 하고 말이야."

소불이 얼굴을 찌푸리더니 곧 고개를 숙였다.

"생각해 보니 불편하시겠습니다. 편하신 대로 불러주십시오."

"자네가 뭐라 해도 그럴 생각일세."

소불은 실소하는 백무극을 뒤로하고 안내인에게 다가가 뭐라 말한 후에 등을 내밀었다.

백무극은 벌써 걸음을 떼는 소불로부터 시선을 돌려 그가 왔던 길을 되돌아보았다. 끊이지 않는 산길 뒤로 하얀 매리설산(梅里雪山)이 보였다.

"시작 전에 돌아올 수 있겠지? 지겨워. 별것도 아닌 것들에게 허리
를 숙여야 하는 일은 그만두고 싶어. 이제 그만 끝장내고 싶다고……."
　백무극은 힘차게 걸음을 내디뎠다.

〈4권 끝〉